**10
18**

12, AVENUE D'ITALIE. PARIS XIIIe

Sur l'auteur

Dale Furutani est né à Hawaii en 1946, mais a passé son enfance en Californie. Directeur informatique chez Nissan, il est l'auteur de plusieurs essais, poèmes et romans ainsi que d'une trilogie sur les samouraïs dans le Japon du XVIIe siècle, dont *La Promesse du samouraï* est le premier volume.

Dale Furutani vit aujourd'hui à Los Angeles.

DALE FURUTANI

LA PROMESSE
DU SAMOURAÏ

Traduit de l'américain
par Katia HOLMES

INÉDIT

« Grands Détectives »
dirigé par Jean-Claude Zylberstein

Du même auteur
aux Éditions 10/18

▶ LA PROMESSE DU SAMOURAÏ, n° 3814
VENGEANCE AU PALAIS DE JADE, n° 3815

Titre original :
Death at the Crossroads

© Dale Furutani Flanagan, 1998.
© Éditions 10/18, Département d'Univers Poche,
2005, pour la traduction française.
ISBN 2-264-04075-0

À Steve

Sa vie fut marquée par une foi constante,
un cœur aimant, un esprit généreux
et un merveilleux sens de l'aventure.
Mais elle s'est éteinte beaucoup trop tôt.
Il nous manque.

NOTE DE L'AUTEUR

L'idée de cette trilogie a germé alors que je me trouvais dans une ferme japonaise du XVIIe siècle, au jardin Sankei-en de Yokohama. Assis en train de siroter une tasse de thé vert fumant, je m'émerveillais à la vue d'un plancher poli comme du verre par tous les pieds nus qui l'avaient foulé au cours des siècles. Je me pris à songer : dans les œuvres de fiction sur le Japon ancien, les habitants de ces vieux murs n'étaient souvent que les figurants d'un plus grand spectacle, telle la lutte entre les prétendants au shogunat. Ces gens-là avaient pourtant eux aussi des histoires à conter et je décidai alors d'en narrer quelques-unes au moins, à travers un roman à suspense formant une trilogie.

Mes acteurs étant ainsi choisis, j'ai ensuite dû décider de l'époque à laquelle se déroulerait l'action. L'an 1603 est aussi familier à la plupart des Japonais que 1776 l'est aux Américains : c'est en effet en 1603 que Tokugawa Ieyasu se proclama shogun du Japon et cette année marqua un tournant dans l'histoire du pays. Pendant les deux cent cinquante années qui suivirent, la culture, la politique et l'ordre social furent régis par la main de fer du shogunat des Tokugawa. De nombreux ouvrages documentaires ou de fiction ont dépeint cette période, mais c'était la charnière de l'histoire qui m'intéressait : ce bref moment où une nation entière vécut un grand changement en profondeur, avant que le shogunat Tokugawa n'eût fini d'étirer ses tentacules jusqu'au moindre aspect de la vie des Japonais.

Mon intention en écrivant cette trilogie était d'offrir un divertissement. J'ai tenté de dépeindre la vie au Japon en 1603 avec autant d'exactitude que je le pouvais, tout en prenant les quelques libertés qu'imposent manifestement les nécessités de la fiction.

Par exemple, s'il fallait traduire littéralement le japonais parlé au XVIIe siècle, il paraîtrait tout aussi guindé et bizarre à nos oreilles modernes que l'anglais de ce temps-là. En outre, le japonais en usage à la cour était fortement cadencé et déclamé à très haute voix, ce qui serait vite pénible à lire à longueur de pages. J'ai donc utilisé une forme de dialogue moderne que j'ai tenté d'agrémenter avec une pincée de langue ancienne.

J'espère que ces concessions au récit ne seront pas causes d'anachronismes et n'offenseront pas les spécialistes qui possèdent de cette période une connaissance de loin supérieure à la mienne.

CHAPITRE PREMIER

Brume profonde se cache dans les montagnes.
Un lapin se terre sous l'humidité.

Japon, en la seizième année du règne
de l'empereur Go-Yozei (1603)

— Es-tu prêt à mourir ?

Le visage du jeune samouraï était un masque de colère
et de la salive gicla de ses lèvres tandis qu'il lançait ce
défi. Trois des quatre autres passagers du petit bateau
s'agrippaient aux plats-bords, courbés sous l'assaut des
paroles du guerrier. Le quatrième, cible de la fureur du
samouraï, restait calmement assis à l'arrière, près du
rameur qui avait cessé de pagayer quand le ton avait
monté.

— Eh bien ? Pourquoi ne réponds-tu pas ? Je suis un
disciple de l'école de Yagyu et je t'ai lancé un défi.

Avant de répondre, l'homme à l'imposante muscula-
ture assis à la poupe du bateau prit le temps d'essuyer
avec la manche de son kimono un postillon qui avait
atterri sur le dos de sa main. Il avait dans l'autre main
un *katana*, le sabre des samouraïs, dans un fourreau

9

noir tout simple. C'était manifestement un samouraï, mais il n'avait pas la tête rasée qu'arboraient généralement ses confrères et on reconnaissait chez lui l'allure d'un rônin, un samouraï sans maître qui va sur les routes en cherchant à louer ses services.

Quelques instants plus tôt, cinq personnes s'étaient regroupées au bord de la rivière pour se faire transporter par le passeur : deux samouraïs, deux paysans et un marchand, que leur commun désir de traverser le cours d'eau avait rassemblés. Au lieu de se présenter poliment à son aîné, le jeune samouraï s'était aussitôt mis à parler de sa formation au style de combat Yagyu et de ses prouesses au sabre. Les paysans et le marchand l'avaient d'abord trouvé intéressant, car l'habileté à manier une lame est appréciée plus que toute autre chose dans une culture guerrière. Mais à peine embarqué pour la traversée, le jeune homme n'avait cessé de se vanter tant et plus de ses exploits, demandant à l'autre samouraï de confirmer que l'école d'escrime Yagyu était bien la meilleure du pays. Voyant que son aîné restait muet, le jeune homme s'était énervé, prenant ce silence pour un jugement sur son école et sur ses talents de sabreur. Debout à la proue de la barque à fond plat, le jeune samouraï faisait face au plus vieux, la main sur la garde d'un des deux sabres glissés dans sa large ceinture.

— Pourquoi ne réponds-tu pas ? Es-tu prêt à mourir ? hurlait-il.

L'autre guerrier considérait pensivement ce samouraï agressif. Ses sourcils noirs et épais se rapprochèrent, creusant un sillon au milieu.

— Un vrai samouraï est toujours prêt à mourir, répondit-il, mais j'appartiens à une tout autre école. Comme Tsukahara Bokuden, je suis de l'école « Sans sabre », qui est à même de vaincre un homme de ton tempérament, j'en suis certain.

— « Sans sabre » ? répéta le blanc-bec. Mais c'est ridicule ! Comment un samouraï peut-il se battre sans sabre ? Ah là, tu m'as poussé au-delà des bornes de la tolérance ! J'exige que cette impudente insulte soit lavée dans le sang. Je te défie en duel.

— D'accord, répondit l'aîné, désignant un îlot au milieu de la rivière : Batelier, arrêtez-vous là. C'est un bon endroit pour un duel.

Opinant du bonnet mais la peur au ventre, le passeur dirigea sa barque vers l'île. Debout à la poupe, il faisait avancer le bateau et le dirigeait avec un unique aviron à usage de godille, qui imprimait un sillage à la manière d'une queue de poisson. Quand la barque heurta le rivage, le jeune homme sauta et atterrit sur le sable. Il dégaina aussitôt son *katana*, fit quelques pas en courant et se planta sur l'île dans une attitude agressive, les deux mains sur la garde et la lame dans la position « qui vise l'œil ».

— Allez, descends ! cria-t-il au samouraï sur le bateau. Voyons un peu si cette ridicule école « Sans sabre » peut vaincre un disciple du Yagyu !

L'interpellé se leva calmement et tendit son arme au batelier :

— Tiens, garde-moi ça.

Le passeur tendit une main maladroite pour attraper le sabre et, ce faisant, lâcha sa rame. Avant que celle-ci ait pu tomber au fond de la barque avec fracas, le samouraï s'en saisit, la sortit du tolet qui la maintenait en place, et il s'en servit pour éloigner le bateau de l'île.

— Mais qu'est-ce que tu fabriques ? cria le jeune.

— Je te vaincs grâce à l'école « Sans sabre ». Si tu t'étais vraiment formé auprès des Yagyu, tu saurais que l'art du sabre ne consiste pas seulement à mettre fin à la vie des gens ; il développe aussi bien d'autres facultés, y compris celles de l'esprit. Maintenant, en raison de ta stupidité, je peux poursuivre mon voyage sans avoir eu à manier le sabre et en ayant du même coup éliminé le désagrément d'un pénible personnage.

Le jeune samouraï n'eut pas le temps de gagner le rivage de l'île que déjà l'embarcation s'écartait, emportée par le courant.

— Je crois qu'un bon bain froid sera un excellent entraînement pour toi ! lança l'aîné au jeune homme qui s'était mis à courir sur la grève. Comme le seau d'eau froide qui éteint les ardeurs des chiens amoureux, une dose de ce remède sera bénéfique à un jeune homme trop imbu de sa personne pour son propre bien et pour celui des autres !

La rivière aux flots rapides éloignait le bateau de l'île à une vitesse croissante et le jeune homme n'était pas encore parvenu à l'ultime pointe de l'îlot que la barque était déjà largement hors d'atteinte. Trop furieux pour parler, il sautait et trépignait de rage, les pieds dans l'eau jusqu'aux chevilles, brandissant son sabre tout en regardant le bateau lui échapper. Et il entendit cette chose qui est la hantise des samouraïs pris au piège de leur importance et de leur honneur : les rires moqueurs des occupants du bac.

Maintes pensées occupaient l'esprit de Jiro, le marchand de charbon de bois, mais pas celle de la mort. Il était en retard et ses clients habituels allaient le réprimander s'ils étaient obligés d'alimenter leur *hibachi* avec des branches et des brindilles pour chauffer l'eau de leur thé matinal. Pis encore, si l'on venait à manquer de charbon à la maison du seigneur, Jiro serait battu s'il n'était pas là à temps pour en fournir. Le seigneur n'était pas plus patient que compréhensif. Plusieurs villageois avaient tâté du gourdin de ses domestiques et Jiro ne brûlait pas d'envie d'être de leur nombre.

Tenace, la brume alentour s'accrochait aux plis du terrain accidenté qui modelaient les ravins et les vallées des montagnes environnantes. Un voile de blancheur flottait bas sur la terre, percé çà et là par des pins noirs tourmentés et des cèdres tirant sur le rouge. On eût dit quelque énigmatique calligraphie des dieux, un message inscrit sur un papier argenté et mouvant.

Le soleil était levé depuis une demi-heure déjà mais ses rayons n'avaient pas encore pénétré jusqu'au fond de la vallée encaissée. Dans la pénombre bleue de cette aube prolongée, Jiro avançait à pas silencieux sur un étroit sentier. Il se fiait autant à l'habitude et à l'instinct qu'à ses yeux pour trouver son chemin.

Il portait sur le dos un énorme panier tressé, rempli de charbon de bois. Le panier était suspendu à ses épaules par des cordes de graminées tressées et rembourrées avec des chiffons déchirés. Le fardeau était aussi attaché à un bandeau pour le stabiliser et en alléger un peu le poids. Jiro était nu, hormis un pagne d'étoffe tissée à la main, mais de courir ainsi chargé le faisait transpirer en dépit du froid des montagnes et du petit matin.

Clac, clac, clac... Ses pieds nus sous la carapace de cals durcis accumulés au cours de cinquante années de vie claquaient sur la boue du sentier et battaient la mesure d'un rythme doux qui allait bien avec la démarche déhanchée de Jiro. Il se servait des oscillations de son lourd panier pour descendre le chemin, faisant peser le poids tantôt d'un côté, tantôt de l'autre, usant de ses longues années d'expérience pour savoir profiter des forces pendulaires du mouvement plutôt que de s'y opposer. Une vraie métaphore de l'attitude de Jiro face à la vie ; on apprenait aux enfants japonais que le bambou est capable d'essuyer une tempête qui briserait un grand arbre rigide et on leur recommandait de suivre un tel exemple.

Jiro allait bon train. Finalement, il ne serait peut-être pas en retard.

Il se mit à préparer un discours dans sa tête. Il était taciturne de nature, mais le métier de charbonnier qu'il exerçait occasionnellement dans le petit village de Suzaka l'obligeait à parler avec ses clients. C'était parfois ce qu'il y avait de plus difficile pour lui dans son petit commerce, parce que les mots ne lui venaient pas facilement à l'esprit ou sur la langue. Il cultivait la terre quand il ne vendait pas de charbon de bois, et il préférait de beaucoup la vie agricole à celle du négoce.

Lorsqu'il travaillait la terre, il pouvait passer des jours entiers sans émettre un son, si ce n'est un grognement de temps en temps en enfonçant sa houe dans un coin de sol particulièrement rebelle. Les tendres pousses vertes ne demandaient qu'une main délicate, du soleil et de l'eau pour répondre en prodiguant leurs dons généreux et l'on n'avait nul besoin de mots onctueux pour les faire pousser. Les inflexions rauques du langage humain effrayaient les oiseaux et les lapins, et le silence de Jiro lui permettait d'aller et venir dans leur monde sans les interrompre ou presque. Alors que si quelqu'un parlait, Jiro ne pouvait pas écouter le froissement subtil des herbes hautes ployées par une brise qui forcit ou la musique mousseuse d'une source voisine. Avec tant de régals offerts à son oreille, Jiro n'avait pas de mal à se taire.

Étant si porté au silence, Jiro s'émerveillait toujours à la pensée qu'il avait réussi à épouser Yuko. En réalité, son mariage avait été arrangé presque sans paroles, du moins de la part de Jiro. Sa mère était morte un an après qu'il eut perdu son père. Jiro étant alors adolescent, les anciennes du village avaient décidé de lui trouver une épouse. L'homme et la femme formaient une unité de travail dans les hameaux où l'on vivait de l'agriculture et c'était un principe acquis qu'il aurait besoin d'une femme, même s'il ne prenait lui-même aucune initiative dans ce sens. Dans une famille cultivée, le mariage aurait été arrangé par des intermédiaires, avec la gamme complète des allusions subtiles, de la rencontre « fortuite » et de l'intervention de marieuses officielles, mais, dans la vie fruste du village, cela se passait de façon plus directe, pendant que les anciennes tressaient des sandales de paille, toutes assises ensemble.

On prenait une poignée de paille qu'on tordait pour en faire un écheveau qui était alors tressé avec d'autres, formant la base brute d'une sandale. De la corde ou des chiffons servaient ensuite à confectionner des lanières. Il en résultait une chaussure étonnamment durable et confortable malgré son allure fruste, fruit du travail commun des aînées du village. Cette entreprise communautaire produisait un objet utile mais remplissait aussi une fonction plus importante, puisqu'elle était l'occasion naturelle de réunir des femmes qui exerçaient une influence considérable dans le village.

— Qui allons-nous trouver pour Jiro ? lança de but en blanc une des aînées du village en attrapant une poignée de paille.

— Il n'y a guère de choix, répondit une autre, répétant ce que toutes savaient déjà.

— Et la fille du tonnelier ? suggéra une troisième, avançant le nom d'une éventuelle candidate.

— C'est une catin ! rétorqua Grand-mère aînée, la plus âgée des matriarches du village. Jiro aura déjà assez de mal comme cela sans sa mère auprès de lui. N'importe quelle épouse est capable de causer des ennuis si elle n'a pas une belle-mère à poigne, et cette fille-là ne sera pas de tout repos, même avec une forte femme pour la guider.

— Et ma fille ? proposa doucement la mère de Yuko.

Cette suggestion stupéfia les autres femmes. Les mains ratatinées cessèrent de tresser la paille en forme de sandales. Les visages ridés et brunis par des années passées à trimer au soleil affichaient la surprise et même le choc.

Jiro n'était pas beau et le lopin de terre de sa famille était loin d'être le plus grand, il était donc fort surprenant que la mère de Yuko eût proposé sa fille. Yuko était une des plus jolies filles du petit village, bien qu'à quinze ans elle eût déjà un peu dépassé l'âge moyen du mariage. On avait donc naturellement supposé que la mère de Yuko attendait un parti exceptionnel pour sa petite, qu'elle espérait peut-être même que ce joli brin de fille attirerait l'œil d'un seigneur ou d'un samouraï, et pourrait devenir la concubine d'un homme riche.

Les autres femmes du village trouvaient Yuko bien trop intelligente et trop jolie pour Jiro, et elles le déclarèrent sans ambages. Mais la mère de Yuko savait le jeune homme très travailleur, elle avait vu de la bonté et du cœur chez lui. Elle savait que, si Yuko l'épousait, elle ne serait pas maltraitée et qu'en toute vraisemblance ce serait elle qui porterait la culotte – c'était plus que probable. Et cela, la mère y tenait parce que, parmi ses huit enfants, Yuko était sa préférée.

Un beau matin, alors que Jiro s'apprêtait à partir travailler dans sa rizière, une petite délégation de villageoises se présenta à la porte de sa hutte pour lui proposer de prendre Yuko pour épouse. Encore en proie au deuil de ses parents, l'adolescent stupéfait se contenta de respecter la sagesse collective des aînées et accepta d'un signe de tête. Quelques jours plus tard, il y eut un modeste repas de noce et tous les villageois festoyèrent de saké, de tofu et de poisson. Yuko servait elle-même les convives et elle veilla à ce que chaque invité reparte avec un peu de nourriture enveloppée dans une grande feuille. Quand tout eut été rangé, elle s'installa dans la hutte de Jiro et on les considéra provisoirement comme mariés, en attendant la naissance de leur premier enfant.

Yuko était intelligente mais guère loquace non plus, de sorte que Jiro et elle s'entendaient très bien. La communion qu'ils avaient dans le silence leur permit d'évoluer ensemble, passant de l'étape d'adaptation un peu gênée à l'éveil de la flamme sexuelle, puis à l'amour et à l'amitié. Les aînées du village en vinrent bientôt à considérer avec un orgueil possessif le lien matrimonial forgé par ce couple, symbole de leurs compétences de marieuses – en oubliant même leur scepticisme initial à propos de cette alliance entre la jolie fille et le paysan gauche.

C'est Yuko qui eut l'idée de monter la petite affaire de charbon de bois en plus des travaux agricoles. Yuko avait toujours eu la tête bien faite : avant que Jiro ne se lance dans son négoce, les gens du village de Suzaka étaient obligés de monter loin dans la montagne pour chercher eux-mêmes des charbonniers. Les femmes s'en plaignaient constamment entre elles et Yuko sut voir dans ces plaintes une occasion. Elle décida que, s'ils prenaient une petite marge, ils pourraient réaliser un coquet bénéfice, sans que les villageois aient pour autant l'impression que Jiro et elle étaient devenus d'avides marchands.

Jiro se crut d'abord incapable d'assurer ce petit négoce. Il était assez fort et résistant pour aller dans la montagne chercher le charbon, certes, mais pour le vendre, c'était une autre affaire. Il y avait d'abord la criée, il fallait parcourir le village avec son panier en psalmodiant : « Charbon ! Le bon charbon ! » De fait, cette partie-là ne gênait pas trop Jiro, car elle ne s'adressait à personne en particulier. Mais ensuite, il fallait se lancer dans de vraies conversations. Quand une femme l'entendait, elle sortait de sa hutte avec un panier ou un seau pour prendre du charbon, mais elle ne cherchait pas que de la marchandise, elle voulait aussi du divertissement.

Une ménagère attendait de n'importe quel camelot de village un rituel de salutations polies et de menus bavardages. C'était le temps fort de sa journée, l'occasion d'apprendre les dernières nouvelles et les cancans. Sur ce terrain-là, Jiro se sentait incapable et maladroit, bien que ses clients soient des voisins de toujours. Pourtant, grâce au soutien patient de Yuko qui l'initiait à l'art du bavardage, Jiro parvint à assurer le modeste succès de leur petite affaire et ses déplacements périodiques dans la montagne devinrent une composante naturelle du rythme de vie, au même titre que les pluies de printemps, les semailles, la récolte et les neiges hivernales.

Yuko mourut en couches alors qu'elle tentait de donner le jour à leur premier fils, qui succomba lui aussi. Selon la coutume du village, Yuko n'était pas vraiment considérée comme l'épouse de Jiro avant de lui avoir donné un enfant, mais la peine du jeune homme n'en fut pas allégée pour autant. À la surprise générale, Jiro se rebella contre toutes les tentatives des villageoises pour lui trouver une seconde femme. Il ne voulait pas plier tel le bambou devant la sagesse collective. Il était incapable de dire pourquoi il repoussait les efforts des marieuses, il ne se l'expliquait d'ailleurs pas lui-même, mais dans son cœur il aimait et chérissait le souvenir de Yuko et ne pouvait concevoir de la remplacer.

Aussi resta-t-il seul pendant vingt-cinq ans. Et bien qu'il n'ait jamais su s'exprimer aussi facilement que lorsqu'il était sous la tutelle de Yuko, il poursuivit son négoce de charbonnier à côté du travail de sa modeste ferme. Le supplément de revenus, généralement sous forme de riz plus que d'argent, lui était utile car il lui permettait d'acheter ces choses qui sont d'ordinaire confectionnées par l'épouse et les enfants. Jiro savait que, s'il n'était pas resté le seul charbonnier du village, son affaire aurait sûrement pâti de ses piètres aptitudes à la conversation, mais personne n'avait manifesté le désir de se charger de cette tâche lourde et parfois dangereuse.

Ce matin-là, il était inquiet parce qu'il allait devoir débiter un petit discours à ses clientes et que celles-ci le submergeraient sans doute sous un torrent d'insultes et de propos furieux. Or il était obligé d'augmenter ses prix.

La veille, il était parti dans la montagne pour s'approvisionner auprès d'un de ces solitaires qui fabriquaient le charbon de bois et, pour une fois, Jiro aurait aimé avoir du bagout quand son fournisseur l'avait informé que le prix du charbon avait doublé à cause du danger que représentaient les bandits de Patron Kuemon.

Au lieu de formuler des protestations cohérentes, Jiro avait juste été capable de grimacer et de fixer le fabricant de charbon de bois avec un air de reproche muet. Il était finalement parvenu à bafouiller :

— C'est trop cher ! Je vais l'acheter à quelqu'un d'autre.

— Il n'y a personne d'autre ! avait lâché le charbonnier d'un ton neutre. Kintaro a été tué la semaine dernière et je suis le seul de la contrée à fabriquer du charbon de bois.

La nouvelle avait surpris Jiro :

— Tué ?

— Les bandits voulaient du sel et du *miso*[1], et Kintaro a dû leur résister, je suppose. Il m'a dit la dernière fois que je l'ai vu qu'il ne lui restait plus beaucoup de sel et il a dû penser que, s'il le donnait aux brigands, il n'aurait plus de quoi faire les offrandes de sel et de saké au dieu du fourneau quand il fabriquerait son charbon. *Baka !* L'abruti ! Quand ils viennent me demander des choses, moi, je leur donne, c'est tout. On peut toujours racheter du sel, du *miso* et du saké mais on n'a qu'une seule vie, avait conclu le charbonnier en esquissant le signe universel d'impuissance, les mains tendues, paumes vers le ciel. C'est idiot de leur résister.

— Les choses vont de mal en pis par ici !

---

1. Pâte à base de graines de soja fermentées et de malt, qui sert de condiment dans la cuisine japonaise. (*N.d.T.*)

— Oui, et on sait pourquoi, avait ajouté le charbonnier, laissant planer un long silence censé inviter Jiro à poursuivre.

Jiro l'avait ignoré. Il ne faisait pas la conversation, à moins d'y être obligé par un client, et il n'était pas assez bête pour critiquer l'administration du district par le nouveau seigneur. Il avait eu beau chercher d'autres réponses, il n'en avait pas trouvé et il avait fini par tendre à son interlocuteur un récipient plein de saké fait maison en disant :

— Tiens !

Le charbonnier n'avait pas été surpris de le voir sauter ainsi, sans transition, de la discussion d'affaires au cadeau. L'un n'allait généralement pas sans l'autre dans ce ballet compliqué qu'était le commerce japonais, même si Jiro n'était pas le plus adroit dans ce domaine.

— Merci ! avait dit le charbonnier avec un sourire. Je sais que tu n'as sans doute pas apporté assez d'argent pour le nouveau tarif. Je te fais crédit, tu pourras me payer la prochaine fois. Allez, viens te réchauffer devant le feu ! Tu dois être gelé d'être venu à pied depuis le village.

Jiro avait accepté l'hospitalité et passé la nuit à boire avec son compagnon. Le saké était fort et doux, il contenait encore des tas de grains de riz fermenté qui flottaient dans le liquide. Après des semaines passées seul dans la montagne à abattre des arbres pour son charbon, l'homme était volubile. Jiro répondait par des grognements ou des phrases courtes, ce qui ne gênait pas l'autre. Pour les Japonais, parler n'est pas juste une question de mots, cela mobilise l'être entier, et, après quelques verres, les petits bruits et les gestes de Jiro semblaient aussi éloquents que le charbonnier aurait pu le souhaiter de la part d'un compagnon bavard.

À cause de ces libations, Jiro s'était réveillé plus tard que prévu. L'aube n'avait pas encore point mais il allait rentrer en retard au village. Le ciel était noir, les étoiles familières continuaient leur noble procession à travers les cieux. Jetant un œil au-dessus du sommet du mont Fukuto, Jiro reconnut les deux étoiles de la constellation des Amants, très proches l'une de l'autre. Elles s'étaient déjà retrouvées pour leur baiser annuel qui marque l'automne, pourtant, le temps hésitait toujours à quitter le rivage de l'été.

Jiro ramassa son panier de charbon de bois à la hâte et paya son fournisseur avec l'argent qu'il avait apporté. Tout en courant sur le chemin qui le ramenait au grand croisement et au village, il se creusait la cervelle pour imaginer la meilleure façon d'expliquer la hausse des tarifs à ses clients. Jiro continuait à se débattre avec son problème tandis que le soleil montait dans le ciel et que sa chaleur chassait une partie des brumes qui traînaient au fond de la vallée, révélant le *hagi*, le trèfle arbustif rampant.

Quand Jiro arriva au carrefour, il était si préoccupé qu'il faillit ne pas remarquer le cadavre et manqua trébucher dessus.

Le corps était étendu sur le flanc, au milieu du carrefour qui marquait la croisée de quatre chemins. L'un d'eux menait à l'est, au village de Suzaka, qu'habitait Jiro. Un autre, en direction du nord, sortait de la contrée et conduisait dans la préfecture d'Uzen et vers les rivières qui se trouvaient au-delà. Un autre descendait vers le sud, le village d'Higashi et la préfecture de Rikuzen, tandis que le dernier, sur lequel était engagé Jiro à ce moment-là, se dirigeait vers l'ouest et grimpait dans la montagne jusqu'au mont Fukuto.

Le cadavre était celui d'un homme qui pouvait avoir une trentaine d'années, vêtu d'un kimono brun sur un *hakama* – un pantalon – gris. Le costume de quelqu'un qui compte voyager. Il avait les jambes écartées et il lui manquait une sandale. Celle qui restait accrochée

21

tant bien que mal à un pied était du genre de celles que chaussent les voyageurs ou les pèlerins.

Il portait un chignon, coiffure qu'affectionnent les marchands. Son visage exprimait la douleur et ses yeux étaient hermétiquement clos, comme s'il avait voulu créer sa propre obscurité pour occulter les ténèbres de la mort.

Il avait une flèche fichée dans le dos. Une tache de sang s'étalait autour de l'endroit où elle s'était enfoncée, parallèlement au sol et en direction de la tête de l'homme. La flèche était de belle facture, avec une hampe droite en bois foncé et sans défaut, terminée par des plumes grises joliment taillées.

Jiro avait déjà vu pas mal de morts. Certains avaient été victimes de mort violente. D'ailleurs, on pouvait difficilement échapper au spectacle de la mort violente quand on vivait dans un pays où trois cents ans de guerres des clans avaient laissé un lourd héritage. N'empêche qu'il avait les nerfs secoués de tomber ainsi sur un cadavre tout d'un coup, sans prévenir.

Il s'arrêta brusquement en dérapant et sa lourde hotte de charbon lui heurta le dos et les épaules. Il se pencha en arrière en un geste familier qui lui permit à la fois de déposer le panier par terre et de dégager les cordes des épaules et de la tête. Hésitant, il s'avança vers le corps, y regardant à deux fois pour s'assurer que l'homme ne respirait pas. Jiro s'accroupit à côté de lui, le pressa du doigt en disant : « *Oï !* Hé là ! Dites donc ! » Pas un mouvement. Il toucha le visage : la joue de l'homme était froide et sans vie.

Jiro était contrarié. Découvrir un cadavre un matin où il se sentait déjà dépassé par des problèmes aussi banals que l'augmentation du prix du charbon, voilà qui ajoutait à son angoisse ! La sécurité se détériorait tant dans le district que, bientôt, on ne s'étonnerait plus de trouver des cadavres au beau milieu du village.

Il devait décider de ce qu'il allait faire. Se contenter d'ignorer le corps et continuer sa route vers le village serait le meilleur moyen d'éviter les ennuis, mais les prochains voyageurs qui passeraient par le carrefour signaleraient le décès et Jiro risquerait alors de se trouver impliqué dans le meurtre.

S'il le signalait lui-même, il aurait évidemment affaire à Nagato, le magistrat, ce qui entraînerait davantage de dérangement et de contrariétés. Jiro risquait même une correction si cette brute se mettait dans l'idée de lui en administrer une, juste pour le principe. Il soupira.

Soudain, Jiro entendit un bruit derrière lui, sur le chemin d'Uzen. Il se retourna et aperçut un homme qui avançait vers lui, au débouché d'un virage, vêtu du kimono et du *hakama* du voyageur, comme le mort, sauf qu'à la différence de ce dernier l'inconnu était manifestement un samouraï. Un *katana* dans son fourreau négligemment accroché à son épaule, il avait une main posée sur la garde. La laque noire du fourreau reflétait l'intense soleil du matin et Jiro était hypnotisé par son éclat.

Dès que l'homme avisa Jiro, ses épais sourcils entrèrent en collision pour former un pli.

— *Nani ?* Qu'est-ce qu'il y a ? lança l'homme en pressant le pas.

L'idée de reprendre son panier effleura un bref instant Jiro mais il y renonça. Se levant d'un bond, il enjamba souplement le cadavre, prit ses jambes à son cou et courut jusqu'au village sans se retourner une seule fois.

Le samouraï s'approcha du corps et s'immobilisa. Il l'examina quelques minutes, puis il suivit d'un regard pensif le chemin par lequel Jiro avait prestement disparu.

CHAPITRE II

Singes qui avancent tous en rang.
Farouche posture martiale.
Ah, les beaux samouraïs !

La parade ressemblait plus à la scène comique d'un rouleau peint qu'à une procession militaire.

En tête venait Ichiro, le chef du village, fatras d'os anguleux et d'articulations énormes dans un sac de peau jaunissante. Il tenait son *naginata*, une sorte de pique garnie d'une large lame, comme un objet étranger dont il aurait ignoré le maniement. Ichiro était nu, à part un pagne et des poignets de cuir censés faire office d'armure. Il avait une plaque de métal accrochée sur le front avec de fines lanières de cuir, qui n'aurait pu le protéger que face à un adversaire très habile, capable de viser délibérément cette cible.

Ichiro était suivi de Nagato Takamasu, le magistrat du district. Sa masse ventripotente tirait sur l'étoffe du kimono bleu et les deux sabres qui marquaient son état de samouraï pointaient de son corps à la manière des épines d'un poisson-globe. La grosse bedaine de Nagato tressautait au rythme de ses dandinements. À une époque où la nourriture était précieuse, la graisse de Nagato

24

le désignait comme un homme relativement riche et privilégié.

Derrière Nagato avançaient deux gardes. L'un d'eux seulement portait une lance munie d'un fer, l'autre avait un bambou taillé en pointe, de fabrication locale. En dehors du pectoral de mailles d'un des gardes – piètre protection ! –, les deux hommes n'avaient pour toute armure que leur pagne.

Jiro fermait la marche. Bien qu'il fût censé guider le groupe, on l'avait relégué à l'arrière pour une question de préséance. De sorte que, chaque fois que Nagato voulait demander à quelle distance se trouvait le cadavre, le message devait descendre et remonter la colonne par l'intermédiaire des deux gardes. La conversation tournait à la farce et Jiro pestait en silence contre la stupidité des militaires.

— À quelle distance est le corps ? demandait Nagato.

— À quelle distance est le corps ? répétait le premier garde.

— À quelle distance est le quoi ? questionnait le deuxième.

— Le corps, le corps, *baka* !

— Le magistrat Nagato veut savoir quelque chose, transmettait le deuxième garde à Jiro.

Jiro, qui ne pouvait pas entendre la conversation ainsi transmise à distance, répondait :

— *Hai !* Oui !

— Où est le corps ?

— Au grand croisement, déclarait Jiro, interloqué (pourquoi Nagato ne se rappelait-il pas ce que Jiro avait raconté en rentrant au village ?).

— C'est au grand croisement, transmit le deuxième garde.

— Qu'est-ce qui est au grand croisement ? interrogea le premier.

— Le corps, le corps, abruti ! rétorqua le second, imitant son collègue.

25

Le premier se retourna et décocha un regard noir au second avant de s'adresser à Nagato, devant lui :

— Il est au grand croisement, messire.

— Évidemment qu'il est au grand croisement ! cingla Nagato. Demande-lui donc à quelle distance d'ici !

— À quelle distance d'ici ? fit le premier, relayant la demande.

— Le corps est à quelle distance du grand croisement ? transmit le second.

Jiro n'y comprenait plus rien, il répondit :

— Tout droit, juste au grand croisement.

— Il est juste à droite du grand croisement, lança le second.

— Il faut prendre à droite au grand croisement, messire, annonça le premier à Nagato.

— À droite ? répéta Nagato, étonné. Il avait dit que le corps était juste au grand croisement, je crois. Demande-lui à quelle distance sur la droite.

— À quelle distance sur la droite est-ce qu'il se trouve ?

— À quelle distance sur la droite ?

— À quelle distance sur la droite ? répéta Jiro, perplexe. Qu'est-ce qui se trouve « à quelle distance sur la droite » ?

— Le corps, abruti !

— Mais le corps n'est pas sur la droite du grand croisement.

— Ce n'est pas à droite.

— Il dit que ce n'est pas à droite, messire. C'est peut-être à gauche. Ces imbéciles de paysans ne savent pas distinguer leur droite de leur gauche !

— Le corps est à gauche de la croisée des chemins ? s'étonna Nagato. Je croyais qu'il avait dit tout droit, juste à la croisée des chemins.

Cette conversation embrouillée aurait pu durer longtemps si, au débouché d'un virage, Ichiro n'avait pas vu le corps qui gisait en plein milieu du carrefour. Il s'immobilisa, prêt à user de son *naginata*, comme si le cadavre allait ressusciter et l'attaquer.

Nagato s'arrêta net lui aussi, à deux doigts de s'embrocher sur la pointe du *naginata* d'Ichiro. Cet arrêt soudain se répercuta tout le long de la file : le premier garde s'immobilisa à son tour, le second garde percuta alors le premier, projetant son collègue dans le dos de Nagato, malgré tous les efforts qu'il avait faits pour épargner le magistrat.

Ainsi bousculé, Nagato se retourna et rugit de colère :

— *Baka !* Abruti ! Qu'est-ce que tu fabriques !

Le garde tomba à genoux et se prosterna pour s'excuser.

— Pardon, messire ! Pardon ! C'est cet imbécile derrière moi. Il m'a poussé, ce n'est pas ma faute !

Jiro, qui avait assisté à toute la scène de sa place à l'arrière de la procession, étouffa un rire à la vue de la mésaventure survenue au magistrat et aux gardes.

Nagato désigna le cadavre et hurla :

— Ne reste pas là par terre à frapper ta misérable tête sur le sol ! Lève-toi et va examiner le corps !

— Oui, messire !

Le garde se releva et courut vers le cadavre, le second garde sur les talons. Quand le premier arriva près du corps et voulut s'arrêter, le deuxième lui rentra dedans encore une fois, ce qui les fit basculer sur le cadavre tous les deux, entraînant dans leur chute la hotte de charbon de bois de Jiro. Les gardes et le cadavre formaient une masse gigotante d'où pointaient des mains, des jambes et des pieds. Le premier garde, qui n'en pouvait plus de frustration et de colère, s'était mis à frapper son collègue au visage.

Nagato et Ichiro se précipitaient pour séparer les deux hommes en pleine querelle quand un rire tonitruant dévala le flanc de colline voisin du carrefour. Jiro leva les yeux et eut la surprise de voir le samouraï qui l'avait effrayé.

Le samouraï était assis sur le tronc horizontal d'un pin qui poussait couché, tourmenté par les vents. Dans la position du lotus sur cet arbre parallèle au sol, le sabre sur les genoux, l'homme avait dans les mains un petit couteau et un morceau de bois. Il riait de si bon cœur qu'il dut laisser choir le bout de bois dans son giron et poser une main sur une branche pour se maintenir en équilibre.

Nagato leva les yeux vers le flanc de colline et regarda le samouraï avec une grimace courroucée :

— De qui te ris-tu ainsi ? beugla-t-il.

Le samouraï riait de plus belle. Nagato attendait une réponse.

— Alors ? Alors ?

Son rire s'étant peu à peu apaisé, le samouraï esquissa du haut de sa position dominante un sourire à l'adresse du magistrat scandalisé et déclara :

— Les singes des neiges sont toujours une source de divertissement.

Perplexité du magistrat.

— Pourquoi... commença-t-il, puis, comprenant le sens de la repartie, il cria : Et qui es-tu donc pour te permettre de nous traiter de singes ?

— Vous êtes des hommes qui se conduisent comme des singes, si bien que je suis un homme qui ne sait pas à quelle sorte de créatures il a affaire : des hommes ou des singes.

Rouge de colère, le magistrat envoya des coups de pied aux deux gardes toujours à terre, entrelacés avec le cadavre.

— Levez-vous et arrêtez-moi cet homme-là ! hurla-t-il.

Les gardes mirent un moment à se relever et à se présenter avec leur arme en position d'attaque. Ils portèrent leurs regards vers le haut de la colline, puis l'un sur l'autre. Enfin, aiguillonnés par les cris de Nagato, ils esquissèrent quelques pas timides en direction du samouraï.

À mesure qu'ils grimpaient la côte, leur semblant de volonté martiale s'écroulait. Loin de brandir leurs lances comme on tient des armes, ils s'en servaient de bâton pour la marche. Apparemment, ils n'avaient pas plus envie l'un que l'autre de prendre la tête des opérations et ils lorgnaient le samouraï d'un œil méfiant. Ils étaient à mi-chemin quand ce dernier posa le morceau de bois sur le tronc. Puis il prit son petit couteau, un *ko-gatana*, et le glissa dans son étui, sur le côté du fourreau de son sabre. Il déplia les jambes et les posa par terre, se leva et enfila son sabre dans sa large ceinture. Il accomplit tous ces gestes avec une économie de mouvements et une célérité qui fascinèrent Jiro. Mais cette fascination n'affecta pas les soldats qui grimpaient : l'activité du samouraï fut le signal de la débandade des gardes qui, tombant et glissant, dégringolèrent la pente jusqu'à la route.

Voyant ses troupes en pleine confusion, Nagato cessa de crier mais son visage pourpre semblait à deux doigts d'exploser.

— Si tu me le demandes poliment, je descendrai te parler, déclara le samouraï.

Nagato regarda Ichiro qui tremblait de peur et les deux gardes à la tenue en bataille, et il ravala sa colère. Il se planta au milieu de la route, leva les yeux en direction du samouraï et dit :

— Je vous prie de descendre afin que nous puissions vous parler.

Avec une agilité et un sens de l'équilibre qui stupéfièrent Jiro, le guerrier dévala la colline. Quand il fut parvenu à la croisée des chemins, les deux gardes reculèrent d'un pas, comme s'ils voulaient ainsi se mettre hors d'atteinte.

Constatant que Nagato frisait l'apoplexie et n'était pas en mesure de s'exprimer, Ichiro eut l'audace de s'adresser au samouraï :

— Je m'appelle Ichiro, chef du village de Suzaka, déclara-t-il. Vous avez devant vous le magistrat Nagato et deux de ses hommes. Comme vous pouvez le voir, nous sommes là pour enquêter sur ce qui est arrivé à cet homme.

Le samouraï désigna Jiro en pointant le menton vers lui :

— Et lui, qui est-ce ?

Surpris, Jiro bredouilla son nom. Il avait l'habitude d'être traité en élément du décor, de ne pas être remarqué ou reconnu par ceux qui étaient manifestement ses supérieurs. Ce samouraï était de toute évidence un rônin, mais il n'en restait pas moins un samouraï, même s'il n'était pas attaché à un maître. Il pouvait aussi bien faucher Jiro ou n'importe quel paysan avec son sabre sans crainte d'être puni par la loi, si l'envie lui en prenait.

Une fois les présentations faites à la satisfaction du samouraï, celui-ci demanda :

— Eh bien, que voulez-vous savoir ?

— Comment vous appelez-vous ? demanda Nagato Takamasu, retrouvant enfin assez de maîtrise de soi pour parler, mais sur un ton qui lui valut un regard noir du samouraï. Je, euh, il me faut votre nom pour mon rapport au seigneur du district, bredouilla Nagato avec un léger signe de tête destiné à montrer qu'il ne voulait pas manquer de respect en posant une telle question. Je suis le magistrat du district.

Le samouraï s'immobilisa et leva les yeux sur la colline. Jiro suivit son regard mais ne vit rien d'autre que le vent qui faisait frissonner les pins dressés sur la montagne.

— Je m'appelle Matsuyama Kaze, annonça-t-il.

Jiro trouva curieux que le samouraï s'appelle « Vent de la montagne couverte de pins », puisque c'était justement ce qu'il avait sous les yeux. Le magistrat remarquerait-il la coïncidence ? Non, Nagato Takamasu n'était pas homme à remarquer grand-chose, en dépit de son double nom – c'étaient les samouraïs ou les personnes de noble extraction qui portaient deux noms. S'ils étaient en outre seigneurs du district, ils devenaient « un grand nom », un *daimyo*. On estimait en revanche qu'un seul nom suffisait pour le peuple – les paysans, les marchands et autres citoyens qui composaient la société japonaise. Et pour éviter de les confondre, on ajoutait toujours une sorte d'étiquette pour les identifier, telle que Jiro le marchand de charbon.

— Et que savez-vous à ce propos ? s'enquit le magistrat en désignant le cadavre à leurs pieds, à présent tout dérangé par la rixe des gardes.

— Il est mort, fit Matsuyama Kaze.

Jiro crut voir l'ombre d'un sourire sur le visage du samouraï qui avait pourtant répondu en gardant son sérieux.

— Oui, oui, bien sûr qu'il est mort, confirma Nagato, mais savez-vous de quoi il est mort ?

— D'une flèche.

Matsuyama Kaze affichait toujours un air sérieux mais il avait une étincelle dans l'œil, Jiro en était sûr. Il s'amuse avec le magistrat, songea le charbonnier. Or ce magistrat avait littéralement pouvoir de vie et de mort, et l'idée qu'on pût le manipuler pour le simple plaisir paraissait inconcevable.

— Bien sûr, bien sûr, je le vois bien. C'est une flèche qui l'a tué, en effet. Mais savez-vous comment il a été tué ?

— Je sais seulement ce que m'indiquent mes yeux. Je n'ai pas vu l'assassin. Quand je suis arrivé sur ce chemin, j'ai vu Jiro accroupi près du cadavre, en train de l'examiner. Il m'a aperçu, il a eu peur et il a pris ses jambes à son cou en laissant son panier de charbon derrière lui. J'ai décidé de m'arrêter ici un moment pour voir ce qui allait se passer. J'ai pensé que ça pourrait être intéressant. Et ça l'est.

— Oui, oui, j'entends bien. Mais savez-vous autre chose, en dehors de ce que vous avez vu ?

Kaze sourit :

— On dirait que certains ne sont même pas capables de comprendre ce qu'ils voient de leurs propres yeux. C'est folie que de m'interroger sur des choses que je n'ai pas vues.

Le magistrat n'était pas sûr : avait-il été insulté ou non ? Il marqua un temps d'arrêt pour essayer de décider. N'y parvenant pas, il ramena son attention sur le corps. Il tourna plusieurs fois autour en marmonnant « Oui, oui », tout en considérant ce qu'il avait sous les yeux. Enfin, il s'immobilisa, mit ses mains sur ses hanches et annonça :

— Eh bien, c'est évident, naturellement !

Alors que personne, Kaze y compris, n'incitait le magistrat à expliquer ce qu'il trouvait si évident, cela ne l'empêcha pas de le faire de son propre chef :

— Cet homme-là est un étranger. En tout cas, pas quelqu'un de notre village. Il était manifestement en train de marcher sur le chemin quand des bandits lui ont tiré dans le dos et l'ont dévalisé. Oui, oui, tout cela est très clair.

Kaze éclata de rire. Irrité, le magistrat se tourna vers lui et lança :

— Je suis le magistrat.

— En effet, confirma Kaze, et l'une de vos missions consiste à assurer le fonctionnement de la justice. Et cela ne sera pas le cas si vous ne situez même pas l'endroit où le meurtre a été commis.

— Qu'est-ce que vous me chantez là ?

— Combien de voyageurs se baladent avec une seule sandale au pied ?

— Aucun, voyons ! Quelle question ridicule !

— Eh bien, pourquoi est-ce que cet homme-là n'en a qu'une ? En général, on en a deux ou bien on marche pieds nus, comme Jiro.

Abaissant un regard attentif sur le cadavre, le magistrat concéda :

— Oui, oui, je vois ce que vous voulez dire, conclut-il, et il ordonna aux gardes : Trouvez-moi l'autre sandale !

— Ne vous embêtez pas avec cela ! rétorqua Kaze. Elle n'est pas là. Elle a été perdue sur le lieu du meurtre.

— Il l'a sans doute perdue en courant jusqu'ici. Le simple fait que la sandale ne soit pas là ne signifie pas qu'il n'a pas été assassiné ici.

— Vous avez effacé les éventuelles empreintes de pied en faisant le tour du cadavre, mais j'avais examiné le chemin avant votre arrivée. Il y avait des marques de sabots de cheval, la trace des pieds nus ou des sandales de ceux qui sont passés par ce carrefour. Mais je n'ai pas vu d'empreinte d'un pied nu à côté d'un autre chaussé d'une sandale. Cet homme n'a donc pas été tué ici.

— Mais c'est ridicule d'imaginer qu'il a pu être tué ailleurs ! Pourquoi un bandit qui a tué un homme se donnerait-il la peine de le transporter jusqu'au carrefour ? demanda le magistrat.

— Pourquoi un bandit laisserait-il l'argent du bonhomme ?

— Comment ça ? Il a toujours son argent sur lui ?

— Vérifiez donc sa bourse.

Le magistrat fit signe à Ichiro d'exécuter l'ordre de Kaze. Le chef du village se pencha et trouva la bourse du mort attachée à la ceinture du kimono par une cordelette. Celle-ci était munie à son extrémité d'un bouton qui devait empêcher la corde de glisser hors de la ceinture. Mais ce bouton n'était en l'occurrence qu'un simple carré de bois percé d'un trou au milieu, au lieu de l'habituel *netsuke* d'ivoire sculpté.

Ichiro ramassa la bourse et regarda à l'intérieur.

— C'est vrai, magistrat-*sama*[1], il y a de l'argent dedans. Plusieurs pièces de cuivre et même une en argent.

— En effet, en effet, très curieux. Et comment le saviez-vous, samouraï ?

— J'ai regardé, répondit Kaze.

— On dirait que vous en savez long sur cette affaire pour un homme qui prétend être tombé sur ce cadavre après que le charbonnier l'avait découvert.

— Vous en sauriez beaucoup plus long vous aussi si vous ouvriez les yeux. Par exemple, vous voyez la ceinture de cet homme ? Comment est-elle nouée autour de son corps ?

Le magistrat fixa le corps pendant plusieurs minutes. Jiro regardait aussi. La longue ceinture était enroulée plusieurs fois autour du corps et semblait un peu desserrée malgré sa longueur. Que voulait dire le samouraï ? Jiro n'en était pas sûr. La réponse du magistrat fit écho à la perplexité de Jiro :

— Je ne vois rien, conclut-il.

Le samouraï soupira.

— On peut mettre une bougie allumée sous le nez d'un homme mais on ne peut pas lui faire ouvrir les yeux pour regarder la flamme, même s'il en sent la chaleur.

— Allons, allons ! protesta le magistrat. Je commence à me lasser de vos remarques. Elles n'ont pas de sens et j'ai comme l'impression qu'elles pourraient être irrespectueuses.

Le samouraï esquissa une courbette.

— J'ai le plus profond respect pour la position de magistrat, déclara-t-il. C'est une fonction importante et capitale pour le maintien de l'ordre dans un district. Si

---

1. *Sama* et *san* sont deux suffixes honorifiques qui s'emploient pour marquer du respect à son interlocuteur. (*N.d.T.*)

l'une de mes remarques vous a offensé, j'en suis désolé. Elles ne font que refléter la qualité des actions et des paroles que j'ai vues et entendues.

Le magistrat cligna les yeux plusieurs fois, ne sachant pas bien s'il venait de recevoir des excuses ou de nouvelles insultes. Il finit par lâcher :

— Bon, bon, eh bien, je vais devoir rapporter cela au seigneur du district, pour voir ce qu'il en pense. Son manoir est proche du village de Suzaka. Tout cela est fort inhabituel, très inhabituel. Samouraï, je vous demande de rester sur place jusqu'à ce que notre seigneur décide ce qu'il faut faire au sujet de la situation.

— Y a-t-il une maison de thé à Suzaka ?

— Non, mais vous pouvez loger chez le charbonnier.

Jiro n'était pas d'accord avec cette invitation lancée au rônin par le magistrat. Il ne voulait pas d'un hôte imposé de force, et surtout pas d'un rônin inconnu.

— Excusez-moi, magistrat-*sama*, mais ma maison est trop modeste pour un samouraï.

— Balivernes ! rétorqua le magistrat. Il faut bien qu'il dorme quelque part. Et il ne peut en tout cas pas venir chez moi ni au manoir du seigneur. Ta ferme fera l'affaire.

— Mais le samouraï sera peut-être contrarié de séjourner dans une aussi humble demeure ?

— Oh, pas du tout, répondit Kaze avec un sourire. Il y a deux jours, j'ai dormi sur un bateau dans lequel je me trouvais et, la nuit dernière, dans un champ. Je suis sûr que ta maison conviendra tout à fait.

— Mais… tenta de protester Jiro.

Le magistrat lui coupa la parole :

— Bon, bon. Alors, c'est réglé. Rentrons au village. Je dois aller relater les faits au seigneur. Vous deux, restez ici pour enterrer le cadavre, ordonna-t-il aux gardes.

— Vous n'allez pas faire porter le corps à Suzaka ? s'étonna Kaze. Cet homme-là est peut-être connu au village. Le fait qu'il soit un étranger pour vous ne signifie pas que d'autres ne le connaissent pas.

— À quoi bon ? C'est un effort inutile. Ici, les morts étrangers, on se contente de les enterrer au bord du chemin. C'est la coutume. Oui, oui, c'est ce qu'il convient de faire, décréta le magistrat, qui reprit le chemin du village en se dandinant.

Le samouraï ne le suivit pas immédiatement. Quant à Jiro et Ichiro, ils étaient partagés entre le besoin de suivre le magistrat et celui de s'assurer que le samouraï venait aussi.

Kaze marmonna, presque comme s'il soliloquait :

— Quel genre d'endroit est-ce donc là pour que les cadavres d'étrangers soient chose si banale qu'on ait une coutume pour leur ensevelissement ?

Il glissa son sabre dans sa ceinture et l'ajusta avec soin, puis il s'engagea sur le chemin du village, suivi d'Ichiro, le chef. Jiro, curieux, leva son regard sur la colline, puis l'abaissa sur les silhouettes du magistrat, du rônin et du chef de village qui s'éloignaient. Il décida de satisfaire sa curiosité et entreprit de grimper jusqu'à l'endroit où s'était assis le samouraï.

Arrivé au tronc d'arbre, il ramassa le bout de bois qu'avait sculpté le samouraï : un morceau de branche de la longueur d'une main et de la grosseur d'une hampe de lance. Le samouraï y avait sculpté une statuette de Kannon, déesse de la miséricorde, qui n'était pas achevée. Seules la figure et les épaules émergeaient de l'écorce brute mais Jiro fut émerveillé par la délicate beauté et la sérénité de ce visage qui le regardait.

Les yeux de Kannon étaient des fentes tranchées sous les paupières et les pommettes lisses surmontaient une minuscule bouche aux lèvres parfaitement formées. Elle était aussi patiente et bienveillante qu'à l'accoutumée, prête à accorder sa miséricorde à quiconque avait assez de sincérité pour l'en supplier. Que les mains d'un homme puissent évoquer une image aussi vivante de la déesse à partir d'un bout de bois ordinaire, c'était là une source d'émerveillement pour Jiro, habitué à de bien plus frustes représentations des dieux et déesses qui peuplent le Pays des divinités.

Jiro regarda en bas de la colline et vit les deux soldats en train de creuser une tombe peu profonde au bord de la route. De son point d'observation, le carrefour et tout ce qui s'y passait lui apparaissait comme une scène encadrée par les troncs et les branches d'arbres alentour. De l'endroit où le samouraï avait placé la déesse Kannon, celle-ci pouvait porter son regard sur l'homme assassiné et sur quiconque passait par là, offrant sa miséricorde aux voyageurs las et exposés aux périls des routes. Jiro reposa la statuette à demi sculptée sur la branche, exactement là où l'avait laissée le samouraï. Il joignit les mains avec un bruit sonore et s'inclina, demandant à la déesse de lui accorder aussi sa miséricorde.

Les gardes qui creusaient la tombe levèrent les yeux en entendant claquer les mains de Jiro mais ils étaient par trop dépourvus de curiosité pour observer ce que fabriquait le marchand de charbon. Glissant et dérapant, Jiro descendit la pente que le samouraï avait si agilement dévalée quelques minutes plus tôt. Il ramassa le charbon de bois répandu, le remit dans le panier qu'il chargea sur son dos et il descendit en trottinant le chemin qui menait au village de Suzaka.

CHAPITRE III

Une araignée bien installée
attend sur sa toile iridescente.
Pauvre petit papillon de nuit !

— Ouiii ?

Nagato détestait cela. Le seigneur Manase aimait la subtilité, les propos indirects. Nagato, lui, n'était qu'un fruste samouraï de la campagne et le savait. Comment s'y prendre avec cet étrange maître aux coutumes bizarres, qui parlait avec un si curieux accent ? Il n'en avait pas idée. Nagato avait fini de relater le meurtre survenu au croisement et sa rencontre avec le samouraï, et maintenant le seigneur attendait de lui un commentaire quelconque mais lequel ? Nagato n'arrivait pas à le deviner à partir de sa question monosyllabique.

— Ce n'est probablement pas l'œuvre de Patron Kuemon, Manase-*sama*, avança Nagato.

— Ouiii ?

Encore ce mot ! Ils étaient installés dans le bureau seigneurial. Pour des raisons qui lui appartenaient, le seigneur Manase préférait avoir dans cette pièce de solides volets de bois plutôt que des *shoji*, les habituelles cloisons de papier. Avec pour résultat que le bureau était sombre et sinistre, aussi peuplée d'ombres qu'une caverne. Le seigneur Manase trônait au milieu, entouré de livres et de menus objets. Quand les domestiques du manoir bavardaient avec les villageois, ils évoquaient les travaux d'érudition de leur maître qui veillait tard le soir dans ce cabinet, penché sur des textes anciens à la lueur vacillante d'une seule bougie plantée sur un gros chandelier de métal posé au sol. Le seigneur adorait les belles choses, il vivait dans l'opulence et portait de beaux atours, malgré des habitudes personnelles monacales et austères. Les anciens seigneurs du petit district avaient toujours été de rudes samouraïs campagnards qui ne s'intéressaient qu'à la chasse, aux festins et à leur collection de concubines. Un seigneur érudit était un phénomène qui sortait de la sphère de l'expérience commune.

Ce bureau sombre et encombré de livres avait toujours un effet perturbant sur Nagato, encore aggravé par le puissant parfum dont le seigneur s'aspergeait. D'après ses gens, le seigneur Manase se baignait rarement, ce en quoi il ressemblait à ces barbares velus des lointaines contrées d'Occident, des créatures dont Nagato avait ouï parler mais qu'il n'avait jamais vues. Le seigneur Manase utilisait toute une gamme de parfums, certains achetés, d'autres de sa propre confection. Les fragrances se mêlaient aux relents de fumée et à l'odeur végétale des vieux tatamis pour créer une atmosphère suffocante, lourde et complexe que Nagato trouvait parfaitement insupportable.

Nagato était assez sensé pour n'en rien dire à son maître, mais son nez subissait les agressions des âcres odeurs lorsqu'ils se trouvaient enfermés ensemble dans le petit cabinet confiné. Nagato tenait désespérément à trouver les mots qu'il fallait, et ce pour plusieurs raisons. D'abord, il attendait l'autorisation de quitter cet antre étouffant. Ensuite, l'étrange façon de s'exprimer du seigneur le mettait mal à l'aise en toutes circonstances. Enfin et surtout, il ne voulait pas que son maître s'intéressât à ce meurtre.

Le seigneur Manase porta à sa bouche son éventail fermé, signe certain qu'il commençait à s'impatienter du silence de Nagato.

— Il y a peut-être une autre explication, Manase-*sama*, lança Nagato.

— Ouiii ?

Cette fois, Nagato se rendit compte qu'un brin d'intérêt pointait dans l'intonation du monosyllabe.

— Oui, oui. C'est peut-être le rônin qui l'a tué.

Manase éclata d'un rire haut perché :

— Et qu'est-ce donc qui te le doooonne à penser ?

Nagato se savait point trop malin mais il était rusé :

— J'ai remarqué plusieurs indices sur le corps montrant qu'il n'avait pas été tué au carrefour.

— Ouiii ?

Un intérêt un peu plus vif, cette fois.

— Oui, oui, seigneur. Le marchand n'avait qu'une sandale au pied, l'autre n'était plus là, ce qui signifie qu'elle a dû être perdue à l'endroit où le marchand a vraiment été tué.

— Ainsiii, tu as remarqué cela ?

Nagato se tortillait, un tantinet gêné. Manase risquait de questionner cet abruti de chef du village, Ichiro, alors autant ne pas mentir ouvertement :

— J'ai obtenu le renseignement en questionnant le rônin.

Le seigneur Manase se mit à tapoter la paume de sa main avec son éventail fermé, signe certain qu'il réfléchissait.

— Intéressant, concéda-t-il.

— Et il y a plus encore, Manase-*sama*.

— Oui ?

— Je suis presque certain que ce n'est pas Patron Kuemon qui a tué ce marchand.

— *Honto ?* Vraiment ?

— Oui, seigneur.

— Et comment sais-tu cela ?

Nagato faillit sourire. Il avait réussi à amener le seigneur à communiquer avec lui au moyen de phrases complètes.

— Parce que, en examinant le marchand mort, j'ai constaté qu'il avait encore de l'argent dans sa bourse. Même si Patron Kuemon avait dû déplacer un cadavre pour s'en débarrasser, jamais il n'aurait toléré qu'on le jette avec de l'argent sur lui.

Nagato sentit que le seigneur le considérait avec un respect nouveau.

— Voilà qui est fort intéressant, Nagato, déclara le seigneur Manase. (C'était l'une des rares fois où il s'adressait au magistrat par son nom, et ce dernier se redressa.) Mais pourquoi penses-tu que ce rônin a tué le marchand ?

— Il en sait tout simplement trop long là-dessus, affirma Nagato. Il a déclaré que le marchand n'avait pas été tué au croisement et qu'il en savait encore davantage sur le meurtre, sans vouloir me dire quoi. Il faut qu'il ait fait le coup lui-même pour être si au courant.

Nouveau tapotement d'éventail dans la paume de l'autre main. Et puis le seigneur Manase finit par déclarer :

— Mais je croyais que le marchand de charbon avait dit qu'il avait trouvé le cadavre avant que le rônin arrive par la route d'Uzen.

Nagato joua alors sa carte maîtresse – l'idée lui en était venue quelques instants plus tôt :

— Le charbonnier et le rônin ont fait ça ensemble ! Oui, oui. Le paysan ment à propos de l'endroit où il a trouvé le corps et du moment où le rônin est apparu – soit parce qu'il a touché de l'argent, soit pour une autre raison.

— Voilà une hypothèse fort intéressante. Franchement, Nagato, je suis étonné que tu aies pu en avoir l'idée.

Sourd à la critique, Nagato n'entendit que la surprise et le plaisir dans la voix de Manase. Il exécuta une courbette solennelle pour remercier son maître.

— Ouiii... eh bien, vas-tu l'arrêter ? reprit le seigneur Manase en portant l'éventail à sa bouche pour indiquer l'ennui que lui inspiraient les détails ordinaires de l'administration.

Nagato se lécha les lèvres. Il fit une autre courbette, en guise d'excuse cette fois :

— Cela pourrait se révéler difficile. Le samouraï a l'air très fort et, avec mes hommes... c'est-à-dire, il me semble... euh...

Le seigneur Manase considéra Nagato de l'œil de celui qui examine un grillon d'une espèce particulièrement passionnante.

— Autrement dit, tu as peur de l'arrêter.

Nagato s'empressa de replonger, l'échine courbée.

— Ce n'est pas une question de... euh..., bredouilla-t-il en exécutant encore une courbette.

— Très bien, conclut le seigneur Manase. J'y réfléchirai quand j'en trouverai le temps. Après tout, qu'est-ce que la mort d'un marchand de plus ou de moins ? Cette conversation est devenue des plus ennuyeuses, releva Manase qui agita l'éventail fermé avec le geste de celui qui veut faire déguerpir une puce. Et maintenant, va-t'en. Quand j'aurai une idée, je te le dirai.

Nagato fit une dernière courbette et quitta le bureau du seigneur du district. À peine dehors, il poussa un soupir de soulagement. Le seigneur ne lui avait pas posé trop de questions et ne lui avait pas ordonné de capturer le samouraï. Nagato avait atteint les objectifs de son entrevue. Il quitta le manoir du seigneur et reprit la direction du village d'un pas fanfaron.

Il y avait quinze minutes de marche entre le manoir et le village. Chemin faisant, Nagato se félicita d'avoir été plus malin que le seigneur excentrique. Manase n'avait que trop souvent montré qu'il prenait Nagato pour un imbécile, se gaussant ouvertement de certaines réponses du magistrat. Quel prétentieux !

Le seigneur affectait l'obséquieux parler de la noblesse d'antan, mais Nagato le savait issu d'une famille qui n'était pas plus noble que la sienne. Ils étaient des samouraïs tous les deux et, bien que Nagato eût laissé ses propres capacités martiales décliner au fil des ans, il était persuadé que, si les liens d'acier du devoir avaient autorisé la chose, il aurait pu battre en duel ce seigneur décadent. Mais à la suite d'un accident de bataille connu de tous au village, le petit homme pâlichon assis dans son bureau obscur régnait en maître absolu sur le district, et Nagato était son magistrat, ayant fait le serment de le servir jusqu'à la mort. Du tréfonds de sa gorge, Nagato fit remonter une boule de flegme visqueux qu'il cracha sur le bord du chemin.

L'injustice de la situation était souvent un sujet de rumination pour Nagato, surtout quand il était éméché et se sentait malheureux de sa situation. C'était un sentiment dangereux mais les temps l'étaient aussi. Si le Taiko[1] avait émergé des rangs de la paysannerie pour devenir souverain du Japon, pourquoi un samouraï tel que Nagato Takamasu n'aurait-il pas le droit de rêver de gouverner un misérable district de cent cinquante *koku*[2] tel que celui-ci ? C'était le souhait le plus vif du magistrat et le fait qu'il n'étendît jamais ses rêves de pouvoir au-delà du petit district de montagne témoignait des limites de son horizon. Car, en dépit de son attitude redoutable face aux paysans et aux fermiers du village, Nagato ne portait, hélas, même pas la culotte dans son propre ménage.

---

1. Le Taiko est le surnom de Toyotomi Hideyoshi (1536-1598). Celui-ci ne pouvait pas devenir shogun, n'appartenant pas à la bonne lignée, mais il en était virtuellement un, de par les pouvoirs qu'il était parvenu à s'arroger. Pour légitimer sa position de gouvernant par un titre, il garda celui de « *Taiko* » auquel il avait droit pour avoir exercé la fonction de *kampaku* (chancelier) en 1591. (*N.d.T.*)

2. Un *koku* était la quantité de riz nécessaire pour nourrir un guerrier pendant un an. (*N.d.T.*)

La belle-mère de Nagato avait atteint ses soixante et un ans, l'âge auquel la tradition permet aux Japonais de dire et de faire ce qui leur chante. Non qu'elle se fût beaucoup gênée jusque-là pour agir de la sorte, bien entendu, du moins entre les quatre murs de la maison de Nagato. Mais elle était de plus en plus directe pour ce qui était d'exprimer sa déception au sujet de l'adoption de Nagato.

En effet, le magistrat n'était pas né dans la famille Nagato et la vieille femme se lamentait : feu son époux avait commis une terrible erreur dans sa hâte à perpétuer la lignée Nagato. Le magistrat estimait lui aussi qu'il y avait eu une erreur, mais pour des raisons fort différentes.

Le magistrat était le premier-né de Hotta Masahiro. Selon la tradition, le fils aîné doit hériter les prérogatives et les terres de son père mais le fait que le magistrat eût été proposé à l'adoption signifiait qu'il devait sa naissance à une liaison antérieure au mariage de sa mère avec Hotta. Sinon jamais un premier-né n'aurait été adopté. Il ne faisait aucun doute que Hotta n'avait rien à voir là-dedans, bien que le magistrat n'eût jamais pu savoir avec certitude qui était son père.

Une grossesse non attendue pouvait aussi expliquer pourquoi sa mère, d'un statut social supérieur à celui de Hotta, s'était mariée avec lui. Il était difficile d'arranger rapidement les mariages avec des familles de statut social égal. C'étaient des affaires complexes servant à consolider une position ou, par le biais d'une alliance militaire, à assurer sa sécurité, et qui prenaient énormément de temps. Avec une fille enceinte, une famille devait faire vite. Elle pouvait arranger plus facilement un mariage avec un parti situé plus bas sur l'échelle sociale. Le jeune homme qui acceptait une telle union voyait s'élever son statut social, même si la grossesse était à l'évidence un inconvénient qui devait être ignoré.

La mère du magistrat s'était mariée avec un homme d'un statut inférieur au sien, et l'adoption de son premier-né par les Nagato constituait pour celui-ci un pas de plus vers le bas de l'échelle. Mais comme cet enfant n'était pas de Hotta, la transaction n'avait rien de déshonorant pour son père adoptif.

Hotta était par ailleurs un père attentif pour ses propres enfants, mais le magistrat, lui, n'avait jamais joui des privilèges qui sont ceux d'un fils aîné dans une famille japonaise, et il l'avait compris assez tôt. À l'adolescence du garçon, Hotta avait vu dans le mariage et l'adoption par la famille Nagato une occasion de se débarrasser d'une épine qu'il avait depuis longtemps dans le pied.

Les Nagato, eux, n'avaient pas d'héritier masculin et ils voulaient se servir de leur fille pour assurer la survie du nom. On lui trouverait un époux, le nouveau gendre serait adopté par la famille et prendrait le nom de Nagato. De sorte que la génération suivante donnerait de « vrais » Nagato.

L'adoption étant réversible, la famille exerçait un pouvoir considérable sur le magistrat, ce qui l'obligeait à supporter une belle-mère qui se mêlait de tout, plus une femme désobéissante. L'épouse s'amusait de la langue acérée de sa mère dont le soutien la mettait en position de pouvoir et, ensemble, elles gourmandaient régulièrement celui qui était censé incarner la force dans le district. Nagato se sentait faible et impuissant de se trouver ainsi coincé dans la vie par la faute de sa mère.

Pourtant, songeait Nagato, même si l'on ne peut pas effacer une mauvaise naissance, un mariage pire encore ou une position de vassal face à un étrange seigneur de district, on peut malgré tout améliorer son sort. Tout ce qu'il faut, c'est de l'argent. L'argent était donc le centre d'intérêt principal de Nagato, parce qu'il avait un objectif en tête : il désirait avoir une concubine.

La femme de Nagato avait fait son devoir conjugal en lui donnant un fils, un méchant petit gamin toujours accroché aux basques de sa mère et qui se conduisait comme elle. Une fois le devoir accompli, elle n'était plus tenue d'apporter la passion dans l'existence de son époux. Pour cela, un samouraï était obligé de se trouver d'autres femmes ou des jeunes gens. L'épouse, elle, devait évidemment lui rester fidèle pendant qu'il satisfaisait ses appétits ailleurs.

Or les appétits de Nagato étaient grands, mais ils étaient restés insatisfaits, sauf sur le plan alimentaire. Tout lui avait échappé : le pouvoir, l'argent, la position sociale, les femmes. Mais désormais, il était décidé à changer cela. L'argent était la clé et, quand il en aurait, le reste serait à lui aussi.

Il se laissait aller à songer : qui allait-il prendre pour concubine ? Cet abruti de chef du village, Ichiro, avait un joli brin de fille de onze ans qui conviendrait pour commencer. Elle était fruste, mais la pensée de sa peau ferme éveillait des sensations familières dans son bas-ventre.

Nagato avait appris que la grâce et la délicatesse sont les marques de la féminité, or la gamine était dégingandée et gauche, et courait dans le village comme un garçon. Il avait appris que les chairs molles et l'absence de muscles sont désirables chez une femme, or la petite avait les membres osseux et déjà durcis par les labeurs de sa courte vie. On lui avait appris que le raffinement dans le domaine des arts est érotique, mais la fillette ignorait tout des manières de cour et de la culture, elle ne connaissait que la vie paysanne. On lui avait appris que la nuque d'un long cou de cygne est le summum de la beauté féminine, or la gamine l'avait courte et épaisse. Et enfin, comme Nagato pouvait le constater quand il la voyait marcher, elle avait de gros pieds de campagnarde au lieu des minuscules petons et des petits pas gracieux qu'il associait avec une jolie femme.

Malgré tout cela, la jeune fille continuait à exciter le désir de Nagato, et ce pour une raison simple : elle était vulnérable.

Comment un aussi succulent morceau pouvait-il être issu d'un sac d'os tel que le chef du village ? Voilà qui dépassait l'entendement de Nagato. Il avait souvent insinué qu'il serait d'accord pour accorder ses faveurs à la fille nubile d'Ichiro, mais ce dernier avait toujours semblé ignorer ses propos. Nagato soupira. Que les culs-terreux peuvent être bêtes ! Enfin, qu'importait : quand il aurait de l'argent, il pourrait simplement acheter la gamine à cet abruti.

— *Tadaima !* Je suis rentré ! lança-t-il d'un ton bourru en arrivant chez lui.

Sa maison était plus grande et plus impressionnante que celle des paysans du village. Il s'assit à l'entrée et dénoua ses sandales. Sa belle-mère ratatinée vint le saluer au lieu de son épouse, comme il aurait convenu. Elle plissa le nez en s'approchant de lui.

— Tu as de nouveau sur toi l'odeur de cet endroit ! Tu es monté voir le seigneur. Tu es sale, lave-toi avant de franchir le seuil de cette demeure ! ordonna la vieille femme.

Les lèvres de Nagato se tordirent en un pli de frustration et de haine, mais il s'exécuta et fit machine arrière.

CHAPITRE IV

Un feu chaleureux avec dessus une bouilloire
qui chante. Il est doux d'avoir des amis.

— En voulez-vous ?
— Oui.
Jiro servit à la louche un bol de bouillie de millet et
de riz complet. Il regrettait d'avoir dû mettre du riz
dedans, mais il s'était cru obligé d'en ajouter au millet
de peur que le samouraï n'aille se mettre en colère
contre lui...
Les deux hommes étaient chez Jiro, assis sur
l'estrade de bois qui constituait le plancher de la hutte.
La ferme pouvait faire dans les huit pas de long sur six
de large, avec un toit de chaume noirci par la suie sur
sa face intérieure. De rudimentaires plates-formes de
bambou reposaient sur les solives et servaient au ran-
gement. Les murs de la hutte étaient des planches
sciées à la main, mais très soigneusement emboîtées
les unes dans les autres pour éviter que les vents mor-
dants de l'hiver ne passent à travers et ne viennent
geler les occupants de la ferme. Ces planches étaient
maintenues par des montants et des traverses, pour la
plupart presque à l'état brut : l'écorce et les branches

avaient été retirées mais la forme naturelle du tronc demeurait. Comme le chaume, tout ce bois avait noirci sous l'effet de la fumée d'innombrables feux allumés pour se chauffer ou pour cuisiner. La maison entière tenait grâce à un intelligent système d'assemblage par tenon et mortaise, et à quelques chevilles.

On faisait le feu dans l'espace ménagé au centre de la plate-forme sur laquelle étaient assis Jiro et Kaze. Un feu de charbon brûlait à même le sol, dans le trou carré ouvert dans le plancher. À une corde passée par-dessus une poutre du toit pendait une marmite de fer où mijotait la bouillie. Jiro pouvait contrôler la température de cuisson en tirant sur l'autre extrémité de la corde ou en lui donnant du mou, puis en l'attachant pour la maintenir en place.

Des volutes de fumée grise s'élevaient du feu et léchaient la marmite avant de flotter vers les recoins du toit de chaume. La fumée aurait en principe dû s'évacuer par un trou de l'avant-toit, mais en réalité une grosse quantité s'accumulait à l'intérieur et emplissait la hutte entière, faisant pleurer les yeux et rendant la gorge aussi sèche que du cuir.

Sur le faîte, tout en haut des chevrons, une flèche peinte en noir pointait vers *kimon*, le nord-est : la direction du diable. La flèche était attachée par une corde de chanvre, objet cérémoniel du shinto destiné à éloigner les mauvais esprits. Le grand-père de Jiro et le menuisier qui avait supervisé l'édification de la maison avaient accroché la flèche à cet endroit-là lors des rites de construction, plus de quatre-vingt-dix ans auparavant. Tout le village avait donné un coup de main pour bâtir la hutte, comme Jiro, son père, et le père de celui-ci avant lui, avaient aidé les autres à construire la leur. Une maison pouvait rester dans la famille pendant des centaines d'années, si elle survivait aux tremblements de terre, aux incendies et aux guerres. On la réparait et on la rénovait par petits

49

morceaux au fil du temps, à mesure que les ans et la pourriture prenaient leur dû. La survie à long terme de l'ensemble primait sur celle de ses composants individuels, un peu comme dans une famille ou dans le village même.

Jiro tendit un bol à Kaze. Celui-ci le prit avec un geste étonnant : il esquissa un petit salut de la tête pour montrer qu'il appréciait cette nourriture et pour remercier Jiro. En cinquante ans d'existence, jamais le paysan n'avait vu un samouraï le remercier, et encore moins s'incliner devant lui, ne serait-ce qu'un tout petit peu. Il faillit en lâcher sa louche.

Kaze, lui, se comportait comme s'il n'avait rien fait d'inhabituel. Il approcha le bol de son visage et, s'aidant d'une paire de *hashi* – des baguettes –, il entreprit d'enfourner la bouillie dans sa bouche tout en aspirant de longues goulées d'air pour la refroidir.

— C'est bon ! dit-il.

Jiro dévisageait ce personnage peu banal et ne savait pas très bien quoi en penser. Quand ils étaient revenus au village de Suzaka, le magistrat était parti faire son rapport au seigneur du district. Jiro avait proposé à Kaze de prendre le petit déjeuner, mais ce dernier avait refusé, disant qu'il avait mangé des boulettes de riz grillées avant de se mettre en route ce matin-là.

Jiro avait passé la matinée à livrer du charbon de bois à ses clients habituels. Kaze avait arpenté le village comme s'il cherchait quelque chose. Sa présence avait rendu les villageois nerveux et, par là, aidé Jiro en détournant leur attention de la nouvelle de la hausse des prix.

À mesure que Kaze avait découvert les lieux, il avait constaté que Suzaka était davantage un *buraku*, un hameau, qu'un *mura*, un village. Un *buraku* regroupait un nombre de fermes relativement modeste, un ensemble de *buraku* formait un *mura*. Ici, en montagne, la terre ne permettait pas de nourrir beaucoup de *buraku*.

Une fois le soleil couché et le repas du soir prêt, Jiro n'avait pas su à quoi s'attendre avec le samouraï. Il s'était inquiété de la suite, car il n'avait encore jamais hébergé de samouraï chez lui. En fait, il y avait rarement des gens chez lui depuis la mort de sa femme. Il s'était tourmenté en imaginant des scènes dans lesquelles le samouraï pourrait se montrer exigeant, voire menaçant. Et si le samouraï allait le battre à cause de la maigre pitance qu'il lui offrait ? Il n'aurait jamais pu prévoir que celui-ci le remercierait...

— *Chotto matte, kudasai.* Attendez une minute, s'il vous plaît, déclara Jiro.

Il hésita un instant, puis se dirigea vers un coin de la plate-forme. Il leva une des lames du plancher. Celles-ci étaient en effet simplement posées sur les solives ; c'eût été un luxe impensable que d'utiliser des clous de métal ou des chevilles de bois pour les fixer.

Jiro tendit le bras sous la planche et sortit un pichet de terre cuite obstrué par un bouchon d'étoffe grossière. Jiro enleva le bout de tissu et tendit la cruche au samouraï.

— *Tsukemono ?* Des condiments ?

Le samouraï se pencha pour examiner le contenu du récipient et rejeta vivement la tête en arrière, les narines assaillies par une odeur âcre, plus puissante même que celle de la fumée ou que la senteur limoneuse de la terre. La cruche était pleine d'aubergines en miniature et de feuilles de chou conservées dans la saumure. Le geste précautionneux, il prit un des condiments dans le pot avec ses *hashi* et le grignota.

— Bon, mais assez fort pour occire des mouches !

Jiro rit :

— Recette maison. C'est mon secret de longévité.

— Quel âge as-tu ?

— Cinquante ans.

Cinquante ans, c'était pour le moins un âge canonique ! Les garçons pouvaient avoir connu leur premier combat à douze ans, on était souvent marié à quatorze et une femme de plus de trente-cinq ans pouvait s'attendre à ce qu'on lui donnât du « *obaasun* », grand-mère. Un paysan qui arrivait au bout de la quarantaine était chose rare. Kaze lui-même avait trente et un ans. Il avait survécu à l'année dangereuse – celle des vingt-neuf ans –, qui n'avait cependant pas manqué d'être fatidique, ainsi que le prétend la croyance populaire. Une si grande part de sa vie s'était écroulée à ce moment-là, ou avait changé depuis, qu'il n'avait pas envie de répertorier ces bouleversements. Il replongea ses *hashi* dans la cruche âcre et y pêcha un autre légume.

— Le village semble en mauvais état, constata Kaze, continuant à manger de petites bouchées de condiments avec sa bouillie.

— Ce ne serait pas pire entre les mains des diables ! répondit Jiro.

— Pourquoi ?

La méfiance de Jiro momentanément effacée par la politesse du samouraï revint au galop.

— Des problèmes, répondit-il évasivement.

— Quel genre de problèmes ?

— Le seigneur de notre district est un peu... bizarre.

— Comment ça ?

— Excusez-moi. Je suis très ignorant. Je ne devrais pas parler de ceux qui me sont supérieurs.

— Pourquoi joues-tu tout à coup les imbéciles alors que tu es un homme intelligent, je le vois bien ?

Jiro s'inclina.

— Pardonnez-moi, je vous prie, mais...

Il laissa mourir la phrase. Clair signe qu'il n'avait pas envie de poursuivre. Kaze reporta son attention sur sa bouillie, sans plus chercher à obtenir de réponse du marchand de charbon.

Jiro examinait subrepticement son hôte qui mangeait. D'une taille normale pour un homme de son époque,

Kaze devait mesurer entre un mètre cinquante-deux et un mètre cinquante-cinq. Il était très musclé, ainsi qu'en témoignaient le volume des avant-bras et la masse des épaules sous le kimono, mais il était aussi d'une exceptionnelle agilité, comme Jiro avait pu le constater quand le samouraï avait dévalé la montagne pour gagner le carrefour. Kaze avait un visage carré aux pommettes saillantes et aux sourcils noirs qui se rejoignaient presque au-dessus du nez, la peau hâlée par le soleil en raison du temps passé sur les routes. À la différence des autres samouraïs qui avaient les cheveux rasés sur le devant de la tête, il portait les siens tirés en arrière, en queue-de-cheval. Un bel homme, conclut Jiro.

Malgré la simplicité affichée de ses manières, il y avait cependant quelque chose chez ce samouraï qui le troublait. Il semblait garder son sabre constamment à portée de main, comme s'il s'attendait à être attaqué d'un instant à l'autre. L'arme est une extension de l'âme pour un samouraï, bien sûr, Jiro le savait, mais il trouvait curieux que Kaze ne posât jamais la sienne hors de portée de son bras. Curieux aussi que Kaze n'eût qu'un seul sabre, le long *katana*. Normalement, les samouraïs en portaient deux : le *katana* et le *wakizashi*, plus court. Celui-ci servait d'arme supplémentaire et à d'autres tâches telles que le suicide rituel. Les samouraïs appelaient leur *wakizashi* « le gardien de l'honneur ». Jiro se demandait pourquoi Kaze n'en avait pas.

— Il y a longtemps que vous êtes sur la route ?
— Trop longtemps.
— Où habitez-vous ?
— Je n'ai plus de maison. Je suis un rônin, un « homme-vague ». Telles les vagues de l'océan, je ne peux dire d'aucune terre qu'elle est ma demeure. Telle l'eau sur les rochers, je ne peux pas me mêler aux autres et m'installer. Le courant m'emporte toujours ailleurs pour me faire couler vers le prochain rivage.

Cet afflux de paroles était à la fois étrange et plaisant pour Jiro qui ne savait guère s'exprimer. Le jeu sur le sens du mot « rônin » était facile à saisir, pourtant, jamais il n'aurait songé à l'inventer lui-même. Il en fut à la fois impressionné et triste.

— C'est beau ! Si seulement j'étais capable de penser comme ça !

— Ce n'est que la vérité ; j'aimerais bien ne pas avoir de raison de penser de la sorte.

Jiro ne savait plus quoi dire. Il aspira de l'air entre ses dents, pencha la tête de côté et sourit. Le samouraï lui rendit son sourire.

— Dis-moi une chose, reprit Kaze.

— Quoi donc ?

— Y a-t-il beaucoup de fermes à l'extérieur du village ?

— Quelques-unes. Mais pour la plupart vides. Trop de bandits.

— Tu connais les familles qui habitent là ?

— Oui.

— Est-ce que l'une d'elles aurait récemment acheté une fillette ? Elle pourrait avoir dans les neuf ans à l'heure qu'il est. Elle a sans doute été vendue comme domestique. Elle pourrait porter un kimono marqué d'un *mon*, les armoiries familiales, avec trois fleurs de prunier.

— Personne n'a d'argent par ici, à part les bandits. Et eux, ce qu'ils veulent, ils le prennent, ils ne l'achètent pas. Personne n'a de domestiques dans le coin, à part le magistrat et le seigneur.

— Depuis combien de temps les bandits posent-ils un si grave problème ?

— Il y en a toujours eu quelques-uns mais, depuis deux ans, c'est terrible.

— Et pourquoi est-ce si terrible depuis deux ans ?

— Pas de raison, lâcha Jiro, méfiant.

— Vraiment pas la moindre raison ?

— Non. Ça s'est juste aggravé ces deux dernières années.

— Plusieurs bandes de bandits ou une seulement ?

— Une. Ils ont tué les autres ou les ont forcées à les rejoindre. C'est Patron Kuemon qui est le chef.

Kaze reposa son bol de bouillie vide. Jiro désigna la marmite d'un geste du menton, voulant savoir si Kaze désirait encore quelque chose. Le samouraï secoua la tête : non. Il se trouva un coin de plancher vide et parut vouloir s'installer pour la nuit. Apparemment, il dormait avec son épée dans les bras, remarqua Jiro qui ajouta du charbon sur le feu et se coucha à son tour.

— Voulez-vous un futon ? proposa Jiro en tirant un matelas vers lui.

— Non, j'ai l'habitude de dormir par terre.

— Très bien. Je dois me lever tôt pour aller vendre le charbon de bois.

— Moi aussi, je me lève tôt. Au fait, il y a combien d'années que le nouveau seigneur gouverne le district ?

— Deux.

Jiro comprit la raison de la question à l'instant même où il y répondait. Voilà pourquoi il ne se fiait pas aux mots ! C'était trop facile d'en dire plus long qu'on ne le voulait, même avec un seul mot.

Jiro s'éveilla très tôt, bien avant le lever du soleil. Il resta immobile à écouter la respiration du samouraï qui dormait encore. Quand il se fut assuré que l'étranger était plongé dans un profond sommeil, Jiro se leva et se dirigea vers la porte à pas de loup. L'obscurité était telle qu'il n'arrivait pas à distinguer son hôte, mais il avait passé sa vie entière dans sa maison et il en connaissait les moindres coins et recoins. Il s'arrêta à la porte pour vérifier s'il entendait toujours le souffle lent et régulier du rônin : oui. Rassuré, Jiro retira le bâton qui servait le soir à coincer la porte de bois coulissante. Et puis, avec un grand luxe de précautions pour ne pas faire de bruit, il fit glisser la porte.

55

Une fois dehors, il la referma avec le même soin et s'éloigna de chez lui et du village en catimini.

Kaze continua à respirer lentement tout en écoutant s'éloigner le pas de Jiro. Il le pensait parti se soulager. Les cabinets se trouvent presque toujours au sud des maisons et Kaze savait que c'était en effet le cas en l'occurrence, car il avait remarqué au sud un buisson *nanten*, de ceux qu'on plante normalement à côté des lieux d'aisances en signe de purification rituelle. Or le charbonnier avait pris la direction de l'ouest et non du sud. Ce qui voulait dire qu'il marchait vers les bois voisins.

Toujours couché, immobile, Kaze écoutait son souffle régulier et s'efforçait de refréner sa curiosité à propos de l'étrange expédition nocturne de son hôte. Il compta mille respirations avant que Jiro ne rouvrît la porte avec toujours autant de précautions pour rentrer dans la maison sur la pointe des pieds. Dans le noir, il regagna sa place sur le plancher de la hutte et se recoucha en se félicitant d'avoir réussi sa sortie sans que le samouraï ne s'en fût rendu compte.

Au matin, Kaze ne rechigna pas pour partager avec Jiro les reliefs de la veille en guise de petit déjeuner : soupe au *miso* et restes de bouillie froide. Le repas se déroula sans aucun commentaire sur le curieux comportement du marchand de charbon. Kaze finit son déjeuner, enfila ses socquettes *tabi* et entreprit de lacer ses sandales de chanvre.

— Vous allez encore visiter le village ? s'enquit Jiro, ouvertement curieux.

— Ce village, je l'ai vu. Je vais passer au suivant.

— Vous partez ? s'étonna Jiro, alarmé.

— Oui. Je n'ai pas de raison de rester.

— Mais le seigneur n'a pas pris de décision à propos du meurtre, lança-t-il, la peur précipitant les mots hors de sa bouche.

— Ce meurtre n'a aucun rapport avec moi.

— Mais le magistrat vous a dit de rester ici.

— Votre magistrat n'est rien pour moi. Il est même trop bête pour comprendre ce qui s'est passé ! Jamais il n'arrivera à trouver l'assassin. *Domo*. Merci pour ton hospitalité. Et bonne chance.

— Mais le magistrat sera fou furieux si vous partez ! Kaze haussa les épaules.

— Et vous risquez de rencontrer des bandits en route, ajouta Jiro.

— Dans ce cas, c'est mon destin. *Domo !*

Kaze passa son sabre dans sa ceinture et sortit de chez Jiro à grandes enjambées. Jiro se précipita à la porte et regarda le samouraï descendre par le chemin du village, du pas régulier du marcheur habitué à couvrir de longues distances. Le départ du samouraï inquiétait Jiro, mais il ne savait que faire.

Une fois sorti du village, Kaze goûta l'air délicieux des montagnes, parfumé de l'odeur des pins et du souvenir des prairies estivales. Le soleil brillait. Kaze n'avait pas réussi à avoir de nouvelles de la fillette mais il n'était pas découragé pour autant. Il ne renoncerait pas. Ce village était un endroit de moins à vérifier. Il finirait par la retrouver, la petite, si elle était encore en vie.

Le moine indien Daruma, fondateur du bouddhisme zen, était resté assis dans une grotte et y avait médité neuf ans, les yeux fixés sur un mur, afin de démontrer ses pouvoirs de concentration. Le *sensei* de Kaze racontait souvent cette histoire quand son disciple s'agitait trop au cours d'une leçon ou d'un exercice, mais Kaze n'avait jamais trouvé que cet exemple pût s'appliquer à sa personne. Il était capable de rester tranquille, certes, mais pas sans rien faire.

Il y avait deux ans qu'il cherchait la fillette. Sa quête l'avait mené par les villes et les petites routes du Japon en un voyage incessant. C'était par refus de l'inactivité et non par manque de patience qu'il n'avait jamais vraiment fait sienne la leçon de Daruma. Il n'avait pas revu la petite depuis tout ce temps et les filles grandissent vite à cet âge-là. La reconnaîtrait-il ? Maintenant qu'elle aurait mûri, son visage serait-il illuminé du même éclat que celui de ses parents, ou bien risquait-il de la croiser dans une rue de village sans s'apercevoir qu'il avait trouvé l'objet de sa quête ?

De même que la maîtrise du sabre se joue à un cheveu près, la chance dans la vie peut être l'affaire d'un instant fugace. Un homme peut se retourner, et la flèche ou la balle de mousquet qui lui étaient destinées ratent leur cible. Aurait-il bougé une seconde plus tard qu'il serait mort. Même si la fillette ressemblait à ses parents, Kaze pouvait la manquer si elle sortait d'une porte au moment précis où il partait dans l'autre sens. Il se pouvait aussi qu'elle soit amenée dans un village que Kaze venait de quitter. La gamme des possibles était infinie et Kaze se savait incapable de rester à ne rien faire en attendant la chance. Il avait foi dans ce proverbe japonais selon lequel « Attendre la chance, c'est attendre la mort ».

Chemin faisant, Kaze contemplait les pans de ciel bleu qui s'inséraient dans l'entrelacs des branches d'arbres. Cette mosaïque changeante lui rappelait les motifs compliqués peints sur les coûteuses porcelaines de Satsuma qu'il avait connues dans sa jeunesse. Sa quête pesait lourdement sur son âme, mais la vie n'était malgré tout pas dépourvue de plaisirs, songeat-il, surtout quand il marchait sur une route déserte, à humer les senteurs de l'automne proche et à écouter crisser sous ses sandales les aiguilles de pin amoncelées au sol par le vent. Il allait se mettre à fredonner une vieille chanson populaire quand il s'arrêta net et planta son regard dans les arbres qui bordaient la route. Quelque chose avait attiré son attention.

CHAPITRE V

Un papillon se pose.
Élégance inattendue de la feuille qui se balance.

C'était un détail subtil, mais Kaze était un homme habitué à se nourrir de subtilités. Les arbres de ce bord de route avaient d'épaisses frondaisons et ils étaient cernés par la broussaille. Pourtant, Kaze avait aperçu un éclat rouge, puis doré, à travers l'entrelacs de branches, dans les profondeurs des bois. Il scrutait attentivement le sous-bois pour tenter de revoir ces couleurs, mais ne distinguait plus rien que des troncs noirs.

Il quitta la route et pénétra sous le couvert des arbres. Aussi silencieux qu'un chasseur, il avançait en enjambant la broussaille et semblait glisser d'un endroit à l'autre, s'enfonçant dans la forêt avec un maximum de discrétion.

Il n'était pas très loin de la route quand il s'arrêta : les bois s'ouvraient sur une vaste clairière. L'herbe y était piétinée et offrait un espace équivalant à la taille de huit *tatamis*. Là se dressait un danseur de nô, seul.

L'homme était vêtu d'un riche kimono rouge et or. La soie écarlate était brodée d'un motif de feuilles d'érable dorées qui dévalaient d'une épaule pour tomber

59

en tournoyant jusqu'à l'ourlet. Au milieu de cette pluie automnale, une biche en broderie brune arrivant de l'arrière du kimono pointait doucement le museau en direction du flanc du danseur, ses grands yeux jetant des regards effarouchés alentour. C'étaient sans nul doute ces riches couleurs qui avaient attiré l'œil de Kaze à travers les arbres.

Le danseur portait sur le visage un *ko-omote*, masque traditionnel de la jeune fille : ovale, serein, peint en blanc avec des lèvres rouges et des sourcils haut perchés et expressifs. Le masque était surmonté d'une perruque noire garnie de longs cheveux naturels et brillants, tirés en arrière en chignon, renforçant ainsi l'illusion que le danseur était une femme.

Il se mouvait avec une grâce lente, ses gestes étaient maîtrisés et obéissaient aux formes classiques. Kaze était fasciné, lui qui n'avait pas assisté à un nô depuis de nombreuses années, car, dans la représentation silencieuse qui se déroulait devant lui, même s'il manquait la musique, le chant et la déclamation traditionnels du théâtre nô, la grâce du danseur était bien présente.

Celui-ci se mouvait en décrivant un triangle exact et de dimensions déterminées, et Kaze comprit qu'il assistait à un *dojoji*. Lors de ce nô issu de la cérémonie de consécration d'une grosse cloche de bronze du temple Dojoji, une ravissante danseuse *shirabyoshi* gravit la montagne jusqu'au temple, où elle est démasquée – c'est en réalité un esprit vengeur –, et elle se transforme en un effrayant serpent quand les prêtres du temple l'emprisonnent sous la cloche. C'est un spectacle impressionnant, avec un changement de costume périlleux pour le danseur principal : il quitte les robes et le masque de jeune fille pour le rutilant costume et le masque redoutable du serpent, alors qu'il se trouve encore sous la cloche.

60

Le danseur décrivit le petit triangle à de nombreuses reprises, introduisant chaque fois de légères variations dans sa façon de se déplacer. C'est la partie de la pièce où le danseur mime la longue ascension de la montagne jusqu'au temple – une partie qui dure de longues minutes lors des représentations. La précision et l'adresse du danseur sont alors mises à rude épreuve pour rendre l'action intéressante, et Kaze était ravi par la finesse que déployait ce danseur-ci dans les subtiles variations qu'il introduisait dans des mouvements apparemment répétitifs.

Quand l'artiste eut terminé, il se redressa et Kaze comprit : ce n'était qu'une répétition et pas une représentation intégrale de ce nô. En tout cas, le danseur avait témoigné d'une extraordinaire maîtrise et Kaze pénétra dans la clairière en s'écriant :

— Superbe ! Je n'ai jamais vu de meilleure exécution du *dojoji*.

Le danseur se raidit et se tourna dans la direction de Kaze.

— Excusez-moi, reprit Kaze. Je ne voulais pas vous déranger dans votre intimité, mais je n'ai pu m'empêcher de louer le grand art avec lequel vous interprétez le nô, déclara-t-il en s'inclinant très bas et avec solennité.

Le danseur répondit en s'inclinant tout aussi cérémonieusement mais avec une grâce telle que Kaze se sentit lourd et gauche.

— Merci pour le plaisir que m'a procuré votre danse, conclut Kaze qui tourna les talons, regagna le chemin et se mit en route sans plus regarder derrière lui.

Kaze avait vu de bien curieux spectacles dans sa vie, mais ce nô silencieux dans une clairière cachée, en montagne, avait un goût de rêve. Il ne pouvait dire à quoi ressemblait l'homme derrière le masque, mais n'était-ce pas là la meilleure manière d'être en ce moment : silencieux et masqué ?

Le monde était en train de changer et pas dans le bon sens, du point de vue de Kaze. Après trois cents ans de guerres incessantes, le Japon avait connu une brève période de paix sous Hideyoshi. Mais Hideyoshi lui-même n'avait pas supporté de vivre en un temps où les guerriers meurent de vieillesse dans leurs lits et il avait attaqué la Corée, avec l'idée d'aller ensuite conquérir la Chine. Après des succès initiaux, la guerre de Corée avait tourné au désastre et nombre des plus proches alliés d'Hideyoshi avaient péri dans son aventure étrangère. Hideyoshi lui-même était resté au Japon où il était mort de vieillesse – dans son lit... Son décès avait pourtant marqué le début d'une époque dangereuse pour son héritier et ses alliés, car Tokugawa Ieyasu avait attendu patiemment dans le Kanto, la région la plus riche du Japon.

Ieyasu attendit que les alliés d'Hideyoshi se vident de leur jeune sang dans la fatale aventure coréenne, pendant qu'il s'arrangeait habilement pour éviter d'y être mêlé de près. Il attendit encore qu'Hideyoshi décline, avec seulement un très jeune fils pour héritier. Il attendit aussi que le Conseil des régents, dont il était membre, se décompose à force de disputes et de dissensions au lieu d'aider le jeune héritier d'Hideyoshi à gouverner le Japon. Jusqu'au jour où enfin, après une vie entière passée à attendre, Ieyasu se décida à agir et joua son va-tout dans une bataille de deux cent mille hommes. Il remporta la bataille de Sekigahara, se donnant ainsi les moyens de devenir le souverain incontesté du Japon.

L'héritier et la veuve d'Hideyoshi furent jetés dans un cachot du château d'Osaka où ils se terrèrent comme des blaireaux dans leur tanière, et le reste du pays sombra dans le chaos tandis que les Tokugawa étendaient inexorablement leur pouvoir. De nombreux samouraïs restés loyaux aux vaincus de Sekigahara furent lâchés dans la nature et devinrent des rônins, libres de parcourir les campagnes en quête d'emploi. Combien de samouraïs se retrouvaient à présent sans maître ? Kaze l'ignorait, mais il devait y en avoir facilement cinquante mille, sinon davantage. Ces hommes devaient trouver à s'employer chez un seigneur, sous peine de perdre leur statut héréditaire de « samouraï » – littéralement : « celui qui sert ».

Certes, dans un sens c'était commode pour Kaze, ce grand nombre de rônins qui parcouraient le pays. Cela lui permettait de se fondre dans la masse. Normalement, l'instinct de Kaze l'aurait poussé à partir à Osaka se battre pour l'héritier d'Hideyoshi ou à faire seppuku pour accompagner son seigneur dans la mort. Mais il n'était pas libre de suivre son instinct. De fait, il n'était pas libre du tout.

Kaze marchait depuis une heure quand il tomba sous le regard d'une paire d'yeux – leur propriétaire était invisible, caché dans les bois – qui le scrutait avec autant d'intérêt que le samouraï en avait manifesté pour le danseur de nô. Dès que le guetteur fut sûr de ce qu'il voyait, il s'arracha à son poste d'observation et dévala la colline. Deux hommes étaient assis au bas de la pente, vêtus d'oripeaux disparates et colorés, et ils jouaient aux dés. Il y avait deux lances et un sabre fichés en terre à côté d'eux.

L'un d'eux retourna le vieux cornet à dés en bois abîmé qui claqua contre le sol et le souleva aussitôt.

— Zut alors ! s'exclama-t-il en fixant les dés.

Son compagnon fit un méchant sourire qui découvrit des dents jaunes :

— Pas vraiment ton jour de chance, non ! fit-il en ramassant les quelques piécettes de cuivre posées par terre devant eux.

Le premier rétorqua, furieux :

— Si je m'aperçois que tu as triché, je t'ouvre les tripes !

— Ce sont tes dés et c'est toi qui les as lancés. Tiens, regarde, poursuivit-il en désignant la pente d'un geste, le jeune chiot vient peut-être nous annoncer que ta chance va tourner. Un riche et gentil marchand ou une appétissante vierge, qui sait ?

— Y a quelqu'un qui arrive ! cria le jeune guetteur aux deux bandits en dérapant pour s'arrêter au bas de la pente.

— Ben évidemment, *baka* ! Mais qui ça ?

Hachiro, le jeune homme, se gratta la tête :

— Un marchand, je crois. Ou peut-être un samouraï. Je suis pas sûr.

— Abruti !

— Si c'est un samouraï, laissons-le passer, suggéra Dents-jaunes.

— Non ! Samouraï ou pas, moi, je veux récupérer ce que j'ai perdu. On y va ?

— D'accord. Mais donnons au jeunot l'occasion de tuer son premier client, déclara-t-il avec un regard vers le jeune guetteur, qui affichait un air de peur et de confusion. Toi, prends donc une lance. Nous, on va l'occuper. Tout ce que tu as à faire, c'est arriver en douce par-derrière et l'embrocher avec ça. Pousse dur ! Des fois, on tombe sur un os. Pigé ?

— Vous êtes sûrs ?… demanda le jeunot.

Dents-jaunes lui mit une calotte sur le côté de la tête qui le fit tomber à genoux.

— Tu veux devenir un bandit ou pas ?

Le jeunot leva des yeux inondés de larmes et acquiesça en hochant la tête.

— Très bien ! Si c'est la vie que tu as choisie, alors autant commencer tout de suite. Compris ?

Le jeune homme confirma à nouveau de la tête.

Le bandit tira sur une des lances pour la retirer du sol, son compagnon prit le sabre. Ils gravirent tant bien que mal la pente jusqu'à la route et se postèrent en embuscade. Le jeune se frotta la tête, saisit la deuxième lance et se dirigea vers un point d'où il pourrait décrire un cercle pour arriver derrière le marcheur.

Kaze montait une longue côte en ligne droite quand il se rendit compte qu'il était facilement visible d'une petite éminence, située un peu plus loin. L'air était calme et lourd alentour, les oiseaux ne chantaient pas. Ce n'était pas une preuve en soi de la présence d'autres gens, mais cela suffisait pour aiguiser ses sens. Il ne modifia en rien son pas ni son allure, mais l'habitude lui fit tendre l'oreille et surveiller les abords de la route qui s'étendait devant lui. Sa vigilance fut récompensée : il entendit des cailloux qui dégringolaient le long du talus, sur le côté de la route de terre battue.

Il dépassa l'endroit d'où était venu le bruit. Soudain, devant lui, deux hommes surgirent de la forêt, brandissant l'un une lance, l'autre un sabre. Ainsi, il était encerclé – même s'il n'était pas censé s'en être rendu compte.

— Holà ! Hé, toi ! lança grossièrement un des hommes devant lui.

Kaze s'arrêta ; il examina les deux hommes avec attention mais ne prit aucune initiative agressive. L'homme parut s'énerver en voyant que Kaze ne répondait pas :

— Tu m'entends ?

— Oui, je t'entends, rétorqua Kaze. Ce serait difficile de ne pas entendre une voix aussi douce que la tienne. Et si polie, en outre.

L'homme fronça les sourcils et se tourna vers son compagnon, quêtant un conseil. Son ami prit le relais :

— Tu cherches à jouer au plus malin avec nous ? fit-il, découvrant de grosses dents jaunes en parlant.

— Je n'aurais pas idée de jouer au plus malin avec des hommes comme vous. Ce serait carrément idiot.

— Qu'est-ce que ça signifie ? demanda Dents-jaunes.

— Exactement ce que je viens de dire.

Les deux bandits échangèrent un regard interloqué. Le premier reprit la parole :

— Tu sais à qui tu as affaire ?

— Pourquoi ne pas me l'annoncer ?

— On est de la bande à Patron Kuemon. On contrôle les routes du coin et tu dois acquitter le droit de passage pour marcher.

— Quel droit ?

— Tout ton argent, évidemment !

Kaze pouvait entendre une coulée de petits cailloux derrière lui, indiquant que quelqu'un escaladait le talus pour rejoindre la route.

— C'est tout ?

— Qu'est-ce que t'as d'autre ?

— Vous n'allez pas aussi essayer de me prendre la vie, non ? Celui qui arrive derrière moi tremble si fort que j'entends cliqueter ses os. Pour trembler de la sorte, il faut qu'il ait une petite idée qui le travaille, comme de me tuer, par exemple.

Kaze entendit qu'on étouffait une exclamation derrière lui. Et qu'on reculait. Excellent !

— On n'a pas peur de te tuer si on y est obligés ! déclara Dents-jaunes.

— C'est vrai, on l'a déjà fait.

— Ah oui ? Et combien de fois ?

Dents-jaunes bomba le torse :

— Moi, j'en ai liquidé trois. Tous des petits malins comme toi qui ne voulaient pas me donner leur argent.

— Et moi, quatre ! se vanta son compagnon.

— Sept hommes ! L'œuvre d'une vie, il y a vraiment de quoi être fiers ! Vos mères ont rendu un grand service à l'humanité en vous mettant au monde. Et celui qui est dans mon dos, combien en a-t-il tué ?

66

— Des tas ! prétendit derrière Kaze une jeune voix qui tremblait.

— À t'entendre, tu m'as l'air trop jeune pour avoir tué beaucoup de gens, releva Kaze sans se retourner.

Les deux bandits face à lui s'esclaffèrent.

— Pas mal vu, samouraï ! s'exclama Dents-jaunes. Gamin, même cet inconnu est capable de dire que t'es vierge, question liquidation des clients. Il y a belle lurette qu'un tueur expérimenté aurait transpercé cette grande gueule de samouraï. Comme ça, tiens !

Et Dents-jaunes se précipita sur le voyageur en brandissant sa lance. Kaze fit un pas à gauche et attrapa la hampe de la lance qui passait sur sa droite. Puis, amorçant un tour complet sur lui-même, Kaze dégaina son sabre de la main droite et lui fit décrire un arc mortel pendant qu'il finissait sa volte-face. La lame toucha le bandit au sabre qui s'était précipité pour aider son compagnon. L'arme de Kaze lui trancha profondément le cou et le thorax et continua sur sa lancée quand l'homme s'effondra en avant, emporté par son élan.

Kaze lâcha alors la lance et poussa son sabre vers le haut, pourfendant le flanc de l'autre assaillant. Aussi tranchante qu'un rasoir, la lame s'enfonça profondément, juste sous la cage thoracique. L'homme recula en chancelant, se tenant le côté, l'air étonné. Puis il perdit l'équilibre et tomba à la renverse sur la route.

Kaze regarda le jeune bandit dans les yeux :

— Alors ?

Le garçon lâcha sa lance et se mit à courir dans la direction opposée, porté par la pente de la route et par l'énergie de la terreur. Kaze hocha la tête et se retourna pour regarder les deux corps. L'incident avait duré quelques secondes à peine.

Kaze se dirigea vers le bandit au flanc ouvert. Celui-ci s'efforçait désespérément de fermer la plaie de son ventre pendant que son sang coulait à flots. Kaze brandit son sabre, prêt à lui donner le coup de grâce.

— Tu veux ? demanda-t-il.

L'air terrifié, l'homme secoua violemment la tête : non ! Kaze abaissa son arme qu'il essuya sur les vêtements du bougre et la remit dans son fourreau. Puis il tira le bandit sur l'accotement où il pourrait l'adosser à un arbre, à l'abri du soleil.

Il alla ensuite voir le brigand à la gorge tranchée et constata que celui-ci était déjà mort. Retournant alors auprès de celui qui avait le flanc ouvert, il le trouva mort aussi. Kaze contempla le bandit trépassé à ses pieds et songea à la tendance qu'ont les êtres humains à vouloir prolonger de quelques misérables secondes leur existence dans ce monde de malheur. Il lui arrivait de penser que ça n'avait pas de sens. Il soupira. Ah, qu'il aurait aimé être libre de vivre ou de mourir à sa guise, sans être lié par des dettes d'honneur et le devoir !

« Retrouve ma fille ! » avait dit sa dame avant de mourir. Kaze était triste à la pensée de cette nuit-là et de tous les événements qui y avaient conduit. Le corps de sa dame n'avait plus la sereine beauté qui la caractérisait, il était tordu et ravagé par la torture qu'elle avait endurée. Elle avait le visage hagard, marqué par la douleur. Kaze aurait désespérément voulu lui trouver un abri chaud et sec, mais il pleuvait et elle était couchée par terre sous une tonnelle que Kaze avait bricolée avec des branchages. Après l'avoir tirée des griffes des Tokugawa, il avait réussi à échapper aux hommes aux bannières frappées d'un blason familial rappelant une araignée : huit feuilles de bambou blanches et recourbées, autour d'un diamant blanc, le tout sur fond noir.

Bravant l'orage et l'obscurité, Kaze avait porté sa dame jusqu'au cœur des montagnes. Il aurait voulu continuer à fuir leurs poursuivants, malgré sa lassitude, mais il s'était rendu compte qu'elle avait besoin de repos, et il avait pris le risque de lui bâtir un abri pour la protéger de la pluie qui tombait dru. Kaze n'avait pas osé faire de feu et il envisageait de lui demander l'autorisation de s'allonger près d'elle pour la réchauffer quand elle s'était mise à parler.

— Je ne sais comment, mais je veux que tu la retrouves si elle est encore en vie. C'est mon dernier souhait et le dernier ordre que je te donne, avait-elle déclaré.

Elle l'avait regardé avec des yeux fiévreux, assombris par la tension et la douleur. La blancheur translucide de sa peau était à présent l'œuvre du froid et de son affaiblissement, et non plus d'une soigneuse application de poudre de riz, comme c'eût été le cas au temps des jours heureux. On eût dit une apparition fantomatique.

Kaze était incapable de parler. Il s'était incliné solennellement en réponse à l'ordre intimé par sa dame. Des larmes brûlantes ruisselaient sur ses joues et se mêlaient aux gouttes de pluie glacée qui lui fouettaient le visage. Elle avait tendu une main faible qui tremblait tant il lui fallait d'effort pour la maintenir en l'air.

— Donne-moi ton *wakizashi*.

Surpris, Kaze avait tiré sa dague de sa large ceinture et la lui avait posée dans la main, qui était retombée sous le poids de l'arme. Mais la dame serrait farouchement le fourreau. Kaze crut d'abord qu'elle avait perdu courage et voulait se servir du *wakizashi* pour se suicider, mais elle déclara :

— Ceci représente ton honneur et ta faculté de disposer de ta propre vie. Maintenant, elle est à moi et elle le restera jusqu'à ce que tu aies retrouvé la petite.

La dague reposait à présent auprès d'elle dans le temple funéraire, attendant qu'il vînt la reprendre. Combien de villages et de villes avait-il parcourus depuis lors ? Combien de frimousses de fillettes avait-il scrutées dans l'espoir d'y entrevoir une ressemblance avec son seigneur ou sa dame ? Elle avait sept ans quand il s'était mis en route ; il la cherchait maintenant parmi les enfants de neuf ans. Devrait-il s'enquérir de celles qui auraient dix ans, onze ans ou douze ans avant de pouvoir la retrouver ? Mais il y aurait toujours un autre village sur sa route, et peut-être y trouverait-il ce qu'il cherchait. Sa vie redeviendrait alors la sienne et son honneur serait de nouveau entre ses mains.

Il chercha des yeux le sabre du bandit et alla le ramasser. Il s'en servit plutôt que du sien pour gratter le sol afin d'y creuser des tombes peu profondes. Quand il eut fini d'enterrer les brigands, il regarda les arbres qui bordaient la route jusqu'à ce qu'il en trouve un qui convienne. Toujours à l'aide du sabre du brigand, il coupa net une branche dans laquelle il découpa un morceau droit, de la taille d'une main. Il sortit le petit couteau logé dans le fourreau de son épée et se mit au travail, sculptant le bois avec des gestes d'une économie née de la pratique. Du bois brut émergea Kannon, déesse de la miséricorde. Il finit les plis de sa robe en quelques coups de lame et contempla le serein visage. C'était celui de sa dame, pas tel qu'il l'avait vu la dernière fois mais tel qu'il aimait à s'en souvenir.

Kaze posa la statuette au bord de la route, d'où elle pourrait veiller sur les tombes des deux brigands, et il continua son périple.

CHAPITRE VI

Nuit noire, lune fantôme.
Une feuille tombe en tournoyant.
Démons sur la route.

C'était le début de l'après-midi quand Kaze arriva au village suivant. Le spectacle des toits de chaume, des chemins poussiéreux qui tournent à la boue quand il pleut et des murs de bois battus par les éléments lui était familier. Tous les villages du Japon commençaient à se ressembler à ses yeux. Mais Kaze se rendait compte que celui-ci était – comme Suzaka – plus dégradé et délabré que ce qu'il avait l'habitude de voir.

À la différence du village de Jiro, cependant, Higashi s'enorgueillissait d'une maison de thé où le voyageur pouvait se restaurer et passer la nuit. Elle était située au croisement de trois routes et l'inscription *Maison de thé d'Higashi* était peinte sur le court rideau bleu indigo accroché en haut de la porte. Le nom n'était guère poétique ou imaginatif mais il avait le mérite de la simplicité et de la clarté, décida Kaze qui y pénétra.

On entrait dans un espace carré au sol de terre battue qu'entourait le plancher surélevé de la maison de thé. Kaze s'assit au bord pour délacer ses sandales de voyage. Une servante le repéra, arriva dans l'entrée et s'inclina bas en criant : « *Irasshai !* Salutations ! »

Kaze répondit d'un signe de tête et se courba pour enlever ses chaussures. Quand il se redressa, il eut l'agréable surprise de voir la jeune fille lui tendre une paire de *tabi* de coton. Il enleva ses *tabi* sales et enfila les socquettes propres.

Il suivit la jeune fille vers l'arrière de la maison de thé.

— Vous voulez un cabinet privé ou la salle commune, samouraï-*sama* ? demanda-t-elle.

Kaze considéra sa situation financière et l'estima en regard de son envie d'être seul. Son désir de solitude l'emporta.

— Un cabinet privé.

Elle l'entraîna dans une petite pièce à quatre nattes. Il s'assit sur le tatami et ajusta la position de son sabre de façon à être plus à l'aise.

— Du saké ? s'enquit la jeune fille.

Kaze remarqua qu'elle avait pris sa manche de kimono entre ses doigts et la tordait. Était-ce une habitude chez elle ou y avait-il quelque chose qui l'inquiétait ?

— Non. *Ocha*, du thé. Avant de partir, peux-tu me dire s'il y a eu du nouveau dans ce village, ces dernières années ? Je cherche une fillette de neuf ans qui aurait pu être vendue comme domestique.

La jeune fille le regarda d'un œil perplexe et répondit :

— Non, samouraï-*sama*.

— Très bien. Apporte-moi du thé.

La jeune fille fila tandis que Kaze s'installait. Les minces cloisons de papier n'amortissaient en rien les bruits mais la maison de thé était très silencieuse. Kaze en déduisit qu'il aurait pu faire des économies, car la maison était aussi vide que sa petite chambre. Il soupira.

Les soucis d'argent n'étaient pas une préoccupation digne d'un samouraï ; ils étaient d'ordinaire le lot de la femme du guerrier. Une profonde tristesse étreignit le cœur de Kaze à la seule pensée d'une épouse. La sienne. Sa défunte épouse. Elle était partie elle aussi, comme sa dame. Il prit une profonde inspiration et tenta de se vider l'esprit.

La jeune fille revint avec une théière et une tasse. Elle les plaça devant Kaze, puis elle versa le thé. À peine eut-elle reposé la théière qu'elle se remit à tourmenter sa manche de kimono.

— Voulez-vous manger quelque chose ? proposa-t-elle. Le riz n'est pas encore prêt mais nous avons un délicieux *oden*.

— Je prendrai de l'*oden*. Apporte-le tout de suite, j'ai faim.

La jeune fille s'empressa d'aller chercher sa commande. Il saisit la tasse et but le thé brûlant et amer à petites gorgées. Un des bons côtés de sa vie actuelle était qu'elle lui avait appris à apprécier les choses simples : la joie d'une tasse de thé bien chaud servi sans le rituel de la cérémonie ou le goût d'un simple ragoût tel que l'*oden*.

Le pas rapide de la jeune fille revenant avec son plat parvint à son oreille. Mais, soudain, il l'entendit à travers les cloisons de papier qui trébuchait : le bol heurta le plancher et se brisa, et elle lâcha un « Oh ! ».

Un autre pas plus lourd ne tarda pas à se rapprocher. Il s'arrêta et un homme à la voix haut perchée s'écria :

— Imbécile ! Qu'est-ce qui te prend donc ?

— Je me dépêchais parce que le samouraï a dit qu'il avait faim et...

— Regarde, tu as cassé le bol !

— Mais je...

— Bon sang ! J'en ai assez de ta maladresse. Je ne sais pas pourquoi je t'ai achetée !

— Je suis désolée, mais j'étais...

— Ne réponds pas, en plus !

Kaze entendit le claquement d'une main sur une figure, et le petit cri aigu et surpris de la jeune fille. Kaze essaya d'ignorer cette scène désagréable et but une gorgée de thé. Il s'efforçait, comme tout bon Japonais, de ne pas entendre les sons qui passaient si clairement à travers les minces cloisons.

Puis une deuxième claque résonna, plus forte. Cette fois, c'est un cri de douleur que poussa la jeune fille. Un troisième coup et Kaze eut l'impression que la peur s'ajoutait à la douleur. Il soupira. Il se leva d'un seul mouvement fluide et ouvrit le *shoji* qui servait de porte à la pièce. À quelques pieds de là, la servante était recroquevillée par terre et reculait devant un homme aux jambes arquées, en kimono bleu. L'homme leva la main pour la frapper encore une fois, mais Kaze se précipita sur lui avant que le bras ne retombe et lui saisit le poignet.

Presque automatiquement, le patron tenta un mouvement brusque pour arracher sa main à la poigne de Kaze. Ce dernier resserra les doigts autour du poignet de l'homme et lui immobilisa la main. Surpris, le bonhomme se retourna pour croiser le regard furibond de Kaze.

— J'ai très faim, déclara Kaze à l'aubergiste d'un ton égal. Je vous prie de m'apporter un autre bol d'*oden*. Vous pouvez mettre le prix du bol cassé sur ma note.

L'aubergiste ouvrit la bouche pour parler mais la referma. Sa colère reflua sous le regard noir que Kaze gardait posé sur lui. Il cessa de se battre contre sa poigne et déclara :

— Bien sûr, samouraï-*sama*. J'étais juste agacé par la maladresse de cette fille. Elle a cassé une assiette hier et, vu l'état actuel des affaires, je ne peux pas me permettre de payer ses pots cassés.

Kaze lâcha le poignet de l'aubergiste et rentra dans sa chambre, refermant derrière lui le *shoji* coulissant. Il y eut une pause puis il entendit le patron dire :

— Eh bien, ne reste donc pas là à pleurer ! Nettoie-moi ça et va chercher un autre bol d'*oden*.

Kaze porta sa tasse à ses lèvres et prit une gorgée de thé. Il avait bu la moitié de sa tasse quand le *shoji* s'ouvrit et la servante arriva avec un plateau sur lequel était posé un nouveau bol. La jeune fille était encore rouge à l'endroit où elle avait reçu les claques mais elle avait séché ses larmes. Kaze, tenant le bol tout près de sa bouche, pêcha un morceau de radis *daikon* fumant et l'aspira.

La jeune fille, assise, regardait Kaze manger. Un deuxième morceau de légume dans la bouche, le samouraï demanda :

— Eh bien ?

La jeune fille s'inclina maladroitement :

— Merci, samouraï-*sama*.

Kaze ignora la remarque.

— La punition était disproportionnée à la faute, mais tu as été maladroite.

— Je le sais, samouraï-*sama*. C'est juste qu'ici tout le monde est à bout. Même le maître a peur. C'est pour ça qu'il me frappe. Normalement, il n'est pas méchant. Il est juste sur les nerfs, comme nous tous.

— Pourquoi tout le monde est-il sur les nerfs ?

La jeune fille regarda par-dessus son épaule et répondit presque en chuchotant :

— Le maître ne veut pas qu'on en parle. Il dit que ça nuit aux affaires.

— Il n'y a pas d'autre client que moi, alors pourquoi ne pas me le raconter ?

Une fois de plus, la jeune fille regarda autour d'elle avant de déclarer :

— On a vu un spectacle épouvantable, il y a deux nuits de ça. Un démon a traversé le village à cheval.

Kaze croyait en l'existence des démons, comme à celle des esprits et des fantômes. Tout le monde y croyait. Mais il n'en avait jamais vu et il trouvait curieux que cette petite, elle, rapportât en avoir vu.

— Quel genre de démon ?

— Oh, il était horrible ! Il avait une figure rouge avec deux cornes, comme ça, expliqua-t-elle en portant les mains à son front pour imiter des petites cornes avec ses doigts. Il avait de longs cheveux blancs et de larges épaules. Il était sur un cheval noir et il emportait une pauvre âme en enfer.

— Que veux-tu dire ?

— Un homme attaché en travers du cheval !

— Ce démon était à cheval ?

— Oui, c'était effrayant. Il a traversé le village dans un grand bruit de sabots et il a continué sa route. Tout le monde l'a vu et, depuis ce moment-là, on a tous très peur. Personne ne sait quand il va revenir et peut-être pour l'un de nous, cette fois-ci.

Kaze reposa sa tasse et étudia le visage de la jeune fille qu'il avait devant lui. Elle pouvait avoir dix-huit ou dix-neuf ans, avec une rude frimousse de paysanne. Elle portait un bandeau de tissu autour du front pour éponger la sueur et son kimono était vieux mais propre. La peur se lisait clairement dans ses yeux et il était évident qu'elle croyait ce qu'elle racontait.

— Ma parole ! lâcha Kaze en traînant sur la dernière syllabe pour signifier un brin de scepticisme.

— *Honto desu !* C'est vrai !

— Le démon a donc traversé le village à cheval ?

— Oui.

— Et plusieurs personnes l'ont vu ?

— C'est bien ça, samouraï-*sama*. Je n'invente rien. Presque tous les gens du village l'ont vu. On a entendu le cheval dans la nuit et on a regardé dehors pour le voir. Depuis cette nuit-là, le maître passe tous les moments de liberté qu'il peut trouver à psalmodier des soutras pour éloigner les mauvais esprits de la maison. La plupart des villageois font pareil.

— Et où est-il allé, ce démon ?

— Personne ne le sait au juste. L'avez-vous par hasard aperçu en route ?

— Non. J'arrive de la préfecture d'Uzen. Je me rends dans la préfecture de Rikuzen, mais j'ai passé la nuit dernière au village de Suzaka.

— Ah, dans ce cas vous vous êtes trompé de route au grand carrefour.

— Que veux-tu dire ?

— Vous vous rappelez le carrefour où il y a quatre chemins qui se croisent ?

— Oui, très bien.

— Un de ces chemins arrive d'Uzen.

— C'est celui-là que j'ai pris.

— Oui. Il y en a un autre qui mène plus loin dans la montagne, vers le mont Fukuto, un autre qui descend au village de Suzaka, et le quatrième vient ici, à Higashi.

— Alors, on n'a pas besoin de passer par Suzaka pour venir ici ?

— Non. C'est à Suzaka que le seigneur du district a son manoir, mais la plupart des gens ne passent pas par là. C'est pour ça qu'ils n'ont même pas de maison de thé là-bas. La plupart des voyageurs prennent directement la route d'ici au carrefour.

— Les routes forment donc une sorte de triangle entre le carrefour, Suzaka et Higashi ?

— Oui.

— Et un peu plus loin, en dehors du village, il y a une bifurcation d'où l'on peut continuer sur Rizuken ou revenir au carrefour ?

— C'est bien ça.

— Ma parole... fit Kaze avec une intonation signifiant l'intérêt qu'il portait maintenant aux propos de la jeune fille. Il paraît que le seigneur du district n'est au pouvoir que depuis deux ans, enchaîna-t-il.

— Oui. C'est le seigneur Manase. Le district lui a été donné en récompense, parce qu'il avait tué le fameux général Iwaki Sadataka à la bataille de Sekigahara. Il est allé offrir la tête du général à Tokugawa Ieyasu en personne, et celui-ci lui a donné le district pour le récompenser.

— Le district n'a pas l'air très paisible...

— C'est terrible ! Les choses vont de mal en pis depuis que le seigneur Manase a pris son office. La maison de thé a de moins en moins de clients chaque année, parce que les gens ont peur de passer par ici. Personne n'est en sécurité. Tout le monde souffre !

— Ma parole ! dit Kaze (la formule restait la même mais le ton, cette fois, était celui de la commisération).

La jeune fille se pencha en avant et souffla, presque dans un murmure :

— Ce soir, je viendrai vous voir au lit. Il faudra être silencieux, pour que le maître ne soit pas au courant, parce que je le ferai pour rien. Je ne vous ferai pas payer, samouraï-*sama*.

Kaze examina le corps fruste et trapu, le visage rougeaud de la servante, et il ravala les mots qui lui venaient pour répondre d'un ton aimable :

— Je ne compte pas passer la nuit ici. Je veux retourner à Suzaka.

— Mais il est tard ! protesta la domestique. Vous allez être obligé de marcher dans le noir ! Les chemins sont infestés de bandits et le démon pourrait encore rôder dans les alentours.

— Oui, je sais.

La nuit était tombée depuis plusieurs heures déjà quand Kaze rentra finalement à Suzaka. Approchant de la hutte de Jiro, il pouvait distinguer la lueur du feu par les interstices de la porte. Kaze frappa contre le bois de la porte coulissante et dit :

— Ohé, Jiro ! Réveille-toi ! C'est *le samouraï*. Je suis revenu et je voudrais dormir chez toi.

Kaze entendit bouger à l'intérieur. Puis le bâton empêchant l'ouverture de la porte fut relevé et la porte s'entrouvrit.

— Jiro ? répéta Kaze.

Il n'y eut pas de réponse. Kaze attendit quelques minutes mais on n'entendait plus un son dans la ferme. Sans bruit, Kaze dégagea son sabre et le sortit du fourreau tandis que, de sa main libre, il faisait coulisser la porte pour l'ouvrir en grand.

À l'intérieur, la ferme était plongée dans l'obscurité et il ne put rien distinguer à part le rougeoiement du feu de charbon dans le creux ménagé à cet effet et l'odeur de la bouillie.

Méfiant, Kaze fit un pas dans la hutte et appela encore :

— Jiro ?

Un filet lui tomba sur la tête, emprisonnant son sabre sous son lourd maillage. Kaze leva sa lame et il avait déjà tranché deux cordes quand le premier coup lui fut assené. Kaze vacilla sous le choc et dut mettre un genou à terre. Il tentait de se relever quand le deuxième coup s'abattit. Kaze se tordit pour l'esquiver, mais le filet l'enveloppait dans un linceul qui l'empêchait d'éviter les coups de bâton qui pleuvaient sur lui. L'un d'eux le toucha sur le côté de la tête, il vit un éclair rouge, et il sombra dans le noir sommeil de l'inconscience.

CHAPITRE VII

La trace de mes pas
sur une plage de sable noir.
La marée montante efface le passé.

Kaze se réveilla en entendant un homme geindre de douleur. Il lui fallut quelques instants de confusion pour se rendre compte que les gémissements étaient les siens. Il cessa de gémir et aspira une longue goulée d'air pour s'éclaircir les idées.

Il était assis, recroquevillé, dans une cage de bois à peine assez grande pour le contenir. Il explora son visage de ses doigts, grimaçant lorsqu'il touchait un endroit particulièrement sensible. Bon. Le cou, les joues, les épaules et le visage étaient contusionnés mais, apparemment, il n'avait rien de cassé.

Il regarda autour de lui et constata que la cage était posée dans une sorte de petite cour. Il y en avait une autre à côté de lui, semblable à la sienne. Il y découvrit Jiro, les genoux repliés contre le torse, la tête basse.

— Hé, toi ! lança Kaze pour attirer son attention.

Jiro leva les yeux. Il avait une expression de désespoir et d'infinie tristesse. Loin d'être mû par la compassion, Kaze sentit monter le courroux : Jiro avait déjà renoncé.

— Pourquoi sommes-nous ici ? demanda Kaze.

Jiro ne répondit pas. Il se contenta de baisser la tête.

Kaze renâcla, écœuré, et entreprit d'examiner sa cage de près. Elle était vieille mais étonnamment bien construite. Il leva les pieds et poussa la porte de toutes ses forces. Rien. Il vérifia de nouveau l'ensemble de la cage à la recherche d'un point faible, mais il conclut que c'était peine perdue que de vouloir s'en échapper. Il serait obligé d'attendre qu'on vînt l'en sortir, pour une raison ou pour une autre. Dans plusieurs jours peut-être... Il s'installa donc aussi confortablement qu'il put et tâcha de se détendre, ménageant ses forces.

Il ferma les yeux. Il ne put s'empêcher de songer à ce que son *sensei*, son maître spirituel, aurait pu lui dire sur la mauvaise passe qu'il traversait.

— *Baka !* Abruti ! Tu savais qu'il y avait quelque chose de louche mais tu es quand même entré, comme un vulgaire amateur ! C'est à vous dégoûter !

— En effet, *Sensei*. Mais je ne m'attendais pas à ce filet. Il...

Le *sensei* l'aurait alors transpercé d'un regard méprisant, naturellement. Du temps où Kaze était auprès de son maître, il serait tombé à genoux et se serait prosterné, tête contre terre.

— Tu connais les leçons, aurait repris le *sensei*. Laquelle convient en l'occurrence ?

— S'attendre à l'inattendu.

— Évidemment ! Étourdi !

Sensei avait une façon de dire « étourdi » qui en faisait une insulte pire que tous les jurons que Kaze eût jamais entendu proférer au château par un garde ivre. Kaze était incapable de repartie une fois que le *sensei* avait lâché ce qualificatif. Il pouvait juste attendre en silence, pour voir s'il serait pardonné. Et il l'était toujours, d'une manière ou d'une autre.

— Je ne sais pas pourquoi je continue à perdre mon temps avec quelqu'un d'aussi stupide, aurait conclu le *sensei*.

Il aurait alors fait asseoir Kaze et lui aurait soigneusement expliqué comment éviter une telle situation à l'avenir. Outre les conseils tactiques sur la façon d'affronter ce qui s'était passé dans la hutte, le *sensei* lui aurait sans doute aussi appris qu'il pouvait rester à l'écart de ce genre d'ennuis en se contentant de s'occuper de ses affaires et de rester concentré. Ça ne réussit jamais à un homme de se mêler de problèmes qui ne le regardent pas.

Ah, si seulement le *sensei* vivait encore ! Kaze avait souvent besoin de conseils et, maintenant, il ne pouvait plus en avoir. Certes, ç'aurait été embarrassant de lui avouer dans quel guêpier il s'était fourré, mais il aurait volontiers subi cette gêne, simplement pour entendre le *sensei* le gronder encore une fois.

Gardant les yeux clos, Kaze tendait l'oreille, à l'affût d'éventuels bruits de pas, mais il laissa sa pensée dériver à sa guise et revenir à sa première rencontre avec son *sensei*.

Kaze avait huit ans. Avec un groupe de gamins de son âge, il grimpait laborieusement un étroit sentier montagnard. Les garçons étaient enivrés par l'air raréfié de la montagne, dans lequel flottait un parfum d'aventure et de liberté. C'était le début de l'hiver et le sol était légèrement saupoudré de neige, bien que le froid ne fût pas exceptionnel. Des branches noires étendaient leurs bras lugubres au-dessus du chemin sinueux où les garçons s'adonnaient à un bavardage qui révélait de jeunes esprits bouillants et de grandes espérances.

— J'ai ouï dire que c'était un maître escrimeur du style *kumi-uchi* et *tachi-uchi*, déclara un gamin enthousiaste.

— Bien sûr que c'est un maître ! Il a tué quatorze hommes en duel avant de se retirer dans ces montagnes.

— Moi, j'en tuerai cent ! Ce sera un de ces exemples où l'élève surpasse le maître, se vanta un autre.

— Il y a longtemps qu'il n'a pas accepté de disciple, releva Kaze.

Le fils du seigneur Okubo, d'un rang supérieur à celui de Kaze, regarda ce dernier et rétorqua :

— Peut-être qu'il ne t'acceptera pas, toi, mais moi, il me prendra sûrement. Ce sera un honneur pour lui d'avoir un Okubo pour élève.

Kaze, qui avait déjà partagé un entraînement militaire avec Okubo, s'abstint de répondre. Okubo avait beau être son aîné d'un an, Kaze restait meilleur que lui en tout, y compris les rixes d'écoliers devant le temple où ils suivaient des cours d'écriture. Okubo en éprouvait encore une blessure d'amour-propre et sa position sociale supérieure était la seule arme qui lui restait.

— Sa hutte est loin dans la montagne ? souffla le gros Yoshii, haletant.

Bien que fils de samouraï, il était trop gâté par ses parents, et cette marche était dure pour lui à cause de son poids et de son manque d'entraînement physique.

— Je ne sais pas, avoua Kaze. En principe, c'est au bout de ce sentier.

— Je serai content d'arriver, fit Yoshii. Ça ne me ferait pas de mal de manger quelque chose de chaud et de me réchauffer près du feu.

— Mais tu ne sais donc vraiment rien ? ricana Okubo. Une fois là, on est censés se mettre à genoux et se prosterner devant la porte du *sensei*. Histoire de montrer qu'on tient à ce qu'il nous prenne comme élèves. En principe, on devrait même être prêts à y passer la nuit, au besoin, pour le lui prouver.

— Toute la nuit ? se récria Yoshii.

Okubo plissa le nez d'un air dégoûté et accéléra le pas. Les autres, y compris le pantelant Yoshii, se dépêchèrent de le rattraper. Kaze n'était pas gêné par cette allure rapide, mais il était sûr qu'Okubo avait accéléré par cruauté envers Yoshii.

Les garçons parvinrent à un endroit où le chemin s'élargissait et où la neige le recouvrait à la manière d'un futon blanc immaculé. Foulant la neige qui leur arrivait aux chevilles, ils firent plusieurs pas avant que Kaze s'arrête et déclare :

— *Chotto matte*. Attendez une minute !

— Qu'est-ce qui se passe encore ? lança Okubo en s'immobilisant. D'abord, ce porc de Yoshii, et maintenant toi. On ne va jamais arriver si on s'arrête à tout bout de champ. Alors, quoi ?

— Regardez ! fit Kaze en désignant la route devant eux.

La route cessait d'être une surface blanche et lisse : il y avait des traces dans la neige.

— Je ne vois rien, s'étonna Yoshii.

— Regarde donc la route, suggéra Kaze.

Yoshii la considéra intensément avant d'avouer :

— Je ne sais pas ce que tu veux que je regarde.

— Il y a plein de traces sur le chemin.

— Oui, ça, je vois.

— Mais qu'est-ce qui les a faites ?

Les gamins s'assemblèrent autour d'une des empreintes gravées dans la neige. Elle était longue et étroite, avec trois griffes devant et une quatrième derrière, comme l'ergot d'un coq. Pour avoir toujours vécu proches de la nature, les garçons étaient sensibles aux changements de temps, aux traces d'animaux. Ils avaient chassé avec leurs pères et les autres hommes du clan, pourtant ces grosses empreintes n'étaient en rien semblables à ce qu'ils avaient déjà vu.

— Un oiseau ?

— T'as déjà vu un oiseau de cette taille-là ?

Les traces étaient plus longues qu'un *katana*.

— Un lézard ?

— C'est encore plus idiot que l'oiseau. Il faudrait que le lézard soit aussi gros qu'un dragon pour laisser une trace pareille !

Au seul son du mot « dragon », un silence épouvanté s'installa.

Kaze regarda alentour.

— Les traces commencent sur le côté, par là, puis elles suivent la route un bon moment avant de partir sous les arbres. Suivons-les donc !

— Tu es fou ! s'exclama Yoshii, qui faillit s'étrangler.

— Jamais je n'ai vu une chose pareille et j'ai envie de me rendre compte de ce que c'est.

— Moi, je ne veux pas suivre une pareille chose !

— Moi non plus !

— Il faut qu'on aille jusqu'à la hutte du *sensei*, signala Okubo. On ne sait même pas à quelle distance elle est et on risque de ne pas y arriver avant la nuit.

— La nuit ? lâcha Yoshii.

— Peut-être bien. On n'a pas idée de la distance.

— Moi, je rentre en ville ! protesta Yoshii. Mes parents peuvent m'envoyer dans une des écoles qu'il y a là-bas. Je ne suis pas obligé de rester dans ces montagnes avec un ermite fou, juste pour apprendre le kendo.

La déclaration de Yoshii fut accueillie par un silence. Okubo même ne saisit pas l'occasion de se moquer de leur compagnon rondouillard qui voulait rentrer en ville. Enhardi par cette absence de critique, Yoshii poussa plus loin :

— Quelqu'un veut rentrer avec moi ?

Plusieurs garçons se regardèrent et l'un d'eux finit par conclure :

— Ça me semble une idée raisonnable.

— Ouais.

— Moi aussi.

— Bon, reprit Yoshii, surpris par cette nouvelle position de chef. Prenons le chemin du retour ! Ce n'est pas bon pour nous de nous attarder ici dans le noir. Les dieux seuls savent ce qui se balade dans ces montagnes !

Et, sans un mot d'adieu, il fit demi-tour et se mit à descendre le sentier à une tout autre allure qu'à l'aller.

Les garçons qui s'étaient déclarés d'accord pour rentrer avec lui eurent l'air surpris mais ils se hâtèrent de le rattraper.

— Bande de lâches ! leur cria Okubo. Bleus de peur parce que vous avez vu des traces dans la neige ! Écœurant ! lâcha-t-il, avant de regarder Kaze et d'ajouter : Pourquoi tu ne te dépêches pas de les rejoindre ?

Kaze répondit avec douceur :

— Je n'ai fait que signaler les traces dans la neige. Je n'ai pas parlé de rentrer.

— Eh bien, tu ferais mieux de repartir avec cette bande de lâches !

Kaze se tut et observa Okubo.

— Pourquoi tu ne dis rien ? demanda Okubo.

— Je n'ai rien à dire. J'attends juste qu'on se remette en marche.

— Tu crois que j'ai peur de continuer ?

Kaze pencha la tête de côté, haussa les épaules et reprit la route sans commentaire. Okubo regarda les trois autres garçons qui restaient, puis il s'engagea sur le chemin derrière Kaze. Tous marchaient dans un silence lourd de crainte, sans rires ni taquineries. Réduits par l'hiver à l'état de lugubres squelettes, les arbres prenaient des allures sinistres et les garçons resserrèrent les rangs tout en jetant des regards inquiets sur les ombres noires des bois. Le croassement d'un corbeau hivernal les fit sursauter, puis rire de soulagement quand ils aperçurent l'oiseau.

Une demi-heure environ avant la tombée de la nuit, ils parvinrent au bout du chemin et découvrirent une fruste hutte campagnarde avec un épais toit de chaume et des murs en rondins. Une porte de bois mal équarri dominait la façade de la construction qui semblait dépourvue de fenêtres. C'était le genre d'abri sommaire d'un bûcheron ou d'un charbonnier, pas la riche demeure d'un maître de l'art du sabre.

— Alors, c'est là ? s'étonna Okubo.

— Ça doit être ça. On est au bout du chemin.

— C'est maintenant qu'on doit se prosterner ? s'enquit un des garçons.

Sans répondre, Okubo tomba à genoux et se prosterna face à la porte de la hutte. Kaze fixait le dos de son compagnon, observant le *mon* blanc de la famille Okubo, près du col du kimono noir qui se porte pardessus les autres vêtements. Des feuilles de bambou recourbées étaient disposées autour d'un diamant : on aurait dit une araignée blanche. Les autres garçons, Kaze y compris, s'inclinèrent eux aussi, et Kaze tâcha de se vider de ses pensées et de méditer. La méditation ne vous rendait pas insensible aux effets de la neige mais elle vous permettait d'apprendre à les ignorer.

La nuit tomba et le froid de la montagne commença à s'insinuer dans les pieds et les genoux des garçons, les glaçant jusqu'à la moelle des os. Ils avaient déjà participé à des simulations de manœuvres militaires sur le terrain, ils avaient l'habitude du plein air, même en hiver, et leur vie proche de la nature les avait aguerris. Mais ils n'étaient pas pour autant accoutumés à rester longtemps agenouillés dans la neige. Leur perturbant voyage se terminait de manière bien inconfortable et éprouvante.

Des bruits de récipients qui s'entrechoquent leur apprirent qu'il y avait quelqu'un dans la hutte et un rai de lumière pointa de sous la porte quand l'obscurité se fut épaissie. L'odeur de fumée mêlée à l'air frais des

87

montagnes, plein de la senteur des pins, composait un parfum plus entêtant que l'encens. Kaze s'imaginait ce que ce serait d'être dans la hutte, recroquevillé auprès du feu, enveloppé d'une couverture matelassée. Il se maudit presque aussitôt, usant de jurons appris en compagnie d'hommes plus âgés : à quoi bon imaginer la sensation d'être au chaud, puisque ça ne ferait qu'aggraver la torture de devoir rester dans la neige ! Alors, se remémorant ce qu'on lui avait appris du zen, il vida son esprit et s'efforça de ne penser à rien, se contentant d'exister dans l'univers et d'ignorer le froid qui s'emparait peu à peu de ses membres.

Le va-et-vient cessa dans la hutte mais la porte demeura close. Quelques minutes plus tard, la lumière qui jaillissait de sous la porte s'éteignit.

— Vous croyez qu'il sait qu'on est là ? s'enquit un des gamins.

— Il serait un piètre *sensei* s'il ne le savait pas.

— Vous pensez qu'il va nous laisser entrer ?

— Je suppose que non. Il veut peut-être qu'on reste dehors toute la nuit, pour qu'on montre à quel point on est décidés.

— C'est une insulte de laisser un Okubo dehors si longtemps !

— Tu vas frapper à sa porte ?

— Bien sûr que non ! Il faut que je pense à ma fierté. Je perdrais la face si je faisais une chose pareille. Pourquoi tu ne frappes pas, toi ?

— Moi aussi, j'ai ma fierté.

— Mais tu devrais...

La réplique d'Okubo fut interrompue par un son bizarre : un bruit de lanière qui fouette l'air, résonnant dans le silence de la nuit de montagne.

— Mais qu'est-ce que...

— *Yakamashii !* La ferme ! Écoute donc.

Le bruissement continuait : chui, chui.

— Qu'est-ce que c'est ?

— Je ne sais pas. On dirait vaguement le bruit d'une badine dans l'air avant qu'elle frappe le cheval.

— Mais d'où ça vient ?

Deux des garçons se levèrent et regardèrent alentour. Soudain, l'un d'eux pointa un doigt tremblant et lâcha d'une voix non moins tremblante :

— Re-regardez !

Tous les garçons, Kaze y compris, regardèrent dans la direction désignée par leur compagnon. Là, dans l'obscurité des bois, ils distinguèrent avec peine une forme blanche à la lueur des étoiles. Évoluant à une hauteur qui était le double de celle d'un homme, une créature de la taille d'un gros oiseau fila entre deux arbres à une vitesse alarmante. Son déplacement s'accompagnait d'un bruissement.

— Mais qu'est-ce que c'est ?

— Je ne sais pas. Je n'ai jamais vu...

— C'est un fantôme ! Je le sais, c'est un fantôme ! Le seigneur Bouddha me protège ! C'est un genre d'esprit de la montagne qui va tous nous tuer ! Ce n'étaient pas des traces de dragon qu'on a vues, mais des traces de démon !

Le garçon qui venait de procéder à cette identification se leva d'un bond et se précipita vers la porte de la hutte. Deux autres arrivaient sur ses talons, la panique prêtant force et vitesse à leurs jambes ankylosées par le froid. Ils se mirent à marteler la porte à coups de poing.

— Laissez-nous entrer !

— Ouvrez cette satanée porte !

— Le seigneur Bouddha me protège ! Je vous en prie, *Sensei*, laissez-nous entrer !

Les coups restèrent sans effet et la porte demeura solidement close.

— Regardez, la voie est libre. Courons !

Ce fut la débandade. Les trois compères se précipitèrent vers le sentier qui les avait conduits à la hutte et qui partait dans la direction opposée à celle de l'apparition.

Kaze, toujours à genoux, glissa un œil vers Okubo. Le visage de son aîné était si pâle qu'il avait lui aussi l'air d'un fantôme, mais Okubo n'avait pas bronché. Était-ce l'effet de la bravoure, de la peur ou de l'orgueil ? Kaze l'ignorait mais, quant à lui, c'était une simple affaire de précaution : il voulait en voir davantage avant de s'élancer dans la nuit sous le coup de la terreur.

Il n'en vit pas davantage... mais entendit :

— Du sang !

Une voix profonde et caverneuse surgit des bois où les garçons avaient aperçu l'esprit. Elle résonnait de façon fort peu naturelle dans l'air de la montagne.

— Je veux du sang ! donnez-moi du sang !

Kaze se leva. Il n'était pas encore sur le point de s'enfuir mais il voulait être prêt, au cas où il y serait obligé. Okubo se méprit sur le geste de Kaze et, dès qu'il vit bouger son compagnon, il se remit sur ses pieds et se sauva à la suite des autres. Kaze risqua un bref coup d'œil par-dessus son épaule, vit Okubo qui décampait, et reporta son attention sur les bois.

— Je veux ton sang ! donne-moi ton sang ! répéta la voix de stentor.

Aucun signe n'indiquant que le propriétaire de l'étrange voix allait mettre sa demande à exécution, Kaze resta planté là, les sens en alerte, tâchant de voir, d'entendre ou de sentir quelque chose qui proviendrait des bois, mais le silence régnait à présent dans l'obscurité. Kaze ne se remit pas à genoux, il ne s'enfuit pas non plus.

Le reste de la nuit fut silencieux, hormis le bruissement d'ailes d'un hibou qui vola par-dessus la hutte, sa prise nocturne dans ses serres. Kaze n'avait encore jamais connu de nuit où le silence pût créer autant de tension. Il lui était arrivé, lors de manœuvres, de se voir

90

assigner un simulacre de garde, et on l'avait un jour surpris à dormir à son poste. Il se rappelait encore les coups que lui avait valus sa transgression : une correction administrée par son père en personne. Il ne s'était plus jamais endormi à son poste de garde et s'était par la suite toujours senti tenu de combattre l'appel du noir sommeil quand il devait veiller. Cette nuit-là, le froid, la terreur et l'éventualité d'autres terreurs à venir avaient chassé de son corps toute velléité de sommeil et, quand pointa l'aube, Kaze eut le soulagement de voir les bois environnants passer du noir au gris, puis prendre des couleurs à mesure que croissait le jour.

Quelques minutes après que le soleil eut enfin paru au ciel, la porte de la hutte s'ouvrit et un alerte vieillard en sortit. Les cheveux longs, blancs et hirsutes, il était vêtu comme un simple paysan, à l'exception des deux sabres glissés dans sa large ceinture. Les yeux vifs et impressionnants, tels ceux d'un faucon en chasse, il avait de grandes mains puissantes, et Kaze percevait la formidable force qui émanait de cet homme, malgré son âge. Kaze tomba à genoux et se prosterna.

L'homme se dirigea vers le garçon et le regarda intensément :

— Je suppose que tu veux être mon élève ?

Kaze avait envie de demander au vieillard s'il avait vu ou entendu les événements fantomatiques de la nuit passée mais il décida de taire ses questions, du moins pour l'instant.

— *Hai !* Oui, *Sensei* !

— Tu sais manier la hache pour fendre du bois ?

— Oui, *Sensei*.

— Eh bien, vas-y. Autant te rendre utile pendant que je décide si j'ai envie de prendre un élève ou pas.

CHAPITRE VIII

Le passé appelle le présent.
Souvenir du premier chant de l'oisillon.

Kaze passa une heure à fendre du bois. La grosse hache était lourde et malcommode mais il persévéra courageusement, malgré la fatigue et la difficulté. Il était fier de la pile de bois qu'il avait réussi à faire quand le *sensei* revint le voir. Le maître considéra le tas de bois mais ne fit pas de commentaire, se contentant de dire :

— Je suppose que tu as envie de déjeuner ?

— Oui, *Sensei* !

— Eh bien, suis-moi.

Le *sensei* conduisit Kaze dans sa hutte où une grande marmite d'*okayu*, de la bouillie de riz, mijotait sur le feu. La hutte était chichement meublée et ne contenait presque pas d'affaires personnelles, à une exception près : un chevalet sur lequel reposaient un long *katana* et un *wakizashi* plus court. Comme tous les gamins de son âge issus de la classe des guerriers, Kaze se croyait bon juge de la qualité des sabres. Ceux-ci étaient exceptionnels, bien meilleurs que ceux que portait le *sensei* pour l'usage quotidien, et supérieurs même à ceux que le père de Kaze gardait pour les grandes occasions.

Le *sensei* se dirigea vers un coin de la pièce et Kaze crut qu'il allait chercher un bol pour y verser l'*okayu*. Mais le vieillard ramassa un morceau de bois, se retourna tout d'un coup et le lança sur Kaze.

Choqué, Kaze fit un pas de côté pour esquiver le bout de bois qui alla heurter le mur derrière lui et tomba par terre à grand bruit. Le *sensei* considéra Kaze un moment et, calmement, il prit un bol de bois et une paire de *hashi*, comme si des morceaux de bois volants étaient un prélude normal à tous les repas.

— Tiens, dit-il en tendant les ustensiles à Kaze. Sers-toi.

Craintif, Kaze prit le bol et les *hashi* des mains du *sensei* mais celui-ci n'esquissa plus de geste agressif.

— Quand tu auras fini, je te donnerai une leçon de kendo. Tu n'es pas encore mon élève, mais ça ne fera pas de mal de voir à quel point tu es bête quand il s'agit d'apprendre.

Avec un regard en coulisse vers le morceau de bois que le *sensei* lui avait jeté, Kaze s'assit pour déjeuner en se demandant quel genre de maître il était venu chercher là.

Quand vint le moment de la leçon, Kaze continua à se poser des questions sur ce *sensei* qui commençait ses instructions sur l'art du sabre en lui montrant comment nouer la large ceinture d'un kimono.

— Dans l'ancien temps, on accrochait nos sabres à la ceinture avec des cordes, expliqua le *sensei*. Maintenant, la coutume est de les glisser dans la ceinture même. Depuis ta plus tendre enfance, tu as porté des sabres dans les grandes occasions mais ce n'était que pour le spectacle, alors que dans la bataille il s'agit de survie. Tu vas devoir apprendre à les porter à la façon d'un samouraï. Avec fierté mais aussi dans un but pratique : la ceinture ne doit pas être trop relâchée, sinon les sabres glisseront ; pas trop serrée non plus, sinon elle entravera ton souffle et te gênera. Aujourd'hui, tu vas apprendre à nouer correctement la ceinture de ton kimono. C'est un détail, mais ces petits riens essentiels sont les fondations sur lesquelles on construit de grandes choses. Quand tu auras appris cette leçon, tu observeras la manière dont les autres samouraïs nouent leurs ceintures. Cette observation t'apprendra si un homme est enraciné dans l'essentiel ou s'il ne fait qu'arborer ses sabres pour épater la galerie.

Kaze noua et renoua sa ceinture de kimono selon les indications du *sensei*, jusqu'à ce qu'il y parvînt parfaitement. Maintenant, c'était plus confortable de porter les deux sabres de samouraï glissés dedans, il dut le reconnaître, mais il ne voyait pas quel rapport cela avait avec le combat.

— Je peux vous poser une question, *Sensei* ? demanda Kaze à la fin de la leçon.

— Quoi donc ?

— Quand est-ce que vous allez m'enseigner des choses qui ont un rapport avec le kendo ?

— *Baka !* Mais cela a justement un rapport avec le kendo ! Tout ce que je t'enseigne a un rapport avec le *bushido*, la voie du guerrier. Ce matin, tu as appris une leçon avant le petit déjeuner : un *bushi* doit rester en forme, ne serait-ce que par une activité telle que fendre du bois. Il va te falloir aussi apprendre la calligraphie, l'art et la poésie, mais un *bushi* ne peut pas occuper tout son temps à cultiver les arts en attendant la prochaine guerre. Il doit faire le nécessaire pour rester en bonne condition physique. Tu as reçu une autre leçon au petit déjeuner – elle est connue ! –, quand je t'ai jeté le morceau de bois. Un *bushi* doit rester alerte et s'attendre à être attaqué à tout instant. L'as-tu déjà entendu dire ?

— Oui, *Sensei*.

Kaze prévoyait une autre attaque de la part du maître. C'était généralement ce qui se passait lors de l'enseignement de cette leçon-là, Kaze le savait. On explique à l'élève qu'il doit être prêt à être attaqué à tout instant, on lui demande s'il le comprend. Et quand il répond oui, le maître lance aussitôt une attaque pour illustrer la leçon par une réalité concrète.

— Tu comprends ?

— Oui, *Sensei* !

Kaze se prépara à essuyer une attaque comme celle du morceau de bois volant, mais le *sensei* se contenta de poursuivre son propos et Kaze en fut presque déçu.

— Il va t'arriver toutes sortes de choses dans la vie et tu devras en tirer les leçons. Tu n'auras pas toujours quelqu'un sous la main pour te les expliquer et il faut que tu apprennes à évoluer seul. Tu comprends ?

— Oui, *Sensei*.

— Bon, eh bien, va ramasser une partie du bois que tu as fendu ce matin pour préparer à manger.

Le simple repas fut avalé dans un silence presque total. Kaze avait du mal à garder les yeux ouverts après une nuit sans sommeil et une longue journée. La pénombre de la hutte et la lueur dansante du feu le portaient vers le sommeil aussi sûrement que la berceuse d'une mère. Kaze reçut un futon et une couverture matelassée et le *sensei* lui désigna un endroit où dormir, dans un des appentis proches de la hutte.

— Je te dirai demain si je veux de toi comme élève, déclara-t-il en partant.

Kaze sombra dans un profond sommeil. Ses rêves furent peuplés d'empreintes de dragon, de fantômes volants et de voix d'outre-tombe réclamant du sang. Les événements de la nuit précédente firent de ses songes un cauchemar et il crut sentir la présence d'un démon ou d'un esprit malin auprès de lui, dans la pièce. Il fut brusquement tiré du sommeil par une douleur vive dans le bras et l'épaule.

95

Il se dressa sur son séant, l'esprit confus, la vue trouble. Il regarda autour de lui et découvrit le *sensei* assis à côté de lui. Une lampe de terre cuite brillait à côté du maître qui tenait un bâton de bambou et observait Kaze.

Kaze se frotta l'épaule. Il allait protester au sujet du coup de bâton mais il referma la bouche. Et il déclara après un silence :

— Sois prêt à subir une attaque à tout instant !

Le *sensei* acquiesça du chef :

— Bien ! Très bien ! Tu n'es pas aussi lourdaud et bête que tu le parais. Je vais te prendre comme élève. À ton réveil, coupe du bois et nous continuerons ton apprentissage après le petit déjeuner.

Kaze sourit au souvenir de cette première leçon. Elle avait eu beau porter sur le fait d'être paré pour une attaque à tout instant, il s'était tout de même fait capturer dans la hutte de Jiro. Sa situation présente lui apprenait que l'agresseur devait être le magistrat du lieu. Il n'avait guère d'estime pour cet homme lent et stupide, n'empêche qu'on peut se faire tuer par un imbécile si on ne prend pas de précautions. « J'espère que je survivrai pour pouvoir profiter de la leçon à l'avenir », songea Kaze.

Des bruits de pas le tirèrent soudain de sa rêverie. Il ouvrit les yeux. Des gens arrivaient.

CHAPITRE IX

Une apparition
fait écho aux sons du temps jadis.
Le passé devient le présent.

— Ainsiiii, tuuu l'aaas capturééé, cee samouraï !

Kaze ne voyait pas encore celui qui parlait, mais la voix avait le son haut perché et les intonations longues et chantantes des nobles de la cour. La voix surprit Kaze dans ce district rural où ne devait sans doute pas se trouver d'homme de la cour, mais il avait entendu suffisamment de nobles pour se rendre compte que l'accent de ce personnage-là était une affectation, qu'il n'avait pas été élevé en parlant de la sorte.

— Oui, Manase-*sama*, répondit la voix du magistrat zélé.

— Bon. Eh bien, allons les voir, reprit Manase avec les mêmes inflexions chantantes.

Les deux hommes arrivèrent dans la cour. Le magistrat était vêtu du kimono qu'il arborait lors de sa première rencontre avec Kaze, un kimono de couleurs vives, fait de plusieurs robes riches, portées les unes sur les autres. La superposition des épaisses couches d'étoffe au bord des manches et à l'ourlet formait un arc-en-ciel éblouissant qui illuminait presque la cour terne. La tête de Manase s'ornait d'une haute coiffe de gaze noire, comme celle des nobles, munie d'un ruban noir noué sous le menton pour maintenir en place le chapeau pointu. Les robes étaient de coupe démodée et on eût pu prendre le seigneur du district pour une silhouette sortie d'un rouleau peint sur soie et revenue à la vie.

Manase s'immobilisa à quelques pas des cages. Le magistrat paraissant s'en étonner le seigneur expliqua :

— Je n'aime pas m'approcher trop près, lâcha-t-il avec un soupir exagéré. Ces gens-là sentent toujours si mauvais !

— Oui, oui, seigneur. Nous pouvons...

Sans laisser au magistrat le temps de finir, Kaze décida de tenter le coup.

— Je m'appelle Matsuyama Kaze, déclara-t-il d'une voix aussi claire que le permettait son visage douloureux. Bien que ma situation présente soit des plus bizarres, seigneur Manase, je tiens à répéter mes compliments pour le fragment du *dojoji* auquel j'ai assisté hier. J'espère un jour avoir l'occasion de voir ce spectacle dans son intégralité.

Le magistrat se hâta de gagner la cage de Kaze :

— Dis donc, toi ! Comment oses-tu t'adresser au seigneur avant même...

— Magistrat !

Celui-ci s'arrêta en pleine phrase et regarda Manase :

— Oui, seigneur ?

— Fais sortir cet homme de la cage, procure-lui un bain et des vêtements propres !

— Mais, seigneur...

Manase le fit taire d'un geste rapide mais gracieux de la main. Il y avait une pointe d'impatience dans sa voix :

— Fais ce que je t'ordonne !

— Bien sûr, bien sûr, seigneur. Des vêtements propres et un bain. Tout de suite !

Manase tourna les talons et quitta la cour. Le magistrat partit à son tour mais revint quelques minutes plus tard en compagnie de deux gardes, aussi mal équipés et grossiers que ceux que Kaze avait vus au carrefour. De fait, à y regarder de plus près, il constata que c'étaient les mêmes hommes.

Le magistrat farfouilla dans l'ample manche de son kimono et en sortit une grosse clé de laiton. C'était une barre métallique rectangulaire, munie d'encoches à une extrémité. Il la tendit à l'un des gardes qui l'introduisit dans la serrure de la cage de Kaze et qui ouvrit la porte.

Kaze se déplia pour sortir de sa prison exiguë. Il sentit en se relevant qu'il titubait légèrement, suite à la correction qu'on lui avait infligée et à la nuit passée à l'étroit dans une cage. Fermant un instant les yeux, il se concentra et cessa de chanceler.

Le magistrat saisit le bras de Kaze, non pour le soutenir mais pour l'escorter comme un gamin ou un prisonnier. Kaze secoua le bras pour se débarrasser de la main du magistrat, qu'il gratifia d'un regard noir.

— Allons, viens ! ordonna le magistrat, en sortant de la cour.

Tandis que Kaze le suivait, il songeait au danger qu'il y a à prendre les gens trop à la légère. Ce magistrat était un bouffon ridicule, certes, mais les bouffons peuvent être particulièrement dangereux, car ils sont capables de tuer par bêtise. La vie est si courte et si fragile ! Il peut suffire d'un pas de travers, d'un manque de précaution ou d'une mauvaise appréciation de la mesure d'un homme pour qu'elle soit anéantie.

Kaze fut emmené à la cuisine du manoir où on lui donna à manger. Le manoir avait la forme d'un grand rectangle contenant plusieurs cours à ciel ouvert. Ces cours étaient bordées de vérandas couvertes qui avaient un toit de tuile et un plancher de bois. C'était l'architecture typique de la plupart des manoirs de campagne et la géographie du lieu était d'emblée familière à Kaze, bien qu'il n'eût jamais mis les pieds dans la demeure de Manase.

Kaze eut ensuite droit à un bain dans un *ofuro*. L'*ofuro* arrivait à hauteur de torse et avait la largeur d'un homme qui étend les bras des deux côtés. Les planches de bois odorant constituant le baquet étaient assemblées de si astucieuse manière qu'il n'y avait pas besoin de calfatage pour en assurer l'étanchéité. Une paroi était occupée par un banc sur lequel pouvaient s'asseoir les baigneurs pendant qu'ils se détendaient, avec de l'eau jusqu'au menton. Une domestique veillait à entretenir un petit feu dans une boîte de cuivre qui s'insérait dans une paroi de l'*ofuro*, réchauffant l'eau afin qu'elle soit à la bonne température.

Kaze se déshabilla et se laissa aider par la servante préposée au feu pour se nettoyer à fond avant d'entrer dans le baquet. Enlevant la saleté avec une râpe de bois et un chiffon, il grimaçait de douleur en frottant les gros bleus qui lui tachetaient le corps mais refrénait son envie de crier. Cela n'avait rien d'érotique d'être nu devant une étrangère. Il s'était toujours baigné ainsi depuis l'enfance, avec des domestiques d'une sorte ou d'une autre pour l'aider. La femme qui frottait son dos nu faisait autant partie de l'*ofuro* que le banc ou que le tas de bois.

Quand il fut propre, la femme prit un seau d'eau fumante dans l'*ofuro* et le déversa sur lui pour le rincer. Kaze grimpa alors sur un tabouret et pénétra dans l'eau brûlante ; il s'enfonça dans la baignoire et s'assit sur le banc, l'eau clapotant sur son menton.

— Aah, c'est merveilleux ! s'exclama-t-il.

La femme ne fit pas de commentaire et se contenta de regarder par terre, l'air maussade.

— C'est une excellente installation, reprit Kaze.

— *Hai*, oui, murmura la femme si doucement que
le samouraï faillit ne pas l'entendre.

Fermant les yeux, il appuya la tête sur le rebord.

— Votre maître doit se régaler avec cet *ofuro*.

La servante ne pipa mot et s'affaira à remettre du
bois dans la boîte de cuivre.

— Il n'aime pas ça ? demanda Kaze, curieux.

La femme répondit de nouveau si doucement que
Kaze dut tendre l'oreille pour l'entendre :

— Le seigneur ne se sert guère de l'*ofuro*.

Voilà qui était étrange. Kaze marqua une pause, songeant à ce que cela révélait sur le compte du seigneur du
district. Ce dernier était peut-être un adepte de « l'édu-
cation hollandaise », salmigondis de croyances et de
superstitions apporté par les Occidentaux nauséabonds.
Kaze n'avait jamais rencontré une de ces étonnantes
créatures qui avaient la triste réputation de ne pas se
baigner comme le font les êtres civilisés. Ces grands
barbares velus débarquaient avec une flopée d'histoires
fantastiques sur les us et coutumes de leur patrie. La plupart des gens auraient eu honte de ces choses dont les
barbares tiraient vanité, et ce que Kaze avait pu entendre
dire à leur propos l'avait à la fois fasciné et dégoûté. Ces
gens-là étaient des menteurs notoires et, de l'avis de
Kaze, il fallait être faible d'esprit pour embrasser leurs
invraisemblables usages ou accorder crédit à de telles
sottises. Tokugawa Ieyasu en avait pourtant plusieurs
dans son entourage, à l'instar de Nobunaga et Hideyoshi
avant lui, mais peut-être les gardait-il comme des animaux de compagnie, pensait Kaze.

Kaze tenta de nouer plus ample conversation avec la
domestique pour se renseigner sur la maisonnée du seigneur Manase, mais les réponses de la femme se bor-
naient à des grognements et des hochements de tête.
Depuis que Kaze était devenu rônin, il s'était habitué à
être traité d'une manière différente de celle qu'il avait
toujours connue. Les paysans même lui manifestaient

moins de respect, bien qu'il fût toujours un samouraï. De sorte que Kaze ne savait pas si la réticence de la servante relevait de l'impolitesse ou d'autre chose.

La femme lui tendit cependant un miroir de cuivre quand il le lui demanda et Kaze examina le piètre état de son visage : bien que tuméfié et bleu par endroits, c'était malgré tout du travail d'amateurs. Kaze avait essuyé de pires combats, à l'issue desquels il avait été incapable de bouger, une semaine encore après la fin d'une bataille dont il était sorti vainqueur.

Le kimono que la servante donna à Kaze après le bain était d'un bleu indigo profond avec un dos orné d'une grue blanche. Le dessin de la grue avait été réalisé en enduisant des zones de l'étoffe d'une pâte épaisse, pour les protéger avant de tremper le tissu dans une jarre de terre remplie de teinture. On l'y laissait pendant des semaines pour que les fibres se colorent en bleu, d'un bleu aussi intense que celui des lacs les plus profonds ou même de la mer Intérieure. On sortait ensuite l'étoffe de la jarre et on enlevait la pâte, pour découvrir un dessin blanc sur fond bleu. Celui-ci était très délicatement exécuté. On pouvait distinguer les contours de chacune des plumes de la grue, symbole de longue vie et de prospérité.

Les habits de Kaze, simple vêture utilitaire, furent emportés pour être nettoyés. On allait les découdre, les laver dans un ruisseau, les poser sur des cadres ad hoc, après quoi ils seraient amidonnés, séchés et recousus. L'ordre des différents panneaux du kimono serait interverti, de façon à répartir l'usure du vêtement de manière égale.

Après le bain, on servit à Kaze une soupe de *miso*, du riz et des petits légumes en saumure. Et on l'amena enfin auprès du seigneur Manase. Tout en suivant la servante qui l'y conduisait, Kaze remarqua que le manoir était en mauvais état. Des tuiles descellées pointaient du bord du toit et des cloisons *shoji* trouées étaient rapiécées à l'aide de morceaux de papier grossier. Le district ne devait pas être très prospère, malgré les superbes kimonos de Manase et ses somptueux costumes de nô.

Kaze fut introduit dans la chambre à huit tatamis qui faisait office de bureau. La pièce était obscure et Kaze constata qu'elle avait des volets de bois à la place des *shoji*, de sorte que Manase s'y trouvait dans une pénombre perpétuelle, puisque la lumière ne filtrait qu'à travers d'étroites fentes. Manase était assis sur un coussin *zabuton*, un rouleau de papier déroulé par terre devant lui. Le rouleau était ancien, et l'écriture qui y figurait était en *hiragan*, les lettres cursives, celles qu'utilisent souvent les femmes et qui reproduisent les mots de manière phonétique. Kaze s'assit sur le tatami, à distance respectueuse du seigneur Manase.

Manase demanda sans lever les yeux :

— Avez-vous lu le *Dit du Genji* ?

— Il y a de nombreuses années.

— Qu'en avez-vous pensé ?

— Que dame Murasaki était un génie.

Manase leva les yeux sous l'effet de la surprise et pouffa de rire, se couvrant la bouche de la main, comme une jeune fille. Kaze remarqua que Manase avait les dents noircies, à la mode des nobles de la cour de Kyoto. Kaze était intrigué et troublé à la vue de ce seigneur de district rural qui avait adopté le langage, le costume et les coutumes de la cour. Cela paraissait déplacé, présomptueux.

— Un génie ! Une femme génie ! répéta Manase en partant d'un autre petit rire haut perché. Je ne peux pas dire que j'aie jamais entendu qualifier une femme de « génie » !

Manase avait une légère couche de poudre de riz sur le visage. Les sourcils rasés étaient remplacés par des faux, peints très haut sur le front.

— Je juge son travail, pas son sexe. Que je sache, aucun homme n'a décrit avec autant de passion et d'intérêt la vie telle qu'elle était il y a six cents ans.

Manase hocha la tête :

— Je suppose que vous avez raison. J'ai essayé de lire tout ce que je pouvais sur la vie de la cour à cette époque-là et, invariablement, je reviens au *Dit du Genji*. S'il est une femme qui peut être qualifiée de génie, c'est elle, mais c'est étrange de vous entendre en parler ainsi.

Kaze ne pipa mot.

Manase replia le rouleau et reprit :

— Vous êtes aussi un amateur de nô.

— Je l'ai été, dans le temps. Il y a bien des années que je n'ai pas assisté à une telle représentation. C'est pourquoi cela a été un réel plaisir de vous voir, l'autre jour.

— Et comment avez-vous su que c'était moi ?

— Un danseur de nô apprend l'équilibre et la grâce. Et sa démarche est souvent très caractéristique. J'ai pu longuement observer votre façon de marcher, pendant que vous vous exerciez au *dojoji*. Et quand je vous ai vu entrer dans la cour, j'ai reconnu ce pas.

Manase rit de nouveau.

— C'est fort astucieux.

— Oui, ça peut être utile sur un champ de bataille d'identifier un homme de loin.

— Mais le blason de son casque vous l'indiquerait sûrement aussi, non ?

— Non, pas toujours. Il arrive que les armoiries du casque ne renseignent pas sur l'identité du porteur. C'est une ruse commune dans les guerres de faire porter le casque du chef à un autre, pour tromper l'ennemi.

— Mais j'ai pu reconnaître le général Iwaki Sadataka à son casque. J'aurais été un parfait imbécile si j'avais tué un autre à sa place et porté sa tête à Toku-gawa-*sama*.

Kaze avait du mal à imaginer un personnage si précieux en train de tuer qui que ce fût, et encore moins un célèbre général tel qu'Iwaki, mais le manoir dans lequel ils se trouvaient présentement attestait que le seigneur avait bel et bien dû faire quelque chose qui lui avait valu une récompense.

— Et s'il y avait eu erreur, qui en aurait été le plus étonné, à votre avis ? interrogea Kaze. Le seigneur Tokugawa ou l'homme qui a perdu sa tête parce qu'elle se trouvait sous le casque fatal ?

Manase repartit de son petit rire haut perché :

— Vous êtes un type amusant. Vous me plaisez ! Cet endroit est d'un ennui mortel ! Un vent frais, comme celui que désigne votre nom, est toujours le bienvenu.

Kaze hocha la tête.

— Comment en êtes-vous venu à tuer le général Iwaki, si vous m'autorisez la question ?

— C'était à la bataille de Sekigahara, répondit Manase du ton de celui qui débite un récit maintes fois répété. Sekigahara fut une bataille déroutante, à laquelle participaient deux cent mille hommes. Au matin, les forces opposées à Tokugawa-*sama* dépassaient le nombre des siennes, mais il avait passé des accords secrets avec une bonne part des seigneurs censés se battre contre lui. Le moment venu, ceux-ci se retourneraient contre leur propre armée et viendraient aider les Tokugawa. Tokugawa-*sama* s'était en outre arrangé avec plusieurs autres seigneurs pour que ces derniers restent neutres et ne se battent pas du tout. Ce fut néanmoins un combat désespéré, qui ne prit bonne tournure qu'au moment où les soldats se retournèrent contre les leurs, comme convenu.

« Vers la fin de la bataille, le général Iwaki s'est retrouvé sans ses gardes. J'ai réussi à m'approcher de lui quand il était seul et à le tuer, raconta Manase, ponctuant son propos d'un geste décidé de la main. Le général était un vieillard, certes, mais il s'y entendait encore pour manier le sabre. J'ai eu de la chance de le tuer.

— Il s'était retrouvé sans gardes ?

— Eh oui. Ceux-ci étaient bien mortifiés d'avoir ainsi manqué de vigilance. Je crois savoir qu'ils se sont tous fait seppuku sur le champ de bataille, pour expier leur peu de fidélité.

— C'est la première fois que j'entends parler d'un général sans gardes.

— J'ai dit que Sekigahara avait été une bataille déroutante, avec des armées qui ont commencé dans un camp pour finir dans l'autre. Il était difficile de savoir qui se battait contre qui, et les ennemis du matin devenaient des alliés l'après-midi.

— Oui, je sais.

— Vous étiez à Sekigahara ?

Kaze rit :

— Oh, je n'ai jamais participé à une bataille aussi illustre ! Sekigahara a changé la face du Japon, puisque les forces qui soutenaient la veuve et l'héritier de feu le Taiko ont été battues. La veuve et le jeune fils du Taiko sont à présent relégués à la citadelle d'Osaka et c'est Tokugawa-*sama* qui est le véritable maître du Japon. À en croire la rumeur, il ne va pas tarder à se proclamer shogun ; vous tenez donc votre district des mains d'un futur shogun. Je ne suis qu'un rônin et, franchement, je vous envie un peu la chance que vous avez eue de vous distinguer à la bataille et de recevoir ce district en récompense.

Manase eut l'air agacé :

— Ce n'est qu'un misérable petit district de cent cinquante *koku*, à mille lieues de toutes les choses que j'aime !

Théoriquement, Manase était censé pouvoir fournir un nombre d'hommes considérable pour la guerre, à la requête du nouveau gouvernement Tokugawa, mais, selon l'usage, on ne lui demanderait d'arriver au champ de bataille qu'avec une fraction du chiffre de principe. Ce district était petit en comparaison de ceux que gouvernaient les grands seigneurs, qui comptaient de cinquante mille à cent mille *koku*, mais Tokugawa Ieyasu avait une solide réputation d'avarice.

— Si j'ose avoir l'outrecuidance de poser cette question, d'où êtes-vous originaire ? s'enquit Kaze.

— Je viens d'Ise, répondit Manase, désignant un ancien district qui se trouvait au bord de la mer Intérieure. Je me languis des eaux étincelantes de cette baie et du goût de la dorade fraîchement pêchée. Là-bas, je me sentais plus près des dieux. Sa Majesté l'empereur vient à Ise pour consulter les dieux Amaterasu-o-mikami et Toyouke-no-o-mikami dans leur demeure des Grands Sanctuaires.

— Ces sanctuaires sont en bois d'*hinoki* brut, le faux cyprès ?

— Naturellement.

— Vous êtes-vous jamais trouvé là-bas au moment d'une cérémonie du *sengu-shiki* ?

— Oui, quand j'étais jeune homme. Elle n'a lieu que tous les vingt ans et des milliers de pèlerins accourent pour y assister.

— Il paraît qu'au cours de la cérémonie on démantèle les sanctuaires et on en reconstruit des neufs.

— En effet. Les pèlerins et les habitants alentour reçoivent de petits morceaux de sanctuaire en guise de talismans. Ah, le bonheur de repartir avec un morceau du sanctuaire sacré est un spectacle qui mérite d'être vu !

— Ça doit terriblement vous manquer.

Kaze eut la surprise de voir une larme perler dans les yeux de Manase.

— Oh oui ! La vie à la campagne n'offre guère de compensations.

Kaze resta silencieux pendant que Manase se ressaisissait.

— Cette conversation a pris un tour mélancolique ! s'exclama Manase. Moi qui avais l'intention de profiter de la rare occasion de rencontrer un homme cultivé dans ce lieu perdu ! Voulez-vous faire une partie de go ? proposa-t-il en désignant dans le coin de la pièce un gros bloc de bois, de l'épaisseur d'une main. Le seul qui y joue ici est cet imbécile de magistrat et il ne vaut pas grand-chose comme partenaire.

Kaze acquiesça du chef et glissa sur le tatami pour gagner le jeu de go. Il installa le plateau entre eux et prit un des bols en « bois de singe » munis d'un couvercle posés dessus. Manase prit le second bol et Kaze enleva le couvercle du sien qui contenait des pions de go blancs en nacre opalescente épaisse et de grand prix. Le bol de Manase était plein de pions noirs de la même épaisseur. Sur le plateau, dix-neuf lignes se croisaient pour former une grille.

Manase ayant les noirs, c'était à lui de commencer. Prenant un pion du bout de deux doigts, il le posa d'un geste décidé sur une intersection de la grille, produisant ainsi un agréable « clac » sur le plateau, percé d'un trou et surélevé par de petites pattes pour amplifier et magnifier ce joli bruit.

Les premiers coups, ceux des ouvertures classiques dans le style *joseki*, allèrent vite, chacun plaquant ses pions sur le plateau. Le go est un jeu de position et de territoire. Une fois qu'on a mis un pion quelque part, on ne peut plus le bouger, sauf pour l'enlever du jeu s'il est entièrement encerclé par les pions de l'adversaire. Le vainqueur est celui qui gagne le plus grand territoire au moyen d'une stratégie ou en « tuant » les pions du partenaire.

Assez tôt dans la partie, Manase fit un coup qui invitait Kaze à déclencher une bataille sur un côté du plateau. Sans un mot, Kaze ignora l'attaque et plaça un pion en un point plus stratégique qui lui assurerait davantage de territoire.

— J'aurais imaginé que vous étiez un farouche combattant, commenta Manase quand Kaze eut joué.

— Se battre sans but est l'apanage des imbéciles, déclara Kaze.

— C'est-à-dire ?

— *Gomen nasai*, excusez-moi. Je voulais dire que je suis prêt à me battre lorsque l'enjeu en vaut la peine, mais j'ai besoin de savoir dans quel but je le fais.

— Vous ne vous battriez pas juste parce que votre seigneur vous l'aurait ordonné ?

— Bien sûr que si, le premier devoir d'un samouraï est d'obéir à son seigneur. Mais je pourrais me battre plus efficacement si je comprenais l'objectif du combat.

— Comment conciliez-vous cela avec l'obéissance sans discussion ?

— Il n'est pas question de discuter mais simplement de comprendre le but de la chose.

— Stratège, hein ! lança Manase, taquin, plaçant un pion qui constituait un début d'attaque sur le territoire de Kaze.

— Non, réaliste, répliqua Kaze avec un pion qui menaçait d'encercler celui avec lequel Manase avait attaqué.

Manase marqua une pause pour réfléchir au jeu pendant quelques minutes.

— Je vous ai mal jugé, reprit-il. J'ai pris votre nature calme pour un manque de combativité. Je constate à présent que vous êtes parfaitement prêt à vous battre quand cela vous convient, conclut-il en posant un pion destiné à soutenir celui avec lequel il avait attaqué.

Le flux et le reflux des forces opposées continuèrent sur le plateau de go, les joueurs se battant pour la survie de leurs pièces respectives. Manase ne cessait d'offrir des ouvertures possibles à Kaze qui, après examen, voyait dans ces coups des ruses destinées à lui faire suivre une voie qui le mènerait finalement au désastre.

Après que Kaze eut refusé un coup de ce genre, Manase partit de son rire affecté et lança :

— C'est plutôt frustrant de jouer avec vous.

— Pourquoi ?

— Vous n'acceptez jamais mes invitations, déclara Manase en posant un pion qui claqua sur le plateau.

— Je le ferai quand ce sera le bon moment, répondit Kaze en plaçant un de ses propres pions.

— Et quand est-ce que ce sera le bon moment ?

Un autre pion.

— Il y a un temps pour tout, fit Kaze en étudiant le jeu. La patience est la monnaie qui achète le bon moment, ajouta-t-il en jouant.

— En quoi vous ressemblez au Tokugawa-*sama*.

La comparaison avec le nouveau souverain du Japon ne plut guère à Kaze.

— Pourquoi dites-vous cela ?

— Vous n'avez pas entendu l'histoire qui se raconte depuis peu pour décrire le caractère des trois derniers souverains du Japon ?

— Non.

— Elle est vraiment assez amusante. Nobunaga-*sama*, Hideyoshi-*sama* et Tokugawa-*sama* sont en train de regarder un oiseau sur une branche et ils voudraient le voir à terre. « Moi, je vais le tuer, annonce Nobunaga-*sama*, ça le fera tomber par terre. » « Moi, je vais lui parler, déclare Hideyoshi-*sama*, et le convaincre de descendre. » « Et moi, dit Tokugawa-*sama*, je vais m'asseoir et attendre que l'oiseau ait envie de descendre de lui-même. »

Kaze ne put s'empêcher de rire. Irrévérencieuse envers les souverains du Japon, l'histoire était une bonne illustration de leurs caractères.

— Mais, à Sekigahara, enchaîna Kaze, Tokugawa-*sama* a cessé d'attendre. Il a attaqué et il a gagné, fit-il en avançant un pion destiné à attaquer les positions de Manase.

La cadence du jeu s'accéléra, les « clac » des pions se firent plus rapprochés, tandis que la bataille s'engageait entre les deux hommes. Le go était un jeu que pratiquaient volontiers les guerriers car il apprend à attendre le moment opportun pour attaquer, à estimer le coup qui portera le plus loin et à prévoir la réaction de l'adversaire. Ce jeu exerçait une fascination que reflétait le proverbe : « Un joueur de go manquerait l'enterrement de son propre père. »

Kaze jouait avec calme et assurance, en dépit des manœuvres et des stratagèmes de Manase, et il finit par prendre un avantage de quinze points qui lui donna la victoire.

— Vous êtes un meilleur joueur que je ne l'avais imaginé, déclara Manase en ramassant les pions pour les remettre dans le bol.

— J'ai juste eu de la chance.

— Le jeu de go n'est pas affaire de chance. Il est affaire d'adresse, comme dans le *shogi*, les échecs japonais. À la différence des dés et de la guerre, où c'est la chance qui fait tout.

— La guerre n'est-elle pas affaire d'adresse ?

Manase posa le couvercle sur son bol.

— La seule adresse, c'est de savoir profiter des occasions que vous offre la chance. Bon, maintenant que vous m'avez battu, nous sommes quittes.

Kaze le regarda d'un œil interrogateur.

— C'était ma stratégie d'utiliser un filet pour vous capturer, expliqua Manase. Je savais que, sans quelque forme de stratagème malin, jamais le magistrat et ses

111

misérables gardes n'arriveraient à s'emparer d'un homme aussi fort qu'on vous avait dépeint. Et maintenant que je vous ai vu, je sais que j'avais raison.

— C'était une bonne stratégie, je m'en souviendrai.

— Oui, j'en suis sûr. Nous allons devoir trouver un autre jeu pour déterminer le vainqueur final.

— Tel que ?

— Oh, une composition poétique ou quelque chose dans ce genre-là. Soyez donc mon invité pendant quelques jours, je vous prie. J'ai déjà donné des instructions au magistrat pour qu'il vous rende votre sabre. Si vous restez, j'aurai l'occasion de vous étudier et de voir quel défi conviendrait le mieux pour la suite.

— Merci. Je resterai un petit moment, mais je ne veux pas vous déranger. Je serai tout aussi heureux de loger chez le marchand de charbon.

Manase gloussa – son humour, que la partie de go avait fait tourner à l'aigre, semblait lui revenir.

— Oh, c'est tout à fait impossible. J'ai l'intention de crucifier le marchand de charbon, voyez-vous.

CHAPITRE X

La chenille tisse son cocon.
Que de savoir dans une petite tête !

— Pourquoi voulez-vous crucifier le charbonnier ?
s'étonna Kaze.

— Oh, à cause de ce marchand mort au carrefour.

— Mais ce n'est pas le charbonnier qui l'a tué !

— Vous l'avez vous-même trouvé planté près du
corps.

— Mais cet homme avait été tué avec une flèche et
le marchand de charbon n'a pas d'arc.

— Il l'a probablement caché. Vous savez que les
armes ont été interdites aux paysans depuis l'époque de
la grande chasse aux sabres d'Hideyoshi-*sama*, il y a
maintenant près de vingt ans. La guerre récente entre les
Toyotomi et les Tokugawa a permis aux paysans de
reprendre des armes et je sais qu'ils ont leurs caches
secrètes. Ils prétendent en avoir besoin pour se défendre
contre les bandits mais les paysans sont avides, c'est
bien connu. Ils n'hésitent pas à tuer pour gagner quelques pièces. Vous avez simplement interrompu le charbonnier avant qu'il ait eu le temps de voler le marchand.

113

— C'est peut-être le charbonnier qui a interrompu un bandit...

— Oh, cela suffit ! interrompit Manase. Si ce n'est pas le charbonnier qui a tué le voyageur, c'est un autre habitant du village. Qu'on exécute un paysan ou un autre, c'est du pareil au même. Ça servira de leçon à tout le monde. Je vous en prie, ne m'embêtez pas avec cette histoire de charbonnier ! C'est d'un profond ennui. Venez plutôt avec moi, je vais vous présenter quelqu'un.

Manase se leva, Kaze l'imita, comme l'exigeait le protocole. Kaze constata que Manase portait un pantalon long qui traînait par terre derrière lui : ses pieds enrobés d'étoffe frottaient contre le tatami et chaque pas produisait un bruissement très particulier. Il fallait une pratique consommée pour marcher avec ce genre de pantalon, normalement réservé aux seuls officiels de la cour impériale. Kaze le suivait, ses *tabi* de coton glissant silencieusement. Pour Kaze, le frémissement du pantalon de Manase sur le tatami évoquait des jours heureux.

Mais Kaze ne pouvait s'abandonner à cette évocation car, appréciant le charbonnier, le projet de Manase de crucifier Jiro ne lui plaisait pas. Non que la pensée de la mort fît peur à Kaze, élevé dans l'idée que le trépas n'est qu'une partie du cycle naturel de vie et de renaissance auquel sont soumis tous les hommes. Et comme des centaines de crimes étaient punis de la peine de mort, il avait assisté à d'innombrables exécutions et en avait même ordonné quelques-unes.

C'était le fait de prolonger l'agonie qui le dérangeait. Certains tirent plaisir de la souffrance des autres, il le savait, et il se demandait si l'étrange seigneur du district qui le menait par les couloirs de la miteuse demeure était de ceux-là. Kaze estimait que la mort, quand elle est nécessaire, doit être nette et rapide. Il y avait de bonnes et de mauvaises façons de mourir, et la crucifixion n'en était pas une bonne.

Certains seigneurs partisans de ce type d'exécution l'étaient aussi de la nouvelle croix chrétienne, une invention arrivée au Japon avec les prêtres chrétiens malodorants et les pâles commerçants de l'Occident qui ne valaient guère mieux que des pirates. Mais connaissant le penchant de Manase pour les vieilleries, Kaze était sûr qu'il utiliserait la traditionnelle croix japonaise : deux poteaux fichés en terre pour former un grand X en haut duquel on attachait les bras de la victime dont le corps pendait. L'attraction terrestre faisait descendre les poumons et les autres viscères du supplicié qui mourait d'une épouvantable mort par asphyxie lente. Ce genre de torture pouvait durer pendant de longs jours pour un petit homme comme Jiro.

Kaze se demanda quelle était la meilleure tactique pour sauver la vie du vieux paysan mais, avant qu'il ait pu formuler une idée, Manase arriva devant un *shoji* et s'arrêta.

— *Sensei ?* dit-il doucement, approchant son visage de la porte.

Kaze pouvait distinguer un murmure derrière la cloison, comme si quelqu'un récitait un soutra. Le murmure cessa un instant et une vieille voix fêlée répondit :

— C'est l'heure d'une gâterie ?

Manase partit de son fameux rire haut perché et fit coulisser le *shoji*. Il entra avec Kaze dans son sillage.

— Non, *Sensei*, répondit Manase en s'asseyant sur le tatami. Les domestiques viendront plus tard vous apporter des haricots *azuki* avec du miel, mais, pour l'instant, je voudrais vous présenter un invité.

Kaze s'assit légèrement derrière Manase et observa la curieuse créature qu'il avait devant lui. C'était un très vieil homme avec de maigres mèches de cheveux gris plaquées sur le côté de la tête et une barbe tout aussi maigre et désordonnée. Ses yeux avaient un éclat blanc qui indiquaient la cécité. Il portait un kimono propre mais rapiécé en de nombreux endroits.

115

Voyant le regard de Kaze sur le kimono, Manase se pencha et souffla à voix basse :

— Il ne veut pas abandonner ce vieux kimono. Il prétend que tous les autres sont rêches et le grattent. Amusant, non ?

— J'ai entendu ça, lança le vieillard. Je suis peut-être aveugle mais j'entends parfaitement, vous ne le savez pas ? Pourquoi avez-vous dérangé mes études ?

— Je sais, *Sensei*, bien sûr, dit Manase d'une voix apaisante. Mais nous avons si peu de visiteurs dignes de conversation que j'ai pensé vous présenter un samouraï qui séjourne sous notre toit, Matsuyama Kaze.

— Matsuyama Kaze ? Qu'est-ce que c'est que ce nom-là ? Ça m'a l'air bien curieux.

— C'est un nom curieux, en effet, qui sied à un homme curieux, déclara Kaze. Je suis content de faire votre connaissance, *Sensei*. Soyez bon avec moi, je vous prie.

Cette dernière phrase était plus une forme de salutation classique qu'une réelle demande.

— Être gentil ? Être gentil ? D'abord, montrez-moi vos leçons.

Kaze quêta l'avis de Manase d'un regard.

— Il lui arrive de croire qu'il est encore en train d'enseigner, expliqua Manase. Il alterne constamment entre autrefois et aujourd'hui : il se croit au temps jadis, puis il se rappelle le présent. Soyez patient : son esprit reviendra se poser ici après avoir dérivé un brin.

— Mon jeune Genji, mon prince de lumière, comment pourrez-vous endosser la cape des devoirs de la cour si vous n'étudiez pas ? Voulez-vous embarrasser votre maison et tous vos ancêtres ? Les gens se riront de vous ! lança le vieillard en agitant un doigt décharné qu'il pointait vers Kaze.

— Je ne doute pas que les gens se riront de moi, répondit gentiment Kaze. Je vous présente mes excuses, *Sensei*, pour n'avoir pas terminé mes leçons.

La tête du vieil homme se redressa brusquement, telle la sentinelle assoupie qui sursaute à l'arrivée de son capitaine.

— Des leçons ? Quelles leçons ? Quelqu'un est-il venu me voir ? Voulez-vous étudier les classiques ? Aujourd'hui, je suis aveugle, mais je peux encore les réciter de mémoire. Je me les répète sans cesse pour être sûr qu'ils ne s'envolent pas de ma tête comme un oiseau qui s'enfuit.

— Je m'appelle Matsuyama Kaze, je suis content de faire votre connaissance, *Sensei*.

— Je m'appelle Nagahara Munehisa, répondit-il, posant les mains devant lui sur le tatami et esquissant une courbette. J'étais le maître des classiques dans la demeure du seigneur Oishi Takatomo. J'ai jadis eu l'honneur de réciter une partie du *Kojiki* devant Sa Majesté impériale, l'empereur.

— C'est en effet un grand honneur, Nagahara *Sensei*. Vous devez être un lettré d'un exceptionnel mérite pour avoir ainsi récité notre plus ancienne histoire devant Sa Majesté.

— Vous êtes trop bon. C'est la Maison impériale qui a demandé le *Kojiki*, mais c'est le *Dit du Genji* que j'affectionne vraiment.

— Je suis honoré de faire la connaissance d'un lettré aussi distingué, déclara Kaze en posant les mains devant lui sur le tatami et en s'inclinant bas devant le vieil aveugle, même si ce dernier ne pouvait pas voir l'hommage qui lui était rendu.

— Ah, le *Kojiki*, le *Kojiki* ! Les souvenirs de Hieda no Are, une vieille, vieille dame. Comme le *Dit du Genji* – encore une histoire contée par une femme. Elle avait soixante-cinq ans quand ses légendes ont été couchées par écrit. Saviez-vous que j'ai soixante-trois ans ?

— Non, *Sensei*, je l'ignorais.

— Oui, je suis... commença le vieillard.

117

Il s'arrêta, tandis que la confusion gagnait son visage, et, soudain, il prit l'air sévère :

— Ainsi vous préférez assister aux courses de chevaux au lieu d'étudier vos classiques ? Le *bushido*, c'est autre chose que des sabres, des chevaux et des armures, jeune maître. Le *bushido*, la voie du guerrier, implique aussi la connaissance des classiques du Japon, et même de la Chine. Il faut être cultivé pour être un homme supérieur, et un jeune seigneur de votre rang doit être un homme supérieur. Je suis votre maître, votre *sensei*, je suis responsable de vous. Voulez-vous que les autres se rient de vous, voulez-vous amener la honte sur vous et sur votre maison ? Vous êtes un garçon bien entêté, filer ainsi en douce pour aller aux courses !

Kaze coula un regard interrogateur à Manase : que faire ? Le seigneur du district sortit un éventail de sa manche et entreprit de se rafraîchir, affichant la plus parfaite indifférence. Kaze reporta son attention sur le vieillard et répondit :

— Oui, *Sensei*. Merci de m'avoir repris.

Le vieux lettré ne parut pas entendre la réponse de Kaze et se mit à marmonner à toute allure. Kaze ne pouvait pas tout comprendre mais il saisit les mots « Heiké », « bataille » et « miroir des mers ». Kaze pensa qu'il devait réciter l'histoire de l'ancienne bataille pour la souveraineté du Japon qui avait opposé les Minamoto aux Taïra.

Avec grâce, Manase se leva pour partir. Le protocole exigeait que Kaze le suivît. Manase, qui avait refermé le *shoji*, repartit de son petit rire dans le couloir, devant la chambre du *sensei*, et déclara :

— C'est d'un ennui ! Le voilà reparti. Il en a pour un moment à faire ses récitations. Il a peur d'oublier les textes qu'il avait coutume de lire et il essaie de les mémoriser en se les répétant à longueur de journée. Il oublie pourtant des pans de plus en plus importants de ces histoires et il essaie d'autant plus désespérément de se rappeler ce qui a pu lui échapper. Quand je l'ai acheté, les premiers temps, il était capable de conter les plus merveilleux récits, surtout ceux de l'ère du Genji. Ceux-là avaient beau remonter à presque six cents ans, ce vieux lettré savait les rendre aussi vivants et modernes que si le monde du Genji avait existé là, devant les murs de cette maison.

— Vous l'avez acheté ?

— Eh oui. Un bonhomme l'emmenait partout dans la campagne, comme un ours savant, et organisait des représentations au cours desquelles le lettré récitait des histoires et recevait quelques sous en échange. J'ai donné de l'argent à son montreur et je l'ai amené sous mon toit. Il a réellement été maître des classiques dans la maison du seigneur Oishi, mais il m'est de moins en moins utile. Ces temps derniers, il n'attend que des gâteries, comme un gamin, et sa capacité à se concentrer et à tenir une conversation diminue de jour en jour, expliqua Manase avec un soupir. Je suppose que mes livres resteront le seul lien que j'aurai avec le monde du Genji, parce que ce vieillard finira par devenir complètement fou ou par mourir.

— Vous semblez vous intéresser particulièrement au monde du Genji.

— En effet. J'essaie moi-même de vivre de cette manière.

— Mais cette époque remonte à six cents ans !

— Oui, mais elle fut l'apogée de la vie et de la culture de notre pays et, depuis lors, le Japon a connu le déclin. Je m'efforce de suivre les coutumes et les croyances de l'ère du Genji. Ce fut un temps où les princes brillaient, où les hommes de raffinement pouvaient s'adonner à la poursuite de leurs intérêts esthétiques les plus nobles. Mais cet héritage s'est perdu au terme de trois cents ans de guerre constante. Pas étonnant que les arts et les coutumes anciennes de la cour disparaissent et que de frustes *bushi* fanfarons soient au pouvoir !

— Vous voulez parler du seigneur Tokugawa ?

Manase se reprit :

— Voyons, bien sûr que non ! Tokugawa-*sama* est un homme des plus cultivés. Je parlais des autres seigneurs.

— Naturellement. C'était stupide de ma part. Je vous prie d'accepter mes excuses pour avoir mal compris vos propos.

— J'accepte vos excuses. J'étais juste contrarié de voir que ce vieux lettré s'enfonce de plus en plus profondément dans son monde à lui et qu'il me prive du divertissement pour lequel je l'avais acheté.

— Je peux comprendre que cela vous contrarie, commenta Kaze en regardant le seigneur du district d'un air neutre.

— Bon, maintenant, il faut que je m'occupe de mes devoirs. Restez donc quelques jours, je vous prie ! Malgré vos curieuses manières, vous êtes un compagnon amusant dans ce coin sinistre.

— Puis-je vous poser une dernière question avant que vous ne partiez, seigneur Manase ?

— Et quelle est-elle ?

— Libérerez-vous le marchand de charbon si je trouve le villageois qui cache l'arc ?

Manase considéra Kaze pendant quelques secondes.

— Vous êtes décidément un bien curieux personnage ! Les paysans dissimulent leurs armes et il vous faudrait des semaines pour fouiller leurs huttes crasseuses et trouver où ils les mettent. Le charbonnier doit être crucifié dans quelques jours et je ne suis pas prêt à retarder l'exécution. Mais je suis un homme de raison et si, d'ici là, vous parvenez d'une manière ou d'une autre à découvrir les armes que détiennent les villageois, eh bien, naturellement, j'arrêterai celui qui a un arc en sa possession et c'est lui que je ferai crucifier. Comme je vous l'ai dit, quel que soit le villageois exécuté pour ce meurtre, c'est du pareil au même pour moi. Alors, autant que ce soit l'auteur du crime.

CHAPITRE XI

Des larmes, tel du sang sur un visage fantomatique.
Des obake *demeurent en mon âme.*

Le silence régnait sur la nuit tandis que Kaze cheminait de la demeure de Manase jusqu'à Suzaka, le village voisin. Ç'avait été d'une absurde facilité de quitter les lieux. Manase avait bien posté une sentinelle devant la maison, mais Kaze l'avait trouvée assise par terre, confortablement endormie, le dos contre le pilier du portail, proclamant son statut de dormeur avec un ronflement sonore.

La brume qui avait drapé le sol le premier matin où Kaze était arrivé dans le district était de retour. Le voile diaphane capturait la lueur des étoiles et le clair de la lune montante, mêlant ces deux lumières dans les tourbillons de son éphémère tissu. Kaze foula des pieds l'ondulante étoffe, y laissant des trous aux bords vaporeux.

Il regarda par-dessus son épaule, cherchant dans la lune l'image du lapin que les petits Japonais apprennent à reconnaître. Il distingua les oreilles et les yeux familiers et sourit de les retrouver. Il s'arrêta un moment pour lever le regard entre les pins qui flanquaient la route et s'immergea dans la grande vague d'étoiles qui déferlait par-dessus la cime des arbres pour inonder les cieux. Les astres ne semblent jamais aussi proches et accessibles qu'en montagne. Esprit curieux, Kaze se demanda pourquoi les étoiles paraissent toujours aussi plates et ternes dans des villes telles que Kyoto.

Grâce aux arbres qui se dressaient de part et d'autre du chemin, Kaze n'avait pas à s'inquiéter de se perdre dans le noir. D'autant qu'avec l'instinct propre à ceux qui vivent près de la nature, il connaissait la direction générale du village, même sans arbres pour le guider. Il se remit en route, goûtant le plaisir de la marche.

La nuit était d'un calme peu naturel. On eût dit que l'atmosphère humide étouffait les bruits ordinaires de la forêt, laissant dans l'air un vide qui attendait d'être rempli. Un son léger vint effleurer ce silence tandis que Kaze cheminait ; un son si ténu que le samouraï dut s'arrêter pour être sûr de l'avoir bel et bien entendu. Cela venait de plus loin devant lui, là où la route amorçait une courbe, de sorte que Kaze ne pouvait pas voir ce qui se cachait derrière le virage.

Il tendit la main vers son sabre et le dégagea adroitement de la butée qui le maintenait en place dans le fourreau. L'arme se libéra avec un clic gratifiant. Kaze s'approcha à pas de loup du virage bordé d'arbres sombres et, là, il comprit la nature du son qu'il avait perçu : des pleurs de femme. Curieux, Kaze s'engagea dans la courbe du chemin.

Une femme de haute naissance en kimono blanc, couleur de la mort et du deuil, se tenait là, accroupie au milieu de la route. Sa position sociale se reconnaissait facilement à sa longue chevelure et à la coupe de son kimono. Elle avait le visage dans les mains, ses cheveux tombaient en cascade sur ses épaules, et elle sanglotait. Par quelque illusion due à la lumière des étoiles, la silhouette de la femme semblait presque aussi brumeuse et éphémère que le voile argenté qui couvrait le sol autour d'elle, et Kaze se frotta les yeux tant les contours de l'apparition semblaient se fondre dans la nuit. Il avait une vue d'ordinaire excellente, et la forme changeante de cette femme le mettait mal à l'aise.

Lentement, il s'approcha d'elle, tentant en vain de se concentrer sur la silhouette qui était devant lui. Il la distinguait assez bien car elle était lumineuse : il y avait quelque chose de si familier chez elle, dans la courbe des épaules et la façon de pencher la tête, que Kaze s'immobilisa.

Il ouvrit la bouche pour parler mais sa gorge était si sèche qu'il ne put émettre qu'un murmure. Apparemment, la femme ne l'avait pas entendu car elle ne bougea pas. Kaze s'étonna de son incapacité à prononcer le moindre son et sentit brusquement ses os se glacer à tel point qu'il se rendit compte qu'il tremblait.

Kaze prit une profonde inspiration. L'air alentour lui parut sec et mort, comme celui d'un monastère ou d'une grange à l'abandon. Il examina encore la silhouette mouvante de la femme et sut avec une effroyable certitude qui se trouvait là, devant lui.

— « Mon cœur est sans entraves, murmura Kaze, se récitant le *Soutra du cœur*. Sans entraves et donc sans crainte. »

Il avala une grande lampée d'air mort et, tout en continuant à se réciter le *Soutra du cœur*, il prit son courage à deux mains et s'approcha de la femme.

S'arrêtant à quelques pas d'elle, il s'inclina très bas mais en gardant le dos droit.

— Ma dame, je suis ici, souffla Kaze en saluant l'*obake*, le fantôme de sa défunte maîtresse.

L'*obake* cessa de sangloter et Kaze prit cela pour un signe qu'il pouvait se redresser. La silhouette devant lui avait le visage dans les mains et Kaze ne savait que faire. Soudain, la silhouette releva la tête. L'âme de Kaze se glaça.

Il n'avait pas devant lui les traits sereins de feu sa dame – ceux-là mêmes qu'il donnait aux statuettes de Kannon

123

qu'il sculptait et semait sur son passage –, mais un *obake*
sans visage. Sans yeux, sans nez, sans bouche : rien qu'une
masse de chair molle. Pourtant, il l'entendait sangloter et
il voyait briller sur son kimono les perles de ses pleurs.

Kaze restait figé devant l'apparition, il n'osait pas respirer. Une peur lui étreignait le cœur, plus réelle que tout
ce qu'il avait pu connaître jusqu'alors, mais il tint bon et
ne s'enfuit pas. « Sans entraves et donc sans crainte, se
répétait-il. Sans entraves et donc sans crainte. » Cet
obake était l'esprit de sa dame, celle qu'il avait servie de
son vivant et qu'il continuait à servir par sa quête, bien
qu'elle ne fût plus de ce monde. Il n'y avait pas de raison
d'en avoir peur maintenant.

— En quoi puis-je vous aider, ma dame ? s'enquit
Kaze, faisant appel à tout son courage.

Il parlait d'une voix plus normale qu'avant, il le
remarqua avec satisfaction.

L'*obake* se déplia, s'élevant à la manière d'un nuage
de fumée blanche jusqu'à ce qu'il se retrouve debout
devant Kaze. Il leva une main d'un geste langoureux,
le bras flottant doucement vers le haut pour désigner la
route, devant eux.

— Vous voulez que je vienne avec vous ? questionna Kaze, le cœur glacé par une telle perspective.

L'*obake* continuait de montrer la route.

— Il y a quelque chose sur le chemin, plus loin ?

L'*obake* demeura immobile.

— Vous voulez que je parte ?

L'apparition abaissa le bras.

Kaze soupira : une angoisse oppressante vint remplacer la peur. Il tomba à genoux et s'inclina, sa tête perçant
le voile de brume pour toucher terre. Il éprouva une sorte
de réconfort à se sentir proche du sol humide et le contact
avec la planète lui insuffla le courage de continuer.

— Vous voulez que je retrouve votre fille, je le sais,
dit Kaze. Je vous prie de m'excuser d'avoir négligé mon
serment, ma dame, mais les choses vont mal ici. Le

seigneur que j'ai servi, votre époux, m'a toujours appris qu'il est de notre devoir de maintenir l'harmonie en soi et dans la société. Or, l'harmonie de ces lieux a été détruite. Tout le Japon est chamboulé depuis que les Tokugawa ont imposé leur volonté, mais j'ai le sentiment que je vais peut-être avoir l'occasion de restaurer un peu de paix dans ce coin du Yamato. J'ignore la cause de la disharmonie, je ne sais si je pourrai y remédier mais j'aimerais essayer, ma dame. Si je n'y parviens pas d'ici quelques jours, je reprendrai ma quête mais, pour l'instant, ma dame, je vous prie de me laisser essayer !

Kaze resta immobile, attendant quelque signe de l'*obake* lui indiquant le rejet ou l'acceptation de sa requête. Le silence alentour fut soudain rompu par la stridulation d'un criquet dans les bois. Kaze leva les yeux : l'*obake* n'était plus là.

Kaze voulut se lever mais il en fut incapable. Le cœur affolé, il se sentait aussi faible que s'il avait la fièvre depuis trois semaines. L'air était toujours humide mais vivant à nouveau. Kaze remarqua avec surprise que le voile de brume couvrant le sol était en train de se ratatiner à vive allure et de disparaître dans la terre, telle une eau qui s'écoule, formant des rides, des crevasses et de menus replis. Il ferma les yeux, se centra en lui-même et s'efforça de faire disparaître l'engourdissement glaçant de la peur. « Sans entraves et donc sans crainte. »

Son souffle ne tarda pas à redevenir lent et bien rythmé et une force grandissante se substitua à la faiblesse de ses membres. Il se leva, rajusta son sabre dans son fourreau. Puis il reprit sa marche d'un pas ferme.

Kaze se sentait coupable de marquer une pause dans sa quête pour tenter de délivrer le marchand de charbon, mais il savait maintenant que sa dame comprenait. Il s'interrogea sur le démon aperçu dans le village suivant et se demanda si l'endroit attirait particulièrement les esprits.

Pour avoir déjà exploré le hameau, il en connaissait la disposition : un amas compact de huttes et de fermes abritant quelque deux cents âmes était installé le long d'une grand-rue poussiéreuse.

Planté à la lisière, Kaze travaillait toujours à recouvrer son calme, profitant de la tranquillité du lieu pendant qu'il le pouvait. Il entendit un rossignol chanter dans les bois derrière lui. Il y trouva un réconfort et tâcha de se concentrer sur ce qu'il était sur le point d'entreprendre, plutôt que sur ce qu'il venait de vivre. Il prit ensuite une profonde inspiration et tira de sa ceinture le fourreau contenant son sabre. Le tenant par le milieu, il courut à la porte de la première hutte.

— Réveillez-vous ! Les bandits attaquent ! s'écriat-il en tapant sur la porte avec l'extrémité du fourreau.

— *Nani ?* Qu'est-ce qu'il y a ? répondit une voix endormie, à l'intérieur.

— Les bandits ! Ils attaquent ! *Hayaku ! Hayaku !* Vite ! Vite ! Attrapez une arme et sortez !

Kaze courut en face et se mit à marteler la porte de la hutte suivante.

— Réveillez-vous ! Réveillez-vous ! Les bandits attaquent le village ! Attrapez vos armes et sortez !

Sans attendre de réponse, il retraversa la rue en courant et ainsi de suite. Tout en zigzaguant de la sorte, il constata que les hommes sortaient dans la rue. Quelquesuns portaient des torches qu'ils venaient d'allumer et Kaze put voir qu'ils avaient tous des armes d'une sorte ou d'une autre. À mesure qu'il avançait dans le village, la foule accourue dans la grand-rue grossissait et la confusion s'accroissait.

— Qu'est-ce que...

— Où sont les bandits ?

— Que se passe-t-il ?

— Ils attaquent ?

— Où a lieu l'attaque ?

Kaze courait à droite et à gauche pour aller aussi alerter les maisons qui ne donnaient pas sur la grandrue. Quand il eut fait le tour complet des lieux, une foule d'hommes et de femmes se pressait au centre du village en une masse grouillante, armes à la main, scrutant l'obscurité avec des regards inquiets.

Hors d'haleine, Kaze fendit la foule.

— Qu'est-ce qui se passe ?

— C'est le samouraï qui était chez Jiro...

— Où sont les bandits, samouraï ?

Tout en jouant des épaules pour se frayer un chemin à travers la forêt de corps dressés devant lui, Kaze regardait les armes que portaient les hommes. Certains brandissaient des outils agricoles mais la plupart étaient armés de lances, de sabres et de *naginata*. Il continua d'avancer en ignorant les questions et finit par arriver au cœur de la foule où il vit une main dodue qui tenait un arc. Son propriétaire n'était autre que le magistrat.

— Dddites donc, sssamouraï, qququ'est-ce qui se passe ? l'interrogea-t-il en bégayant de peur.

Remarquant des flèches dans l'autre main du magistrat, Kaze en retira une du poing tremblant. Les flèches restantes tombèrent par terre. Kaze se dirigea vers un homme muni d'une torche, à la lueur vacillante de laquelle il examina la flèche.

— Qququ'est-ce qui se passe ? Voyons, voyons, répondez-moi ! clama le magistrat.

Kaze finit son examen, puis il survola la foule du regard pour s'assurer qu'il n'avait pas manqué un autre porteur d'arc.

— Dddites-moi donc ! ordonna le magistrat.

Kaze leva une main en l'air pour calmer la foule.

— Habitants du village de Suzaka ! cria-t-il.

La masse grouillante se tut aussitôt. Kaze regarda les visages inquiets qui l'entouraient et déclara :

— Magnifique ! Votre courage et votre attitude martiale ont fait fuir les bandits qui comptaient attaquer le village. *Omedeto !* Félicitations !

Là-dessus, Kaze repartit d'un pas décidé et la foule s'ouvrit devant lui, telle l'herbe haute de l'été qui se couche quand on traverse une prairie. Les bruits du village tout bourdonnant d'excitation parvenaient encore à Kaze sur le chemin du manoir puis ils s'estompèrent.

Les paysans restaient attroupés et discutaient : et si ce nouveau samouraï était fou ? Certains étaient d'avis qu'il avait peut-être raison et qu'ils avaient effrayé des bandits sur le point d'attaquer, d'autres ricanaient à l'idée que Patron Kuemon ou tout autre brigand eût été mis en fuite par une bande de paysans. L'excitation causée par cette nuit singulière se dissipa peu à peu et des groupes de villageois commencèrent à rejoindre leurs pénates.

Ichiro, le chef du village, fut un des derniers à partir. Il rentra chez lui d'un pas las, hochant la tête d'un air dubitatif en songeant aux agissements du samouraï ; il y avait belle lurette que son épouse et ses enfants s'étaient rendormis. Il rangea son *naginata* dans un coin de la pièce principale et passa quelques minutes à le considérer d'un air songeur. Puis il gagna un autre coin de la salle et déplaça plusieurs balles de riz pour dégager une partie du plancher. Il souleva quelques lames, et retira un vieux morceau de tatami camouflé sous de la terre, qui dissimulait un trou peu profond, tapissé de vieilles nattes en paille de riz.

Ichiro prit alors une brindille dans le tas de petit bois et l'alluma au charbon qui couvait encore dans l'âtre. Et, à l'aide de cette fruste chandelle, il examina le contenu de sa cache secrète. L'huile qui graissait les armes brillait d'un éclat maléfique à la lueur vacillante et orangée du tison. Deux sabres, une dague et un arc étaient nichés dans la cavité. Ichiro sortit la dague de son armurerie interdite et replaça le tatami.

CHAPITRE XII

Suspendu entre la terre et l'éternité,
je tente de saisir la terre et la vie.

Le lendemain matin, Kaze fut introduit auprès de Manase. Kaze portait à présent ses propres vêtements, qu'il avait trouvés lavés, amidonnés et recousus quand il s'était levé.

Le seigneur était de nouveau paré de plusieurs robes somptueuses qui formaient une palette de couleurs juxtaposées. Il était installé dans une petite véranda donnant sur un jardin de gros rochers et d'arbustes. À l'époque du *Dit du Genji*, dans le Japon de l'ère Heian[1], on jugeait le raffinement d'une dame à la façon dont elle superposait ses nombreux kimonos multicolores, Kaze le savait. La délicatesse des tons, la transition d'une teinte et d'un motif à l'autre, et la manière étudiée dont les différentes pièces d'étoffe se chevauchaient étaient autant de signes de sensibilité et d'élégance. Le même principe valait-il

---

1. Période de paix et de faste, célèbre pour sa culture raffinée, pendant laquelle la capitale impériale était à Heian (794-1185). (*N.d.T.*)

129

pour les hommes ? s'interrogeait Kaze, car les robes de Manase étaient étagées avec soin, de façon à présenter une cascade de couleurs du plus agréable effet.

— Vous avez, paraît-il, causé un grand émoi au village, la nuit dernière, déclara Manase sans se retourner.

Kaze fit une profonde révérence, bien que Manase ne le regardât pas.

— Je vous présente mes excuses pour avoir troublé la tranquillité de votre district, mais je voulais voir de quelles armes disposaient les paysans. Sonner l'alarme était un moyen d'y arriver sans avoir à se lancer dans de fastidieuses recherches. Quand un guerrier se trouve brusquement en danger, il saisit toujours son arme préférée.

Manase partit de son rire haut perché.

— Voilà qui est rusé ! Vous êtes décidément un homme étonnant. Et qu'avez-vous découvert ? demanda-t-il quand il eut fini de rire.

— La seule personne du village à s'armer d'un arc était le magistrat.

Manase se retourna et posa sur Kaze un regard surpris que soulignaient encore les sourcils peints sur le haut de son front.

— Vous pensez que c'est le magistrat qui a tué le marchand ?

— Je ne sais pas. Les flèches qu'utilise le magistrat ne sont pas les mêmes que celle qu'on a trouvée dans le corps du mort au carrefour. La flèche en question avait une hampe foncée et un empennage en plumes d'oie grises d'une qualité peu ordinaire ; celles du magistrat étaient grossières en comparaison. Peut-être est-ce en effet des bandits qui ont tué cet homme et ils ont été dérangés avant d'avoir eu le temps de le dépouiller de ses biens. Cependant, je ne vois vraiment pas pourquoi ils se seraient donné la peine de transporter le corps à la croisée des chemins.

130

— Alors, maintenant, vous croyez que ce sont des bandits qui ont tué ce marchand ?

— Ce n'était pas un marchand.

— Comment ça ?

— La victime était un samouraï...

La mort d'un samouraï était une affaire autrement grave que celle d'un quelconque camelot. Les marchands formaient en réalité une des classes sociales les plus basses. Seuls les hors-caste leur étaient inférieurs dans l'échelle sociale, les *eta* qui s'acquittaient des besognes impures telles que l'abattage des animaux et le tannage des peaux.

— Comment savez-vous que c'était un samouraï ?

— Sa large ceinture était nouée de façon à tenir deux sabres. J'ai signalé cette ceinture au magistrat, mais soit il ne l'a pas vue, soit il n'a pas voulu la voir.

— Vous en êtes sûr ?

— Oui. La ceinture était lâche à l'endroit où l'on enfile les deux sabres.

— Pourtant, on m'a dit que le mort avait l'air d'un marchand.

— Je ne me rase pas la tête, alors, sans mon sabre, moi aussi j'aurais l'air d'un voyageur ou d'un marchand, souligna Kaze.

Les samouraïs se rasaient le devant de la tête et laissaient pousser le reste de leurs cheveux, qu'ils graissaient et rassemblaient en un chignon noué sur le sommet de la tête par un cordon foncé. Kaze avait lui aussi des cheveux longs, mais il ne se rasait plus sur le devant, c'était bien plus simple à entretenir et surtout moins cher.

Manase semblait réfléchir à haute voix.

— Voilà qui est intéressant. Ainsi, c'est un samouraï qui a été tué. Et vous pensez que mon propre magistrat pourrait être l'assassin ?

— Je ne suis pas sûr de l'identité du meurtrier, seigneur Manase. Il se pourrait aussi que ce soit les bandits.

— Mais voyons, des bandits ne s'attaqueraient pas à un samouraï !

— Ils m'ont bien attaqué, moi.

— Comment ça ? Quand ?

— L'autre jour. J'étais en route pour le village d'Higashi quand j'ai été attaqué par trois bandits.

— Que s'est-il passé ?

— Deux brigands m'ont arrêté sur la route, pendant que le troisième tentait de me tuer en arrivant derrière moi en catimini. Or l'homme assassiné a été tué d'une flèche dans le dos : les bandits ont peut-être essayé la même ruse sur lui, sauf que, dans son cas, ça a marché.

— Comment leur avez-vous échappé ?

— Je ne me suis pas échappé. J'en ai tué deux. Le troisième n'était qu'un gamin, alors je l'ai laissé filer.

— Vous en avez tué deux ?

— Oui. Je les ai enterrés au bord de la route parce qu'il paraît que c'est la coutume dans ce district.

Manase sortit un éventail de la manche de son kimono et se mit à l'agiter à vive allure.

— Ah, tout cela m'accable ! avoua-t-il. Puisque c'est un samouraï qui a été tué, nous devons évidemment mener une enquête plus approfondie sur les circonstances de sa mort. Comment pouvons-nous savoir si c'est le magistrat ou les bandits qui l'ont assassiné ?

— Je vais essayer de me renseigner davantage sur les bandits, et m'assurer qu'ils se servent bien d'arcs lors de leurs attaques.

Manase referma l'éventail avec un claquement sec.

— Je vous prie de continuer votre enquête, Matsuyama-*san*. Je ne suis pas un homme cruel ou déraisonnable. Je ne ferai pas crucifier le marchand de charbon si vous pouvez m'apporter la preuve qu'un autre a tué l'homme trouvé à la croisée des chemins.

En attendant, je garderai ce paysan en sûreté ici, il profitera de mon hospitalité.

— Vous pouvez me prêter main-forte en désignant des hommes pour m'aider à trouver le camp des bandits, reprit Kaze. Cela accélérera les recherches.

— D'accord. Je vais ordonner au magistrat de réunir une patrouille.

Le lendemain matin, Kaze hochait la tête, incrédule.

— Ce sont les soldats ? s'exclama-t-il en regardant le ramassis de pauvres bougres qu'il avait devant lui.

Il s'était attendu à des guerriers professionnels et on lui envoyait des paysans en armes.

— Voyons, voyons, je croyais que nous allions juste chercher le camp des bandits, pas les combattre, protesta Nagato. Ces hommes feront l'affaire pour trouver l'endroit.

Le magistrat était venu à cheval au point de rassemblement, mais il allait être obligé de continuer à pied à cause de l'épaisse forêt qui s'étendait devant eux. Un carquois dans le dos, il était armé de l'arc que Kaze lui avait vu quand il avait fait lever tout le village.

Kaze était sceptique, mais les recherches avaient pour but de repérer le camp et non de le détruire, aussi dut-il convenir à regret que Nagato avait peut-être raison.

— Bien, concéda-t-il. Dans quelle direction allons-nous d'abord chercher ?

— Au nord, s'empressa de suggérer Nagato.

— Est-ce là que nous avons le plus de chances de trouver le camp ?

— Oui.

Ne connaissant pas la géographie locale, Kaze décida de suivre l'avis du magistrat. Si ce dernier avait tort, on pourrait toujours prendre ensuite d'autres directions.

— D'accord, répondit Kaze.

— Bien, bien, fit Nagato. Vous autres, déployez-vous en ligne, mais en restant à portée de voix les uns des autres. Nous allons commencer à marcher vers le nord et on continuera jusqu'à midi. Le camp des bandits ne peut guère être à plus d'une demi-journée d'ici. Si nous ne l'avons pas trouvé à midi, nous rebrousserons chemin.

Et demain nous repartirons dans une autre direction, ajouta silencieusement Kaze.

— Où serez-vous placé ? demanda Kaze au magistrat.

— Je serai sur l'aile droite. Vous, prenez l'aile gauche.

Normalement, les chefs se plaçaient au centre d'un déploiement d'hommes, mais si le magistrat voulait essayer la formation de « la fleur à deux corolles », Kaze n'y voyait pas d'inconvénient.

— *Yosh !* On y va ! lança Kaze en partant sur la gauche pour prendre sa position.

Les hommes formèrent une longue ligne, avec Kaze à une extrémité et Nagato à l'autre. Ils étaient assez éloignés les uns des autres pour que le groupe pût couvrir une étendue aussi vaste que possible.

Kaze se mit en route, apercevant de temps en temps l'homme à sa droite, quand les arbres étaient plus clairsemés ou lorsqu'il se trouvait sur une éminence. Il faisait beau, la dernière chaleur d'un été humide collait encore aux troncs d'arbres, de sorte que l'air était lourd et immobile. On marchait difficilement à travers l'épaisse broussaille et Kaze était parfois contraint à des détours pour avancer. Il ne tarda pas à perdre de vue celui qui se trouvait à sa droite. Il n'était plus à portée de voix de son voisin mais il n'avait de toute façon pas l'intention de crier s'il avisait la moindre trace des bandits. Vu la milice paysanne qui l'accompagnait, il n'avait pas envie d'alerter les brigands ou de déclencher une bataille avec eux.

Il gardait l'œil ouvert pour détecter un chemin ou quelque autre indication d'une présence humaine dans le coin. Il n'avait rien remarqué d'intéressant jusqu'à présent, à part une forêt de bambous sur sa gauche, qui empiétait sur le domaine des pins et des cèdres. Ainsi, même dans la nature on se bat pour s'assurer un territoire ! songea Kaze.

La chaleur était telle qu'il s'arrêta un moment et s'assit pour se reposer sur une grosse racine rabougrie. Il tira de sa ceinture une flasque de terre cuite et retira le petit morceau de bois qui en obturait le goulot. Il penchait la tête en arrière pour se verser de l'eau dans la bouche quand il entendit le sifflement familier d'une flèche en vol. Kaze s'était trouvé dans des batailles où le ciel était noir de ces mortels projectiles et il connaissait bien ce bruit-là.

Sans arrêter son mouvement, Kaze fit une culbute et tomba derrière la racine au moment où la flèche frappait le tronc avec un bruit sonore. Il n'eut pas le temps de voir de combien la flèche l'avait manqué car de la forêt s'éleva une vigoureuse clameur issue de nombreux gosiers. Une douzaine d'hommes émergèrent du sous-bois, tous vêtus de hardes volées, comme les bandits qu'il avait rencontrés sur le chemin. Brandissant des lances et des sabres, ils chargeaient droit sur Kaze, qu'ils n'allaient pas tarder à encercler. Le samouraï fit une roulade pour se relever et prit ses jambes à son cou. Il était tombé dans une embuscade.

Kaze dégaina son sabre. Le groupe d'hommes était important, il les aurait sûrement entendus se mettre en position. C'est donc qu'ils l'attendaient. On lui avait fait prendre un chemin qui devait l'amener jusqu'à eux. Mais qui l'avait trahi : le magistrat, le seigneur Manase ou un autre ?

Il sortit de la forêt de pins en un instant et se jeta en courant dans le bois de bambous. Les tiges étaient aussi grosses qu'un bras d'homme et le sol jonché d'écorces de pousses et de feuilles glissantes. Kaze se faufilait entre les bambous en zigzaguant, et il sentait les tiges luisantes lui écorcher les épaules tandis qu'il traversait cette végétation sauvage. Les bambous poussaient si près les uns des autres qu'il ne voyait qu'à quelques pieds devant lui, et qu'il ne se donna pas le mal de regarder par-dessus son épaule pour repérer ses poursuivants. Mais bientôt les cris de ses agresseurs s'estompèrent, signe qu'il avait réussi à les distancer.

Soudain, il émergea de la forêt de bambous et vit que la terre s'arrêtait net devant lui. Il eut beau freiner des quatre fers, les feuilles de bambou qui couvraient le sol étaient si glissantes qu'il dérapa et passa par-dessus le bord du précipice. Il lâcha son sabre avant que l'arme ne prît le même chemin et s'agrippa au rebord de la crevasse. Se risquant à jeter un bref coup d'œil en bas, il constata qu'il était suspendu à la lèvre d'une fissure née de quelque séisme ancien. Le fond de l'abîme se trouvait loin au-dessous de lui et les rochers qui le tapissaient avaient l'air aussi dangereux qu'inhospitaliers. Concentrant toute sa volonté sur ses doigts pour qu'ils s'enfoncent dans le sol dur au bord de la crevasse, il resta suspendu là de longues minutes, sans savoir s'il réussirait à s'en sortir ou si la terre céderait et l'enverrait au fond. Elle tint bon.

Kaze réussit à se hisser au bord mais il entendit des cris qui se rapprochaient. L'embuscade avait été soigneusement préparée : Kaze était maintenant coincé devant cette déchirure du sol, trop large pour être franchie d'un bond, et ses agresseurs allaient lui tomber dessus d'un instant à l'autre. Kaze ramassa son sabre et prit très rapidement une décision.

Il se posta à côté d'un bambou qui se dressait à la lisière de la fissure et saisit son sabre à deux mains. Il créa dans son esprit l'image de la lame tranchant net la tige et ressortant de l'autre côté. Il abaissa son sabre d'un geste sûr. À présent fendue net, la tige s'abattit en travers de la crevasse et forma un pont ténu, pas plus large qu'un bras d'homme.

La tige du bambou était luisante, lisse et glissante ; elle semblait trop mince pour pouvoir servir à traverser l'abîme. Kaze repensa à un acrobate qu'il avait un jour vu marcher sur une corde tendue, en se servant d'une ombrelle en papier et en bambou pour maintenir son équilibre. Kaze avait beau avoir un excellent sens de l'équilibre, il n'était cependant pas sûr de pouvoir franchir ce pont mince et fragile. Mais ses poursuivants se rapprochaient et il n'avait apparemment pas le choix.

Prenant une profonde inspiration et tenant son sabre à la main en guise de balancier, Kaze se mit à courir sur le bambou pour traverser le ravin. La tige flexible s'incurva dangereusement quand il parvint au milieu, lui faisant momentanément perdre l'équilibre : il chancela, à deux doigts de chuter sur les rochers qui l'attendaient au fond. Il s'efforça de maîtriser son esprit et son corps, se recentra au sens littéral autant que figuré, et réussit à se rétablir sur le pont précaire. Regrettant d'être en sandales plutôt que pieds nus, ce qui lui aurait donné une meilleure prise, Kaze parvint à remonter la pente du bambou incurvé et à atteindre l'autre côté. D'un rapide coup de sabre donné d'une seule main, il trancha la fine extrémité du bambou qui tomba dans la fissure, afin que même le plus fou ou le plus habile des hommes ne pût le suivre. Et il se retrouva en un instant de l'autre côté de l'abîme.

Les poursuivants de Kaze arrivèrent au bord de la fissure mais ils avaient ralenti l'allure, car ils en connaissaient l'existence, et ils ne tombèrent pas par-dessus bord. Ils examinèrent le fond de la crevasse, à la recherche du corps de Kaze, mais ne virent rien. Ils en conclurent, intrigués, que Kaze avait dû réussir à leur échapper. Ils firent demi-tour et formèrent leur propre patrouille de recherche pour tenter de le localiser.

Pendant ce temps, Kaze examinait déjà le bord de la fissure pour trouver un endroit d'où il pourrait descendre au fond et remonter de l'autre côté. Le désir d'examiner la flèche qui avait déclenché l'embuscade l'emportait sur la nécessité d'échapper définitivement à ses poursuivants.

Le soleil avait déjà amorcé sa descente vers l'horizon quand Kaze rebroussa chemin vers le lieu de l'embuscade. Très attentif à ses mouvements, le samouraï prenait le temps de s'assurer qu'il n'allait pas tomber dans un autre piège. Il arriva finalement devant l'arbre où il s'était arrêté pour boire et passa quelques minutes caché là, pour être certain que la voie était libre. Et il s'en félicita...

Il entendit dans la forêt la voix de deux hommes qui se disputaient. Le ton montait de plus en plus à mesure qu'ils approchaient.

— ... mais il s'est échappé !

— Ce n'est pas ce qui était prévu.

— Je ne paierai pas pour rien !

— Voyons, voyons, j'ai fait ce à quoi je m'étais engagé. Je dois être payé !

— Je ne paierai pas un sou !

— On avait passé un accord, un accord !

— Mais pourquoi devrais-je...

— Si vous voulez que je fasse plus...

— Et si on disait la moitié ?

— Non, la totalité !

— La moitié !

— Les deux tiers ?

— D'accord.

— Marché conclu !

Nagato émergea de la forêt et s'arrêta. Apparut à son côté un homme musclé avec une bedaine et des épaules couvertes de tatouages, qui sortit une bourse de son pagne. Nagato avait toujours son arc à la main. L'homme à demi nu était armé d'une lance qu'il ficha en terre pour ouvrir la bourse. On entendait clairement

138

tinter les pièces tandis que le tatoué les comptait en les mettant dans les mains avides de Nagato.

Sa trahison n'avait rien d'étonnant ni de choquant pour Kaze. On ne pouvait se fier à personne ces temps-ci et le caractère de Nagato le rendait encore moins fiable que quiconque. Ce qui choquait Kaze, en revanche, c'était le spectacle d'un samouraï qui se conduisait en marchand avide, tournant autour d'un paysan argenté comme un porc en rut autour d'une truie.

L'argent payé, le tatoué déclara :

— Il faut que je retrouve mes hommes. Si je ne leur dis pas d'arrêter, ils vont passer la nuit entière à chercher ce satané samouraï. On aura d'autres occasions, si cette tête de mule n'a pas assez de bon sens pour quitter le coin, conclut-il en s'enfonçant dans la forêt en direction du bois de bambous.

Le magistrat compta lentement la somme qu'on lui avait réglée. Tirant de sa manche un bout d'étoffe, il y mit les pièces et les enveloppa soigneusement avant de les glisser dans la ceinture qui retenait ses sabres. Il se dirigea vers l'arbre où s'était assis Kaze quelques heures plus tôt et tira sur la flèche fichée dans le tronc. Elle était profondément enfoncée dans l'écorce. Le magistrat n'avait pas le geste précautionneux et Kaze entendit un craquement sec quand la hampe se cassa en deux.

— Flûte ! s'exclama le magistrat.

Il jeta la flèche brisée par terre et repartit dans le bois d'un pas courroucé, laissant Kaze à nouveau seul.

Kaze se montra patient et attendit d'être sûr qu'il n'aurait plus de visiteurs, puis il s'approcha de l'arbre. Il vit la flasque d'eau qu'il avait abandonnée là et la ramassa. Elle venait de chez Jiro, qui en aurait besoin. Puis il prit la hampe de flèche cassée abandonnée par le magistrat et l'examina pensivement.

CHAPITRE XIII

L'amour connaît de nombreux noms.
Dans la solitude des bois obscurs
tous les noms résonnent comme le silence.

Le lendemain matin, Kaze sortit dans la cour pour prendre des nouvelles de Jiro. Il avait simplement rapporté à Manase la veille au soir que les recherches n'avaient pas abouti et qu'il allait devoir réfléchir à un autre stratagème pour découvrir le camp des bandits. Nagato, présent lui aussi lors de l'entrevue, n'avait cessé de s'agiter nerveusement, s'attendant à ce que Kaze mentionnât l'embuscade. Le samouraï n'en avait rien fait, lançant la conversation sur les mérites respectifs du *haiku* et du *tanka*, forme poétique plus longue. Ces propos avaient ravi Manase, qui s'était délecté à en discuter des heures entières avec Kaze. Pendant ce temps, protocole oblige, Nagato avait été contraint de rester accroupi, perché sur ses jambes repliées et soutenant son poids considérable en s'appuyant sur les talons et les genoux. Il ne tarda pas à connaître une véritable agonie, priant pour que l'ennuyeux échange se terminât. Mais chaque fois que la discussion semblait sur le point de finir, le rônin soulignait quelque autre détail poétique subtil que Manase et lui s'empressaient de commenter pendant d'interminables minutes. Perclus de douleurs, le magistrat maudissait le samouraï, ne comprenant pas pourquoi ce dernier avait choisi de ne pas évoquer l'embuscade et de lancer le seigneur dans une longue discussion. La soirée enfin parvenue à son terme, Nagato se trouva à peine capable de se relever pour rentrer chez lui à pied.

Quand Kaze s'approcha de la cage de Jiro, il fit la grimace, plissant le nez. Jiro n'avait pas eu le droit de sortir pour assouvir ses besoins naturels. Il avait essayé de se soulager dans un coin mais l'espace était si restreint que la tentative avait davantage été une volonté affichée qu'une mesure efficace.

Le marchand de charbon leva sur Kaze un regard fatigué.

— Ils te donnent de l'eau ? s'enquit le samouraï.

Jiro hocha mollement le chef.

— Et à manger ?

Il fit non de la tête.

Kaze plongea la main dans sa manche et en sortit une grosse boulette de riz enveloppée dans des feuilles. Il la passa entre les barreaux de la cage de bois et la posa dans les mains tremblantes de Jiro. Ce dernier arracha les feuilles et se mit à dévorer le riz.

— Attention, signala Kaze. Ce serait bête de s'étouffer avec une boulette de riz avant que j'aie pu faire quelque chose pour te tirer de là.

Jiro fut si étonné qu'il en cessa de manger. Pour la première fois, une lueur de vie anima son regard. Des larmes perlèrent à ses yeux.

— Arrête de pleurer ! lança Kaze avec brusquerie. Je déteste les gens pitoyables. Il n'y en a que trop dans notre pays à l'heure actuelle, ça devient pénible. Tu sais où se trouve le camp des brigands ?

— Non.

— Eh bien, tu risques de moisir longtemps dans cette cage. Il faut que je déniche ce camp pour vérifier quelque chose. Ça pourrait m'aider à te faire libérer.

Jiro réfléchit une minute.

— Aoi, dit-il.

— L'amour ? s'étonna Kaze.

— Non, je ne voulais pas dire « amour ». *Aoi*, c'est le nom d'une femme. La prostituée du village. Ici, ce n'est qu'un pauvre hameau, mais elle, elle a trop d'argent, trop de belles choses. Comme il n'y a que les bandits pour avoir de l'argent, c'est peut-être d'eux qu'elle tient le sien.

Kaze regarda la silhouette recroquevillée et déclara :

— Quelques jours en cage t'ont délié l'esprit et la langue ! Ta suggestion est bonne. Tu devrais peut-être te fabriquer la même chez toi, quand je t'aurai sorti de celle-ci ! lança-t-il en sortant de la cour.

— Méfiez-vous ! lui cria Jiro.

Plus tard cet après-midi-là, Aoi sortit de sa hutte et promena son regard d'un bout à l'autre de la rue du village. On remarquait ses moindres faits et gestes dans un endroit aussi petit que Suzaka, elle le savait, aussi portait-elle un panier destiné à la cueillette des champignons couvert d'une étoffe pour en dissimuler le véritable contenu. Affectant un pas nonchalant, elle sortit du village pour gagner les collines et les bois avoisinants.

Pendant plusieurs minutes, elle suivit un chemin tortueux qui longeait la lisière du village. Elle n'était pas pressée, elle avait soigneusement choisi un itinéraire différent de celui qu'elle avait emprunté la dernière fois pour aller au camp. On lui avait appris à prendre ses précautions et la leçon avait été ponctuée de jurons et d'épouvantables menaces ayant trait à ce qui lui arriverait si elle amenait quelqu'un au camp.

L'après-midi était tranquille et silencieux, les arbres exhalaient une odeur sèche, subtil mélange de pin, de résine et de sève desséchée. Aoi n'avait qu'une vue limitée parmi les arbres mais elle s'arrêtait de temps en temps pour se retourner et s'assurer qu'elle n'était pas suivie. Pourquoi ? elle l'ignorait, mais elle se sentait mal à l'aise et nerveuse, bien que ce fût un trajet habituel pour elle.

Après avoir marché une heure dans la forêt, elle s'arrêta et posa son panier par terre. Elle enleva l'étoffe qui le couvrait et en tira un kimono de coton riche en couleurs. Se défaisant de celui qu'elle portait – il était tout simple –, Aoi enfila son habit de travail. Elle noua élégamment la large ceinture du vêtement autour de ses hanches, et arrangea le col de manière à mettre sa nuque en valeur – la nuque était l'élément du corps qui symbolisait le charme et l'érotisme par excellence. Aoi regretta de ne pas avoir de poudre blanche à se mettre sur le visage, le cou et les épaules pour relever une beauté qui se fanait.

Dans sa jeunesse, elle avait travaillé la terre avec ses parents et ses neuf frères et sœurs. Ils avaient tous transpiré à la chaleur brûlante de l'été et gelé au froid mordant de l'hiver. Ils subissaient les caprices du temps, comme tous les paysans, et Aoi avait treize ans quand sa famille connut un hiver particulièrement rigoureux. Ils vinrent à manquer de radis *daikon* séchés et les repas se réduisaient à une poignée de millet cuit dans la marmite familiale. Leur seule perspective était de mourir de faim à petit feu, les uns après les autres.

Alors, sans donner d'explication à leur fille, les parents d'Aoi prirent la route enneigée pour l'emmener au village de Suzaka. Là, après quelques jours de négociations, ils la vendirent à un vieux fermier en échange d'une quantité de nourriture suffisante pour aider le reste de la famille à survivre pendant quelques mois.

La mère d'Aoi versa des larmes amères quand ils repartirent en laissant la petite sous la garde du vieux paysan.

— C'est ton mari, maintenant. Sois une bonne épouse ! furent les seules paroles qu'elle trouva à lui dire en la quittant.

— Allons, viens ! lança le père en tirant la mère d'Aoi par le bras. Au moins, nous ne l'avons pas vendue à un bordel pour qu'elle nous rapporte davantage. Elle sera une respectable épouse.

Plantée là, Aoi regarda partir ses parents, les yeux noyés sous un déluge de larmes. Le fermier lui saisit le bras de sa rude poigne, pour l'empêcher de courir après eux. Quand ils ne furent plus visibles, Aoi fut mise à la tâche. Le paysan ferma la porte et s'assit pour l'observer. Le ménage terminé, elle lui prépara à dîner. Aoi n'avait pas le droit de manger avec son époux, qu'elle regarda avec avidité enfourner la nourriture dans son gosier, bouchée après bouchée. Quand son mari de fraîche date eut fini son repas, Aoi put manger tout son soûl, comme elle n'avait pu le faire depuis des mois.

Aoi avait sucré avec des morceaux de radis *daikon* et de patates douces la bouillie de millet et de riz complet, qui était chaude et nourrissante. Elle engloutit la bouillie, bol après bol, se délectant de la sensation d'avoir devant elle une abondance de nourriture qu'elle n'avait pas à partager avec ses frères et sœurs. Elle mangea tant qu'avant même d'avoir fini, son estomac se rebella.

Aoi se leva soudain et ouvrit la porte de la hutte. Le paysan crut qu'elle voulait s'enfuir et l'attrapa mais elle réussit à lui échapper et à sortir très vite. Loin de chercher à se sauver, Aoi voulait simplement gagner les cabinets avant de vomir tout ce qu'elle avait entassé dans son estomac. Elle n'arriva pas jusque-là.

Elle tomba à quatre pattes sur le chemin et vomit sur l'herbe la nourriture non digérée. Le paysan la rattrapa et la saisit par les cheveux, pour l'empêcher de filer. Au bout de longues minutes, l'estomac d'Aoi fut enfin vide et elle put s'asseoir, la bouche pleine du goût amer de son repas récemment expulsé.

Quand elle réussit à se remettre sur ses pieds tant bien que mal, elle regagna la hutte avec sur les talons le paysan qui la tenait toujours par les cheveux. Aoi avait le vertige et mal au cœur, elle se serait volontiers recroquevillée dans un coin pour dormir. Mais le paysan sortit une natte sale, força rudement Aoi à s'allonger dessus et, lui arrachant ses vêtements avec des mains tremblantes, se jeta sur elle.

Fille de la campagne, Aoi connaissait les rudiments de la procréation pour avoir vu faire les animaux. Elle n'ignorait pas non plus l'anatomie masculine, pour avoir vécu parmi tant de frères et avoir souvent langé ses cadets quand ils étaient bébés. Mais rien de ce qu'elle savait ne l'avait préparée à ce que lui fit le paysan et elle gisait là, le goût de vomi dans la bouche, pendant qu'un gros corps malodorant écrasait le sien et qu'une douleur nouvelle la déchirait entre les jambes. Elle versa encore des pleurs, un flot de larmes qui ruisselait telle une rivière sur son petit visage de treize ans.

Aoi avait quinze ans quand elle cocufia son mari pour la première fois. Comme toutes les populations agraires, les gens de Suzaka vivaient en harmonie avec les rythmes de la nature. La journée de travail était encadrée par le lever et le coucher du soleil. L'hiver venu, quand de copieuses chutes de neige ensevelissaient la montagne, ils chérissaient leur maigre part de lumière, assis dans leurs maisons obscures, enveloppés dans des épaisseurs de vêtements pour se protéger du froid et préparant le matériel pour le printemps suivant. Ils fabriquaient des outils, sculptaient des bols, tressaient des cordes d'herbe séchée – autant d'objets utiles aux tâches quotidiennes.

La récolte de riz était toujours assez maigre à Suzaka, village de montagne, et les gens vivaient surtout de grain séché, comme le millet. Ils ramassaient aussi des fougères et des champignons sauvages dans les bois avoisinants. Suzaka était donc par la force des choses un village très pauvre puisque au Japon, qui dit riz dit argent. La richesse d'un seigneur se mesurait à la quantité de riz que les paysans devaient lui fournir en guise d'impôt. Généralement, on échangeait ou on troquait les services et, en dehors de cela, la portion de riz était un mode de paiement plus fréquent que les pièces.

Seuls les marchands, les samouraïs et les riches manipulaient le cuivre, l'argent et l'or ; pour le commun des paysans, la richesse se comptait en paniers de riz à planter ou à manger.

Tout au long de l'année, le village célébrait quantité de menus rites et de cérémonies coutumières. Ces occasions devenaient de véritables fêtes en temps de prospérité et dégénéraient souvent en beuveries déchaînées, les couples amoureux filant en douce se retrouver dans les bois. Comme toujours chez les paysans, ces festivités étaient pleines d'humour terrien, agrémentées de chants grivois et de danses paillardes.

Quand les temps étaient difficiles et que les vivres manquaient, on observait les rituels mais c'étaient des moments de gravité, sans rien de débridé. Au pays des dieux, le foyer, le puits et la cuisine de chaque maisonnée avaient leur propre panthéon de divinités protectrices et, en période de vaches maigres, quand sévissait la famine, on implorait chaque déité de veiller à ce que le cycle de vie suivant fût moins dur et épargné par la disette.

Le mari d'Aoi était vieux et taciturne, il avait cessé de s'intéresser au jeune corps de son épouse dès que la nouveauté s'en était émoussée. La deuxième fois qu'on célébrait Higan depuis le mariage de Aoi, celle-ci s'était éclipsée du lieu des réjouissances avec un jeune homme de dix-huit ans qui avait déjà femme et enfant. Aoi et lui avaient passé quelques minutes à s'accoupler dans une prairie tranquille, dans la forêt. Bien que son partenaire fût physiquement plus attirant que son vieux mari, Aoi avait été surprise de constater que l'acte lui-même n'était pas plus agréable. Mais elle avait éprouvé un réel plaisir quand, à la fin de leur rapport, le jeune homme lui avait offert en cadeau un peigne grossièrement sculpté. Elle n'avait jamais pensé que le fait de coucher avec un homme pût lui rapporter des biens tangibles, mais ce fruste peigne avait été à l'origine de sa carrière de prostituée à mi-temps dans le village.

Aoi avait dix-sept ans quand son mari découvrit comment elle avait obtenu la collection de peignes, de vêtements et d'argent de poche qu'il avait fini par remarquer mais, à la surprise de sa jeune femme, le bonhomme n'en avait pas paru gêné, se contentant de dire :

— *Shikata ga nai !* On n'y peut rien !

Aoi avait vingt-trois ans quand, finalement, elle perdit son mari. Elle continua à cultiver sa terre et à coucher avec les villageois et, parfois, avec des voyageurs. Elle refusa qu'on lui trouve un nouvel époux mais continua à aller au lit avec ceux des autres. À mesure que grandit la puissance des bandits dans le coin, ceux-ci devinrent ses clients les plus lucratifs et les affaires d'Aoi marchaient si bien qu'elle n'eut plus du tout besoin de cultiver la terre pour se nourrir.

Il y avait pourtant une chose qu'elle n'aimait pas quand elle se rendait au camp des brigands : elle devait coucher avec Patron Kuemon avant de pouvoir passer aux autres hommes, et ce dernier refusait de la payer. C'était un impôt en nature qu'il prélevait pour lui permettre de pratiquer son négoce avec ses hommes, prétendait-il.

Aoi se redressa et ajusta la ceinture de son kimono. Puis, se fabriquant un sourire mécanique, elle parcourut les quelques centaines de mètres la séparant du petit ravin qui abritait le camp de Patron Kuemon.

Celui-ci sortit de la hutte en rondins qui lui servait d'abri et de quartier général. Juste vêtu d'un pagne, il grattait distraitement son ventre rond. Il avait un grand dragon chinois bleu tatoué sur les épaules et sur le dos et il aimait à se promener à moitié nu pour exhiber le dessin qui ornait son corps. Carré d'épaules et musclé, il déambulait dans le camp avec les jambes fléchies et le pas chaloupé typiques de la démarche d'un porteur de palanquin.

Le père de Kuemon avait en effet été du métier et, pendant les vingt-deux premières années de sa vie, Kuemon l'avait suivi dans cette voie, souvent littéralement d'ailleurs, puisqu'il lui arrivait de porter l'arrière d'un palanquin dont l'avant reposait sur l'épaule paternelle.

Le palanquin servait à transporter des marchandises ou des personnes. Deux porteurs hissaient sur leurs épaules une longue perche munie en son centre d'une petite plate-forme suspendue par des cordes. Les gens pouvaient, moyennant paiement, s'y asseoir et se faire emmener à destination par les porteurs qui avançaient au petit trot. Dans un pays de montagne quasiment dépourvu de routes praticables, le palanquin était plus commode qu'une charrette et moins cher qu'un cheval.

Normalement, Kuemon aurait dû rester porteur toute sa vie. Sauf que les choses étaient rarement « normales » au Japon. D'abord, après trois cents ans de batailles incessantes, un seigneur de la guerre particulièrement puissant, du nom d'Oda Nobunaga, était presque parvenu à unifier le Japon. Mais ledit Oda ayant été assassiné, l'un de ses généraux, un certain

Hideyoshi, le Taiko, s'était emparé du pouvoir et, usant autant de la diplomatie que du sabre, il avait fini par unifier le pays. Le plus étonnant était qu'Hideyoshi sortait de la paysannerie. La leçon ne fut pas perdue pour Kuemon : un paysan talentueux pouvait réussir là où avaient échoué des quantités de seigneurs de la guerre détenteurs d'un titre héréditaire.

Or Kuemon se trouvait du talent. Il savait se battre et c'était un meneur d'hommes. Il abandonna son existence de porteur pour embrasser la vie de brigand. Et ne regretta pas son choix. Il était maintenant à la tête d'une bonne bande de malfrats et il était mille fois plus riche que n'importe quel porteur.

Hideyoshi était mort et, lentement mais sûrement, Tokugawa Ieyasu confortait sa mainmise sur le pouvoir d'État, tandis que le fils et la veuve d'Hideyoshi restaient confinés derrière les épaisses murailles du château d'Osaka. Kuemon était arrivé à la conclusion qu'Ieyasu finirait par tuer le fils d'Hideyoshi, le moment venu – c'est ce qu'il aurait fait, lui, à sa place.

Kuemon avait compris les intentions d'Ieyasu mais il ne s'identifiait pas pour autant au nouveau chef du Japon. Ieyasu était un aristocrate, pas un paysan ; il avait beau affecter les habitudes de vie austères d'un guerrier, il prétendait avoir un lien de parenté – nouvellement découvert – avec les Fujiwara. Kuemon l'avait entendu dire et il savait que le temps des paysans qui deviennent généraux allait passer et que la naissance redeviendrait essentielle sous un régime Tokugawa. Les Fujiwara étaient une des familles qui pouvaient prétendre à l'ancien titre de shogun ; cela signifiait qu'Ieyasu tenait aux privilèges de la naissance et que son intérêt était de revendiquer l'ancien titre. Un titre auquel Hideyoshi n'aurait jamais pu accéder en raison de ses origines modestes, de sorte qu'il avait dû se contenter de celui de Taiko.

Les hommes de Kuemon l'appelaient tous « patron » et ce titre lui suffisait. C'était plus que n'aurait jamais pu espérer un porteur de palanquin.

— Voilà quelqu'un !

La voix d'Hachiro déchira la tranquillité du camp et toutes les têtes se levèrent pour connaître l'identité de l'intrus. Hachiro n'était pas bon à grand-chose, comme l'avait prouvé sa récente rencontre avec le samouraï qui avait tué deux des hommes de Kuemon, mais il était utile pour des menues tâches telles que monter la garde, servir de guide, porter des messages ou entretenir le camp. Ce maudit samouraï avait échappé au piège de Kuemon mais l'ex-porteur était un homme patient, il aurait une autre occasion de le tuer.

— C'est Aoi !

Kuemon sourit. La pute du village. Kuemon avait initialement exigé qu'elle couche avec lui pour éviter de lui payer ses services, mais il était à présent convaincu qu'elle le faisait parce que cela lui plaisait. Il bomba le torse comme un pigeon qui parade et attendit l'arrivée de la jeune femme.

CHAPITRE XIV

Soldats, armes, musique martiale :
autant d'aveuglants petits nuages
de noire fumée mouvante.

Le lendemain matin, Aoi quitta le camp des brigands, lasse mais plus riche, au moment où Kuemon
réunissait ses hommes. Ils ne voulaient plus surveiller
les routes par petits groupes, depuis que deux d'entre
eux s'étaient fait tuer par un samouraï itinérant. Ils
insistaient pour rester ensemble. Un système ineffi-
cace et lâche aux yeux de Kuemon, qui avait cependant eu la sagesse de l'accepter. D'ici quelques
semaines, estimait-il, la peur engendrée par le massacre de leurs camarades se serait dissipée ou bien ils
auraient peut-être réussi à liquider ce samouraï et les
choses rentreraient dans l'ordre.

Hachiro fut chargé de monter la garde quand les
autres partirent. Le jeune homme était le huitième
enfant de ses parents, comme l'indiquait son nom,
« numéro huit ». Il avait rejoint les brigands car
ceux-ci représentaient un des rares moyens qu'il
avait d'améliorer son sort dans l'existence, mais il se
rendait compte peu à peu qu'il n'avait pas la cruelle

151

étoffe nécessaire pour réussir dans la carrière de bandit.

Lorsqu'il avait raconté comment le samouraï avait aisément tué ses deux camarades, Hachiro avait omis de mentionner qu'il n'avait pas eu le courage de porter un coup de lance dans le dos du guerrier. Avouer un manque de cran lui aurait valu l'expulsion ou la mort et Hachiro n'avait pas plus envie de l'une que de l'autre. Il se tenait donc à son poste de garde, la lance à la main, et s'efforçait de prendre l'air féroce tandis que Patron Kuemon et les dix hommes de sa bande partaient surveiller une route.

Les brigands s'éloignèrent et le silence s'installa dans l'étroite gorge qui dissimulait leur camp. Hachiro s'assit sur un coin d'herbe et posa sa lance à côté de lui. Le soleil était chaud et caressant, l'odeur des pins qui couvraient les pentes de la gorge embaumait l'air.

Hachiro avait été l'un des derniers à user des services de la femme et il avait passé le plus clair de la nuit à attendre son tour, excité et bourré d'énergie nerveuse. Maintenant qu'elle était repartie et que les bandits avaient quitté le camp, l'agréable sensation que lui avait procurée la coucherie, ajoutée à la chaleur du soleil, à la fragrance des pins et au manque de sommeil, produisait une irrésistible anesthésie. Kuemon le ferait battre s'il le surprenait à dormir quand il était de garde, Hachiro ne l'ignorait pas, mais il était peu probable que le Patron ou quiconque rentrât avant l'après-midi. Hachiro s'allongea et décida de faire juste une courte sieste. En une poignée de secondes, il dormait à poings fermés.

Avec sa patience coutumière, Kaze laissa au jeune homme le temps de s'installer et de sombrer dans un profond sommeil. Puis, du pas silencieux du chasseur expérimenté, il passa à côté du garçon en veillant à ne pas laisser son ombre toucher le dormeur et risquer de le déranger.

Pensant qu'il pouvait rester d'autres hommes dans le camp, Kaze vérifia précautionneusement chaque abri rudimentaire. Arrivant finalement dans la hutte de rondins qui semblait être celle du chef, il y trouva l'armurerie de la bande. Examinant la collection d'armes des plus disparates, il découvrit ce qu'il avait espéré.

Quelques heures plus tard, il se présentait devant le seigneur Manase et déposait une flèche devant lui. Le seigneur était assis dans son bureau, toujours vêtu de somptueux kimonos superposés dont les bords se chevauchaient.

Manase abaissa le regard sur la flèche qu'il observa avec un grand intérêt mais sans la prendre en main. Ses sourcils peints sur le front lui donnaient en permanence un air interrogateur qui, cette fois, s'accompagna d'une question :

— Qu'est-ce donc que j'ai là sous les yeux ? s'enquit-il.

— Le samouraï mort à la croisée des chemins a été tué par une flèche assez particulière : elle avait une hampe brun foncé et un empennage en plumes d'oie grises. Exactement comme celle-ci. Que j'ai prise dans le camp des bandits ce matin.

— Ouiii ?

— Vous pourriez faire vous-même la comparaison, si le magistrat a gardé la flèche qui a tué le samouraï.

— Je ne crois pas qu'il l'ait fait, rétorqua Manase, qui, voyant l'expression de Kaze, ajouta : Mais je vous crois quand vous affirmez que les deux flèches sont identiques. Alors, quelle est votre conclusion ?

— Il n'est pas vraisemblable que deux personnes aient des flèches d'une aussi belle facture que celle-ci dans...

— ... dans un endroit perdu comme celui-ci ?

— J'allais dire dans une région qui ne donne pas l'impression qu'on y ait un grand besoin de flèches aussi raffinées que celle-ci, répliqua Kaze.

Manase gloussa.

— Vous vous êtes donné bien du mal pour un paysan. Pourquoi ?

— Un simple caprice.

— Vous êtes un curieux bonhomme ! Les villages sont pleins de paysans, un de moins ne serait pas une perte épouvantable. Sans compter que celui-là est vieux.

Kaze haussa les épaules :

— Vous m'avez dit que vous le libéreriez si je vous apportais la preuve qu'il n'avait pas tué le samouraï.

— Oui, naturellement. Je vais donner l'ordre qu'on le relâche.

— Je vous remercie, seigneur Manase.

— Ainsi, ce sont les bandits qui ont tué le voyageur. Et cette fois, c'était un samouraï. Ils commencent à être un brin ennuyeux.

— Je sais où se trouve leur camp. Je pourrais vous y conduire si vous vouliez les éliminer.

— Moi ?

— Ou vos hommes. Vous avez mentionné que votre district comptait cent cinquante *koku*, il devrait donc être facile de rassembler assez d'hommes pour les liquider. Ils sont une douzaine.

Manase, gêné, changea de posture.

Kaze attendait que le seigneur parlât. Le silence entre les deux hommes s'installa pendant un temps qui se prolongea désagréablement.

— Je serais prêt à accompagner la troupe, si vous le souhaitez, déclara enfin Kaze.

Manase eut un rire nerveux :

— Cette proposition me met un rien mal à l'aise.

— Je n'ai pas voulu vous offenser. Si vous voulez que vos hommes s'en chargent seuls... fit Kaze, laissant mourir la phrase de cette façon typiquement japonaise qui invite l'interlocuteur à parler.

— Ce n'est pas cela. Il serait bon que vous accompagniez quiconque irait attaquer le camp des brigands. En réalité, je ne dispose hélas pas d'autres hommes que du magistrat et d'une poignée de gardes.

Kaze ne comprenait pas : Manase était censé entretenir de nombreux hommes d'armes, en tant que chef d'un territoire de cent cinquante *koku*.

— Vous voulez dire que vos hommes sont partis au service des Tokugawa ?

— Je veux dire que je n'ai pas d'autres hommes que le magistrat et les gardes.

Kaze était sidéré. Manase avait ignoré le plus fondamental des devoirs d'un seigneur de district envers son maître : entretenir des samouraïs prêts à partir guerroyer quand on les appelait.

— C'est plutôt embarrassant, enchaîna Manase. Ce domaine provincial d'un profond ennui n'a pas les ressources nécessaires pour assurer le style de vie qui sied à un gentilhomme. De fait, continua-t-il en désignant son kimono, j'ai dû emprunter de l'argent pour acheter du matériel essentiel, tel que les ustensiles de la cérémonie du thé. Par conséquent, certaines autres choses ont dû être – Manase s'interrompit pour chercher le mot – différées. J'entends naturellement créer un bon contingent de samouraïs, le moment venu, mais je n'ai pour l'instant que le magistrat et une poignée d'hommes. Vous en avez vu quelques-uns... Ils ne sont pas capables de mener le genre de mission que vous proposez.

Kaze resta immobile, s'efforçant de ne pas laisser transparaître ses émotions. Les révéler eût offensé Manase, or Kaze avait encore besoin de la bienveillance du seigneur, mais il devait lutter pour garder son calme car celui-ci venait d'avouer un grave manquement à son devoir. Un manquement si fondamental qu'il constituait un défi à la vision du monde de Kaze, à sa conception du bon ordonnancement des choses. Tout samouraï doit allégeance à un seigneur, sauf s'il est un rônin tel que Kaze. Mais même un rônin cherche à s'employer au service d'un seigneur. Les seigneurs, eux, doivent allégeance aux grands seigneurs, et ces derniers, à leur clan. Cette pyramide militaire pouvait s'écrouler si ses fondations n'étaient pas entretenues. Si le gouvernement de Tokugawa demandait à Manase de lui envoyer ses guerriers et que Manase ne pouvait s'exécuter, ce serait la mort pour lui.

— Je suis désolé d'apprendre qu'il sera impossible de lever des troupes convenables pour éliminer ces bandits, déclara Kaze en choisissant ses mots avec soin. Douze hommes, c'est trop pour que je m'en charge seul, mais ces brigands ruinent l'économie du district. Il y a peut-être quelque chose à tenter, si je passe un moment à y réfléchir...

CHAPITRE XV

Mensonges des hommes aux femmes.
Mensonges des femmes aux hommes.
Quelque part doit se trouver la précieuse vérité.

Kaze s'approcha de la porte de la hutte et appela :
— *Sumimasen !* Excusez-moi !

On entendit bouger à l'intérieur et, quelques minutes plus tard, la porte coulissa et laissa émerger à la lumière du jour un visage aux yeux endormis. Bien que ce fût l'après-midi, Kaze avait visiblement tiré Aoi de son sommeil. Quand Aoi vit qui se dressait devant elle, elle ouvrit de grands yeux :

— *Chotto matte, kudasai.* Un instant, je vous prie.

La tête rentra dans la hutte et Kaze attendit encore quelques minutes pendant que Aoi s'affairait pour se coiffer et revêtir un plus beau kimono. Pendant ce temps, Kaze posa par terre la cruche de terre qu'il portait et promena son regard sur le village. Plusieurs visages, qui l'observaient d'une fenêtre ouverte ou d'une porte entrebâillée, se retirèrent dans la pénombre des maisons quand les yeux de Kaze se portèrent dans leur direction. Il soupira. Il y a trop peu d'occupation

157

dans un petit village quand l'économie locale ne marche pas. La porte de la hutte se rouvrit :

— Samouraï ! s'exclama Aoi, sortant de chez elle et s'inclinant très bas. En quoi puis-je vous servir ? s'enquit-elle avec un sourire entendu.

Kaze prit la cruche qu'il avait apportée et déclara :

— J'ai pensé que nous pourrions peut-être boire un verre ensemble. Il arrive qu'on se sente seul dans un aussi petit village et j'ai ouï dire que tu étais de bonne compagnie.

Aoi s'effaça devant lui et s'inclina de nouveau.

— Ce serait agréable, répondit-elle. Entrez, je vous en prie. Je vais attiser le feu pour mettre de l'eau à chauffer. Je serai ravie de boire avec vous.

Kaze se courba pour passer sous la porte basse et regarda autour de lui, laissant ses yeux s'accoutumer à l'obscurité. Comme dans la plupart des cabanes de paysans, l'intérieur comprenait un plancher de bois surélevé, évidé en deux endroits, où le sol était en terre battue. L'une de ces ouvertures se trouvait près de l'entrée, de sorte que l'on pouvait s'asseoir au bord de la plate-forme pour enlever ses sandales ; l'autre était au centre de la hutte et permettait d'y faire un feu de charbon de bois pour se chauffer et cuisiner. Il ne restait plus que des braises et de la cendre blanche, preuve que Aoi n'avait pas encore préparé son déjeuner, pourtant des restes de fumée s'attardaient dans la hutte.

Kaze s'assit sur le plancher de bois et ôta ses sandales. Il posa à côté de lui la cruche de saké que Aoi se hâta d'aller chercher quand elle eut ravivé le feu. Enlevant l'étoffe qui la recouvrait et le petit morceau de bois qui servait de bouchon, elle versa une partie du saké sucré dans un flacon. Elle regarda Kaze et sourit puis remplit une deuxième et une troisième flasque, qu'elle plongea dans l'eau de la bouilloire.

Aoi prépara une assiette de nourriture.

— Il ne faudra guère qu'une minute pour que le saké se réchauffe, annonça-t-elle. Je vous en prie, asseyez-vous et détendez-vous, proposa-t-elle en posant un coussin *zabuton* sur le plancher.

Kaze se dirigea vers le coussin et s'installa. Aoi vint s'asseoir à son côté et posa l'assiette devant lui.

— Quelle surprise ! déclara-t-elle. Je vous ai aperçu au village. Il serait difficile de rater un samouraï aussi beau et viril !

Kaze ne pipait mot. Aoi s'appuya contre lui, le bord de son kimono négligemment entrouvert de façon à découvrir la courbe d'un sein.

— J'espérais que vous viendriez me voir, souffla-t-elle, dans un murmure, posant la main sur son bras. Vous êtes si beau, et un vrai gentilhomme, aussi. Tout le village sait que vous avez sauvé la vie du marchand de charbon de bois ! annonça-t-elle, soupirant avant d'ajouter : Je suis sûre que toutes les filles tombent amoureuses de vous ! Beau et bon, viril et généreux, je n'en doute pas ! fit-elle en lui frottant doucement le bras.

— Non, objecta Kaze en retirant son bras. Je ne suis pas beau, pas gentilhomme et bien trop pauvre pour être généreux. Et pas même viril non plus, aujourd'hui. J'avais juste envie de compagnie pendant que je buvais pour oublier mes ennuis.

Le sourire déserta le visage d'Aoi. Kaze sortit de sa manche un petit paquet enveloppé dans du papier et le posa par terre, devant elle. Les pièces empilées dans le papier s'entrechoquèrent avec un agréable tintement.

— J'ai naturellement l'intention de payer le plaisir de ta compagnie, dit-il, faisant refleurir le sourire d'Aoi.

— Oh, ce n'est pas nécessaire, protesta Aoi en ramassant les pièces qu'elle fourra dans sa manche. Tout le plaisir est pour moi.

— Tant mieux, reprit Kaze, amusé.

Aoi retourna à la bouilloire et vérifia la température d'une des flasques.

— Pas encore tout à fait assez chaud, mais commençons malgré tout !

Elle sortit un des flacons de l'eau et l'apporta à Kaze avec deux minuscules tasses à saké, sur un plateau tressé.

Elle versa le liquide dans les deux tasses, en tendit une à Kaze et, la tenant à deux mains, légèrement inclinée, elle lui dit :

— *Dozo !* Je vous en prie !

Kaze prit la petite tasse et sirota l'alcool tiède.

— Aah ! fit-il en claquant des lèvres. J'en avais besoin !

Aoi remplit de nouveau la tasse de Kaze avant de saisir la sienne, qu'elle vida d'un geste expérimenté.

— *Oishi !* Il est bon ! déclara-t-elle, prenant la flasque pour se verser une autre rasade. Eh bien, si je ne peux pas vous réconforter d'une autre manière, confiez-moi au moins vos ennuis !

Kaze la regarda par-dessus sa tasse.

— C'est plutôt effrayant !

Il finit son saké et tendit la tasse pour qu'Aoi la remplisse.

— Qu'est-ce qui est effrayant ? s'enquit-elle, intriguée.

— Toutes les choses qui se passent en ce moment.

— Qu'est-ce qui se passe ?

Aoi s'attendait à entendre Kaze parler des brigands et de la tentative de meurtre qu'il avait subie, comme on le lui avait raconté au camp. Mais il se pencha vers elle et, dans un murmure rauque, il lâcha :

— Des fantômes !

Aoi, qui était en train de repêcher une autre flasque dans la bouilloire, interrompit son geste.

— Des fantômes ?

— Oui, confirma Kaze en hochant la tête. On dirait que c'est de pire en pire partout où je vais, et je crois que ce district-ci surpasse tous les autres.

— Mais de quoi voulez-vous parler, samouraï-*sama* ?

— En venant ici, je suis passé dans un village où un *kappa* avait volé un enfant. Tu sais ce qu'est un *kappa* ?

Ouvrant de grands yeux, Aoi fit signe que non.

— C'est une répugnante créature, blanche et toute gluante. On dirait une méduse faite homme. Elle vit dans l'eau ou dans des endroits humides tels que les mares profondes ou l'eau immobile qu'il y a sous un pont. Elle a une excroissance sur le dessus de la tête en forme de soucoupe, précisa Kaze qui se toucha le chef pour illustrer son propos.

— Et pour quoi faire ?

— La soucoupe contient de l'eau. On ne peut pas vaincre un *kappa* tant qu'il a de l'eau près de lui, et il en emporte toujours une provision. La seule façon de le tuer, c'est de lui faire perdre l'équilibre pour renverser l'eau de la soucoupe. Alors là, on peut le tuer.

— Vous... vous avez vu une créature pareille ?

— Bien sûr. J'en ai tué une, un jour, mais celle du village voisin était trop forte pour moi. J'ai dû abandonner, en dépit du fait qu'elle pouvait voler d'autres enfants.

— Qu'est-ce que les *kappa* font des enfants qu'ils volent ?

— Nul ne le sait. On retrouve les enfants morts, flottant dans une mare ou dans une rivière, en général noyés, mais personne ne sait ce qu'en fait le *kappa*, expliqua Kaze, regardant autour de lui comme pour s'assurer qu'ils étaient bien seuls dans la hutte. Je crois qu'ils s'accouplent avec les enfants avant de les noyer et que c'est de là que viennent de nouveaux *kappa*.

Aoi porta une main à sa bouche.

— Mais ça, ce n'est encore rien ! Il se passe des choses bien plus terribles dans ce district, enchaîna Kaze.

— Quoi donc ?

— Vous n'avez pas entendu parler du démon ?

— Vous voulez dire cette histoire du démon qui a traversé le village d'Higashi à cheval ?

— Ce n'est pas une histoire. J'ai parlé avec quelqu'un qui l'avait vu. Il avait des yeux féroces, la bouche tordue, la peau rouge sang et deux cornes, comme ça, fit Kaze, portant ses deux poings à son front et pointant le petit doigt pour représenter de petites cornes sur la tête. Il était épouvantable ! Et de très mauvais augure. Il montait un grand étalon noir et les gens racontent que ses sabots produisaient des éclairs en martelant le sol. Ce démon avait attrapé l'âme d'un adulte et la portait attachée à son cheval. Il emmenait le pauvre homme en enfer.

— *Honto ?* Vraiment ?

Kaze confirma en hochant gravement la tête, puis il soupira :

— Nous vivons une époque terrible ! Voilà le courroux des cieux. Nous avions la paix sous le Taiko mais les Tokugawa ont ouvert leur règne en tuant trente mille hommes ou plus. En une seule bataille, à Sekigahara. Imagine combien d'autres sont morts et mourront bientôt ! Les Tokugawa pourchassent tous leurs opposants et les massacrent. Tout ce sang ! Toutes ces âmes qui crient vengeance. Tous ces fantômes qui errent dans le pays, incapables de trouver le repos à cause de leur violent trépas ! Pas étonnant que les démons soient partout !

— Est-ce que les démons sont pires que les *kappa* ?

— Naturellement ! On peut tuer un *kappa*, on peut protéger ses enfants en les tenant à l'écart de l'eau et des endroits humides. Mais les démons, ils peuvent aller n'importe où et on ne peut pas les tuer. Ils sont capables d'enfoncer la porte pour s'emparer d'une personne qui se trouve dans une hutte. Ils se mettent à voler les âmes, les unes après les autres, réveillant ainsi d'autres monstres et fantômes. Ça ne m'étonnerait pas qu'on voie des dragons et d'autres hideuses créatures de ce genre hanter les campagnes. Et tout cela ne fera qu'empirer jusqu'au jour où les esprits de tous les morts auront été apaisés par le sacrifice des vivants.

— Vous avez déjà vu ce genre de chose ?

Le plaisir que prenait Kaze à inventer ses histoires fut momentanément gâché par le souvenir de sa rencontre avec l'*obake* de sa dame.

— Oui, répondit-il d'une voix sombre.

Aoi n'était pas une imbécile. Il y avait belle lurette qu'elle avait appris à se méfier des hommes et de leurs boniments. Mais elle ressentit un froid dans le dos quand le samouraï affirma qu'il avait eu un contact avec le surnaturel. Elle fixait les lèvres serrées et la mâchoire contractée de son visiteur. Elle scruta les yeux noirs : ils semblaient détenir une connaissance qui s'étendait au-delà des circonstances de la vie présente, jusqu'à la période qui sépare les incarnations. Elle resta pétrifiée, ne sachant plus que faire. Puis elle finit par murmurer :

— *Honto ?* C'est vrai ?

Comme si le samouraï revenait d'un rêve, le regard de Kaze se concentra et se posa sur la femme effrayée. Il était arrivé à ses fins, et ça n'avait plus rien d'amusant.

— *Honto*, répéta-t-il.

— Et qu'est-ce qu'on peut faire ? demanda Aoi, les yeux écarquillés.

Kaze haussa les épaules et vida sa tasse.

— Je ne sais pas. Je me contente de rapporter ce que je sais être vrai. De fait, la rumeur raconte qu'on aurait repéré des empreintes de dragons dans le district voisin. Une fois qu'ils s'installent quelque part, on n'a plus qu'à partir ou à se laisser dévorer.

Aoi, qui était restée accroupie, attentive, s'affala et s'assit, l'air inquiet et apeuré.

— Qu'est-ce qu'on peut faire ? répéta-t-elle.

— Je ne sais pas, réitéra Kaze. Personne ne connaît les réponses qui conviennent à ces temps terribles. Sous le Taiko, on avait une paix et une stabilité relatives. Il avait mené son aventure coréenne qui avait échoué, mais on n'avait pas de guerres au pays et l'ordre régnait. Aujourd'hui, avec les Tokugawa, toute la société est sens dessus dessous. Leur gouvernement étend son pouvoir à tous les aspects de l'activité du pays, ils usurpent des droits qui ne sont pas les leurs. Il paraîtrait même qu'Ieyasu veut se proclamer shogun, annonça Kaze, qui marqua une pause et soupira. Tu comprends de quoi je parle ? demanda-t-il à Aoi, non sans gentillesse.

Aoi fit non de la tête. Parler des souverains du Japon ou parler des dieux, c'était pareil : il s'agissait toujours de personnages lointains et mystiques. Les histoires de fantômes et de démons avaient davantage de réalité et de pertinence à ses yeux. Il y avait plus de chances de voir débarquer un fantôme dans ce village isolé qu'un souverain du Japon.

Plutôt que de continuer la conversation, Kaze tendit sa tasse. Aoi mit quelques instants à réagir mais finit par prendre le flacon de saké et se mit à verser à boire au samouraï. Le rebord de la tasse tinta au contact du flacon qui tremblait.

CHAPITRE XVI

Les bourgeons ne poussent pas toujours au soleil.
Il leur faut parfois survivre à l'hiver.

Il lui fallut plusieurs jours pour trouver le courage de retourner au camp des bandits. Elle avait initialement résolu de ne plus remettre les pieds dans la forêt et les collines mais, le samouraï lui ayant expliqué que les démons sont capables d'enfoncer votre porte s'ils ont envie de vous attraper, elle en avait conclu qu'elle ne prenait pas plus de risques en allant au camp des bandits qu'en restant chez elle. D'autant que l'attrait de l'argent avait bien plus d'emprise sur elle que sa peur des fantômes, des démons et des dragons.

Cette fois, cependant, elle ne fit pas de concessions au besoin de dissimuler l'emplacement du camp. Elle ne partit pas dans les bois et ne prit pas d'accessoire tel qu'un panier à champignons ; et au lieu de s'arrêter de temps en temps pour voir si elle était suivie, elle ne cessa de regarder autour d'elle, l'oreille tendue, pour distinguer la moindre manifestation d'un éventuel fantôme.

Quand elle arriva au camp, son angoisse était telle qu'elle ne se donna pas non plus la peine d'afficher le sourire automatique dont elle parait son visage les autres fois. Kaze, en revanche, sourit en la voyant passer d'un pas pressé au pied de l'arbre où il était confortablement perché sur une haute branche.

Le lendemain matin, Patron Kuemon était furieux. Sortant de sa hutte après l'agréable sommeil que lui avaient procuré ses ébats avec la femme du village, il trouva ses hommes assis par petits groupes, en train de parler fantômes et démons. Il se moqua d'eux mais lut dans leurs yeux une crainte qui l'incita à les interroger sur la cause de ces propos imbéciles. « Aoi », lui répondit-on.

L'intéressée étant déjà repartie, Kuemon ne put qu'arpenter le camp d'un pas rageur en houspillant ses hommes, leur reprochant d'être si faibles et si bêtes. La pensée le traversa d'interdire l'accès du camp à cette femme mais, songeant à son impôt savoureux et au moral de ses troupes, il décida que le mieux était de les occuper. Battant le rappel de tous ses gaillards sauf Hachiro, le gamin dont il se servait comme sentinelle, Kuemon emmena sa horde traquer le gibier.

Quand les hommes rentrèrent en fin d'après-midi, ils avaient pratiquement oublié toutes ces histoires de démons et de dragons. On envoya Hachiro chercher de l'eau fraîche à la source pour le plat de riz du soir.

Le soleil mourant tombait à l'oblique à travers les arbres et les éclaboussait d'une lumière dorée qui ruisselait en longs rubans sur les troncs sombres. Les bois exhalaient une odeur d'aiguilles de pin chauffées et résonnaient des bruits familiers de la forêt. Hachiro sifflotait allègrement un air folklorique et balançait son seau au rythme de la musique. Il se mit à chanter :

> *Petit, petit feu.*
> *Grosse, grosse flamme.*
> *Bulles, bulles,*
> *Prenez ce grand feu.*

La bouilloire aura beau crier,
Ne soulevez pas le couvercle !

C'était une chanson idiote, du genre que les mères chantent à leurs filles pour leur apprendre à cuisiner le riz. Hachiro avait souvent entendu sa mère la chanter à ses sœurs et ils avaient tous ri et gloussé de plaisir au moment du conseil final. Dans l'intimité confortable de la ferme japonaise, les membres de la famille tissaient des liens très étroits. Le jeune homme s'arrêta à la pensée de sa mère et des siens, et les dernières paroles de la chanson s'étranglèrent dans sa gorge. Des larmes lui montèrent aux yeux tandis qu'il murmurait : « *Okaasan*, Mère. »

La guerre était arrivée à Uzen, province natale d'Hachiro, en semant la folie dans son village. Pourtant, ce jour-là avait ressemblé à n'importe quel autre jour de sa jeune vie : il avait commencé par un déjeuner en famille, la mère servant la soupe et les restes de riz au père silencieux et à la marmaille bruyante. Si au moins il y avait eu quelque signe avant-coureur des événements à venir, songeait Hachiro – un rêve perturbant au cours de la nuit précédente, une prémonition pendant qu'il mangeait son repas, voire des nuages lourds de menace ou de grands coups de tonnerre ! Mais il n'y avait rien eu de tel.

Ç'avait été une journée bien ordinaire. Il s'était battu avec ses sœurs, et son frère aîné l'avait corrigé en le giflant. La gifle était affectueuse, juste suffisante pour montrer à Hachiro que son frère tenait à le discipliner sans pour autant vouloir lui faire mal. Pour punir Hachiro de sa conduite turbulente, le frère aîné avait décrété que le gamin devait aller ramasser des pousses dans la forêt de bambous. Ce qui avait déclenché les rires de ses sœurs et mis le visage d'Hachiro en feu : c'était un travail de femme de ramasser du *takemono* – des pousses de bambou.

167

Hachiro eut beau protester, son aîné tint bon. Le garçon était très bas dans la hiérarchie familiale, dictée par le sexe et le rang de naissance. Il aurait dû accepter la décision de son frère sans broncher mais il tenta d'en appeler à son père.

Celui-ci était un homme grave et silencieux qui, néanmoins, aimait ses enfants. Il correspondait par certains côtés au portrait idéalisé des pères japonais tels que les dépeignaient les contes populaires qu'on narrait au village.

— *Niisan*, Frère aîné, dit que je dois aller chercher du *takemono*, comme une fille ! se plaignit Hachiro.

Le père porta son bol de soupe à ses lèvres pour en lamper bruyamment les dernières gouttes et, coulant un regard par-dessus le bord, il déclara :

— Si tu taquines tes sœurs et te disputes avec elles, c'est un travail de femme qu'il te faut.

La famille avait attendu la conclusion du père, et la confirmation de la sentence déclencha un nouveau déferlement d'hilarité. Hachiro ne voyait pas ce qu'il y avait de drôle dans les propos de son père, mais il comprit qu'il valait mieux ne pas discuter. En vertu des principes confucéens, son père était le maître de la maison et ce maître avait parlé.

Hachiro prit un panier et le drôle de petit couteau crochu servant à couper les pousses de bambou, et il sortit de la maison d'un pas furieux. La forêt de bambous se trouvait à une bonne heure du village. Il était en route depuis une dizaine de minutes seulement quand il entendit au loin des voix d'hommes qui criaient – le son venait de derrière lui. Il s'arrêta une seconde, ne sachant pas très bien de quoi il s'agissait, puis il fit demi-tour et reprit la direction du village à toutes jambes.

Arrivé en haut d'une colline, Hachiro vit que le village était attaqué par des hommes qui avaient fondu sur le groupe de fermes et qui étaient en train de les incendier en jetant des torches sur les toits de chaume.

Le feu était ce qu'Hachiro craignait le plus au monde. Il avait déjà vécu des tremblements de terre qui avaient fait choir les objets rangés sur les étagères et délogé de leurs rails les cloisons de bois et de papier. Il avait connu les maigres récoltes et la faim, même si les vieux du village se moquaient des plaintes des jeunes : ce n'était rien, prétendaient-ils, à côté de la vraie famine dont ils avaient souffert, eux. Il avait subi une guerre, sans savoir au juste quel en était l'objet et à quel camp appartenait le seigneur du district. Seul le feu, qui détruit les maisons à une allure terrible, était cause de réelle terreur dans la vie d'Hachiro. Et il était en train d'apprendre que le feu n'est qu'une des moindres conséquences de la méchanceté de certains hommes.

Planté en haut de la colline, indécis, Hachiro observait la scène qui se déroulait à ses pieds. Les soldats qui avaient attaqué le village portaient des bannières marquées d'un diamant entouré de six feuilles de bambou recourbées – ce *mon* ne lui était pas familier : blanc sur fond noir, il ressemblait à un insecte malfaisant. Au centre d'un groupe de cavaliers qui se tenaient à l'écart se dressait un grand homme mince coiffé d'un casque à ailes noires. Il avait dans les mains un éventail de guerre noir, cet objet métallique dont usent les généraux pour diriger leurs troupes sur le champ de bataille, car il est d'une taille telle que les gestes de l'officier sont plus faciles à voir.

L'homme mince semblait mener les opérations. Dressé sur ses étriers, il fit signe à un groupe important de se diriger vers un coin du village resté jusque-là intouché. Hachiro se rendit compte que les hommes s'approchaient de chez lui.

Terrifié, il vit les soldats se déployer et pénétrer dans les maisons. Quelques portes avaient été barricadées mais les hommes n'avaient pas de mal à les défoncer à coups de pied. Il vit une demi-douzaine d'entre eux entrer chez lui et son cœur cessa de battre : qu'allaient-ils faire ? Il brûlait d'envie de le savoir. Et il ne tarda pas à l'apprendre, pour son plus grand chagrin.

Il vit sa mère sortir très vite à reculons, avec à sa suite une lance, puis un soldat. Hachiro crut d'abord que sa mère était simplement chassée hors de la maison, mais la pauvre femme s'effondra à quelques pas de là. Il se rendit alors compte qu'elle avait la pointe de la lance enfoncée dans le ventre et qu'elle reculait en tentant désespérément d'extraire l'arme de son corps.

— *Okaasan !* cria Hachiro.

Sa mère était tombée par terre devant la maison. Le soldat poussait la hampe pour l'enfoncer davantage encore dans les entrailles de la femme qui hurlait en se tordant. Hachiro entendit aussi les cris de ses sœurs dans la maison.

Mû par l'horrible spectacle, il laissa choir son panier et se saisit du couteau à bambou. Il se mit à dévaler la colline en direction de sa maison et du corps de sa mère, mais il n'avait pas fait deux pas que son pied heurta une racine, qui lui fit dégringoler la pente. Il sentit la lame lui mordre le flanc, puis sa tête heurta une pierre et l'obscurité l'enveloppa.

Quand il revint à lui, il se crut en enfer. Il avait un œil fermé par le sang qui avait coulé de sa blessure à la tête, mais son autre œil à demi ouvert ne voyait que du noir et des flammes orange. Il respira une fumée âcre, et se mit à tousser, ce qui intensifia ses douleurs à la tête et au côté. Puis il tendit la main et sentit du sang poisseux sur son flanc.

Hachiro eût-il eu un couteau ordinaire au lieu de ce petit poignard crochu, il serait mort. Le couteau à pousses de bambou lui avait fait une vilaine entaille, certes, mais il n'avait pas pénétré assez profond pour léser un organe vital. Pourtant, avec l'obscurité, les flammes, la fumée, la douleur, le sang et le vertige, Hachiro n'était pas sûr de ne pas être mort. Il essaya de se dresser sur son séant pour regarder autour de lui mais il était si faible qu'il parvint juste à rouler sur le côté. Et il sombra à nouveau dans l'obscurité.

Quand il reprit conscience, il avait suffisamment recouvré ses esprits pour se rendre compte que l'obscurité n'était due qu'à la tombée de la nuit. L'odeur de fumée et le goût de cendre étaient encore forts, mais la danse des flammes orange avait cessé. Il s'assit et se sentit affaibli par la perte de sang et sa blessure à la tête. Il passa quelques minutes penché en avant, à reprendre son souffle et des forces. Puis il songea à sa mère. Ces flammes étaient bien celles du village en feu. Pourtant ce que lui et les siens avaient subi était proche de l'enfer.

Il se remit tant bien que mal sur ses pieds, chancelant. Marchant lentement et se tenant le côté, il descendit la pente et se dirigea vers ce qui restait de sa maison. Le feu l'avait réduite à un tas de braises et les poutres effondrées émettaient une faible lueur. Il s'approcha et distingua une masse informe, il s'agenouilla alors et tendit la main pour toucher le corps froid de sa mère. Il lui caressa les cheveux de ses doigts tremblants, en versant des larmes de douleur, de deuil et de colère.

Au soleil levant, il gagna la rivière voisine pour boire. Il s'approchait de l'eau quand il recula vivement, terrifié : à cause du sang séché, des chairs tuméfiées et des cheveux collés, l'image que lui renvoyaient les eaux paresseuses était celle d'un spectre effrayant. Il comprit que les soldats qui avaient détruit son village avaient dû le croire mort.

Jamais il n'apprit quel camp ou quelle armée avait perpétré le massacre du village. Il en ignorait même la raison – d'ailleurs, y en avait-il seulement une ?

Sa famille ayant été tuée et son village détruit, Hachiro s'enfuit dans la montagne où il fut capturé par les brigands de Patron Kuemon. Ceux-ci s'en servirent d'abord comme d'un esclave, mais ne tardèrent pas à l'adopter à la manière d'une sorte d'animal de compagnie. Ils avaient même décidé de lui apprendre à devenir un tueur – ce à quoi ils n'étaient d'ailleurs pas encore parvenus.

Hachiro soupira. Il avait à présent partie liée avec des hommes qu'on lui avait appris à craindre et il portait des messages de leur part. Ni Kuemon ni Hachiro ne sachant lire, c'étaient de simples messages verbaux au contenu souvent curieux. Hachiro s'interrogea sur le genre de vie auquel l'avait mené son karma et il conclut qu'il avait dû être un très mauvais bougre dans une existence passée, pour avoir mérité un tel sort. Là-dessus, il se remit en route.

Parvenu à la source, il promena son regard sur les bois tranquilles alentour et retrouva un peu d'entrain. L'eau claire jaillissait de la terre dans un joyeux babil ; Hachiro avait l'estomac plein, ce qui est loin d'être toujours le cas d'un paysan. Après tout, cette vie de bandit n'était peut-être pas si mauvaise que ça, en dépit du labeur et des insultes.

Il se pencha vers la source pour y plonger son seau. Ses yeux s'écarquillèrent, incrédules : l'espace de quelques terribles instants, il resta paralysé de stupeur et d'effroi, incapable de fuir ou de crier. Enfin, il laissa choir le seau et rentra au camp en courant aussi vite que ses jambes pouvaient le porter et en hurlant : « À l'aide ! »

Un quart d'heure plus tard, un bruyant groupe d'hommes regagna l'endroit, plaisantant et parlant haut. L'un d'eux tirait Hachiro par le bras ; il le poussa en déclarant :

— Eh bien, *baka* ! Où c'est ?

Hachiro désigna la boue meuble, tout autour du point d'eau :

— Là !

Les hommes s'approchèrent : il y avait là les empreintes d'une créature géante, profondément imprimées dans la terre noire. Les rires et la discussion moururent aussitôt.

— On dirait un genre d'oiseau géant, lança l'un des hommes, rompant le silence. Avec trois doigts devant et un ergot derrière.

— C'est peut-être un lézard, non ?

— T'as déjà vu un lézard aussi gros que ça ? Chaque empreinte est plus longue que mon avant-bras.

— Eh bien, t'as déjà vu un oiseau aussi gros que ça ?

— Quelqu'un a déjà vu des empreintes de dragon ?

— Des empreintes de dragon ? T'as déjà rencontré quelqu'un qui avait vu un dragon, toi ? T'es bête ou quoi ?

— Bête ? Moi ? Écoute un peu, fils de chienne et de cochon, t'as déjà vu un truc aussi gros que ces empreintes-là ? Alors, pourquoi pas un dragon ?

— Y a quelqu'un qui sait à quoi ressemblent des traces de *kappa* ?

— De *kappa* ? Quelle taille il faudrait qu'il ait, ton *kappa*, pour laisser des traces pareilles, hein ?

— Mais c'est quoi, alors ?

— Les traces viennent de la forêt, où elles sont invisibles à cause des aiguilles de pin. La chose a bu à la source et puis elle a fait demi-tour et elle est rentrée dans la forêt. Tiens ! Ici. Les traces disparaissent là où elle est repassée sur un sol dur.

— Tenez, voilà Patron Kuemon. Il saura peut-être ce que c'est, lui.

Kuemon s'approcha du groupe et tonna :

— Qu'est-ce que c'est que ces bêtises ? Se laisser épouvanter par un blanc-bec ? D'abord la bonne femme, maintenant le gamin... J'ai jamais vu un tel ramassis de *baka* qui n'ont rien dans la tête.

— Mais regardez ! Les traces, Hachiro les a pas inventées. Elles sont encore là.

Kuemon gagna la source et baissa les yeux pour examiner les empreintes. Il les fixa longuement, tandis que les autres attendaient son jugement. L'un des bandits les plus braves finit par demander :

— Alors ?

S'arrachant à la contemplation des empreintes, Kuemon bomba le torse et déclara :

— On nous joue un mauvais tour. Ou c'est peut-être un genre de bizarrerie accidentelle. Pour sûr que ça ressemble à des empreintes, mais ça peut pas être des vraies, conclut-il, dardant un regard noir sur ses hommes. Si c'est un de vous qui a fait une blague avec ces traces, je lui arracherai le cœur ! Avouez donc, avant que je sois vraiment furieux ! C'est un de vous qui a fait le coup ?

— Non.

— Non, Patron.

— C'est pas un de nous. Ça a l'air d'être du vrai.

— On était tous avec vous. Ça peut pas être un sale tour.

Kuemon scruta les visages de ses hommes pour y détecter un signe de culpabilité. C'étaient tous des gars endurcis, rompus au mensonge, mais Kuemon ne lut rien d'autre dans leurs yeux que des interrogations et de la peur. Maudits soient cette femme et maintenant ce gamin !

— Bon, peu importe ce que c'est ! Je vais pas me laisser impressionner par deux, trois traces dans la boue. Hachiro ! Ramasse le seau que t'as laissé tomber et prends de l'eau. Il faut préparer le riz de ce soir.

Là-dessus, Kuemon redressa les épaules et repartit vers le camp d'un pas orgueilleux. Il n'était pas content qu'aucun de ses hommes ne lui emboîtât le pas : les gars voulaient s'attarder auprès de la source et examiner les traces.

Du haut des collines qui dominaient le camp, Kaze vit les hommes se précipiter vers la source. Il se réinstalla confortablement au pied de deux grands arbres ; il n'avait pas besoin de descendre pour voir ce qui se passait, il savait que les empreintes de dragon leur feraient autant d'effet qu'elles en avaient eu sur ses compagnons et lui, quand ils les avaient aperçues dans la neige, tant d'années auparavant.

Le soir, au camp des bandits, tous se taisaient, l'humeur morose. Kuemon n'aimait pas ça ; il décida de donner du courage à ses hommes en les faisant boire.

— Hachiro ! Va donc chercher du *shochu* dans ma hutte ! Et ouvre aussi un tonneau de saké ! ordonna-t-il.

Assis autour d'un feu de camp après le repas du soir ils levèrent les yeux en entendant l'ordre de Kuemon. Le *shochu* était un tord-boyaux que distillaient les paysans.

— On fête quoi, Patron ? s'enquit un des gars.

Kuemon rit :

— J'ai décidé qu'on allait faire un peu la fête. C'est pas tous les jours qu'on voit des empreintes de fantôme ou de dragon.

Levant haut les mains, il imita des serres avec ses doigts en affichant une grimace digne d'un acteur de *kabuki*.

— Je suis une créature fantomatique, déclama-t-il en marchant autour du feu de camp, déclenchant des rires nerveux. Je ne sais pas qui je suis, mais je dois être plutôt effrayant pour avoir d'aussi grosses pattes ! Je suis peut-être un fantôme. Ou un *kappa*. Ou un démon. Ou peut-être juste des traces faites exprès pour ficher la frousse aux vieilles et aux blancs-becs ! Ouh !

La tension des autres fondit avec leurs rires. Devant son succès, Kuemon se mit à improviser une danse autour du feu en lançant des « Ouh ! » aux hommes. Certains ne tardèrent pas à le rejoindre, se contorsionnant et lançant des cris à faire tourner les sangs.

Hachiro déboucha plusieurs pichets de *shochu* en leur brisant le col. Il en versa le contenu dans des tasses qu'il fit passer à la ronde, après quoi il sortit un tonneau de saké et l'ouvrit pour remplir une vieille

175

cruche de métal et, au lieu de la mettre dans de l'eau chaude, il la posa simplement sur le feu pour réchauffer l'alcool. Quelques minutes plus tard, il tendit à Kuemon une boîte en bois carrée pleine de saké. Kuemon la vida d'un trait et en demanda une autre à Hachiro avant qu'il servît les autres.

— Remettez du bois ! ordonna Kuemon. Faisons un grand feu pour éloigner les esprits, les fantômes et les démons ! Ouh !

On ajouta du bois sec et le feu pétilla et siffla de plus belle, lâchant des étincelles dans la nuit. La lumière dansante des flammes orangées projetait d'étranges ombres vacillantes qui contribuaient aux imitations de démons auxquelles se livraient Kuemon et les autres.

La plupart des hommes étaient debout et dansaient autour du feu, une tasse de *shochu* ou une boîte en bois pleine de saké dans une main, l'autre levée et feignant de griffer l'air. Ils riaient tous et émettaient des sons effroyables.

— Ouh ! Ouh ! Gare à vous, fantômes ! Je peux faire aussi peur que vous !

— Regardez-moi donc ! Je suis un démon, un effrayant démon !

— Ouh ! Faites gaffe à moi ! Je suis un démon pleureur !

— On croirait plutôt une femme en train de fricoter ! Viens donc ici, petit démon, j'ai quelque chose pour toi ! lui répondit un des hommes en s'attrapant les parties.

Loin de s'en offenser, le démon pleureur se rapprocha de celui qui le taquinait et rétorqua :

— Oh oui ! Me voilà, gros bonhomme ! Mais attends, qu'est-ce que c'est, ce petit truc que tu tiens à la main ? Tu ne t'imagines tout de même pas que ce minuscule engin va franchir mes portes de jade, non ? Y aurait même pas de quoi remplir une lapine ! Il faut peut-être que je me retourne pour que tu puisses faire comme avec un gamin ?

Le dos au feu, il se pencha en avant, releva l'arrière de son kimono et présenta à l'autre ses fesses recouvertes d'un pagne. Le reste de la compagnie hurlait de rire.

Encouragé, le démon pleureur tendit un peu plus son derrière en disant :

— Oui, je suis sûr que tu préféreras ça. Mais je ne sens toujours rien : t'es donc si petit que...

La voix de l'homme mourut et il se releva brusquement, fixant la forêt, au-delà du feu de camp. Tandis que les bandits à moitié soûls continuaient à rire à gorge déployée, celui aux dépens duquel on faisait la blague s'approcha du démon pleureur et le poussa rudement. Ce dernier chancela mais, au lieu de se mettre en colère, il leva la main et souffla :

— Regardez !

L'un après l'autre, les brigands scrutèrent la forêt pour distinguer ce que le démon pleureur fixait des yeux. Et, l'un après l'autre, ils cessèrent de rire.

Ils aperçurent, haut dans les arbres, une apparition fantomatique qui glissait de cime en cime, visible à la lueur des étoiles, malgré l'obscurité de la forêt. Elle se déplaçait à une vitesse extraordinaire, filant prestement d'un endroit à l'autre. Ses évolutions s'accompagnaient d'un bruissement qui renforçait encore l'impression de vitesse en lui ajoutant une dimension sonore.

— Qu'est-ce que c'est qu'ça ? chuchota l'un des hommes.

Patron Kuemon s'éloigna du feu pour examiner le phénomène de plus près :

— Vous avez déjà vu une chose pareille, vous autres ?

D'un signe de tête ou d'un murmure, les hommes répondirent par la négative.

Soudain, la forme blanche plongea vers le sol et disparut.

— Donne-moi mon sabre ! grogna Kuemon.

Personne ne broncha. Sidérés, ils attendaient tous de voir si l'apparition allait revenir.

— Apporte-moi mon sabre ! cria Kuemon. Les autres, prenez vos armes et suivez-moi. Je veux aller voir cette chose-là de plus près.

Les hommes ne bronchaient toujours pas. Kuemon s'approcha de deux d'entre eux et se mit à leur donner des coups de pied et à les gifler pour les tirer de la stupeur dans laquelle les avait plongés la peur. Hachiro apporta le sabre de Kuemon, quelques-uns attrapèrent leur lame et leur lance. Certains avaient saisi leurs armes, mais Kuemon n'arrivait pas à les convaincre de quitter la sécurité du voisinage du feu, malgré les coups qu'il faisait pleuvoir sur eux.

Furieux et exaspéré, Kuemon finit par partir dans les bois avec ceux qui voulaient bien le suivre. Après plus d'une heure passée à chercher, les hommes revinrent auprès du feu. Ils s'installèrent autour et échangèrent des regards sans oser émettre d'hypothèses au sujet des étranges événements de l'après-midi et de la soirée, ou quant au sens de leur vaine quête.

— Bah, c'est sans doute une illusion, conclut Kuemon.

Quelques-uns tournèrent le regard vers lui mais aucun ne voulut croiser le sien et personne n'acquiesça.

— Parfois, les yeux vous jouent des tours, reprit-il. Comme de prendre des traces dans la boue pour des empreintes. C'était probablement...

— Du sang !

Le son d'une voix grave et fantomatique s'éleva de la forêt. Les hommes soudain enfiévrés et en état de vigilance extrême scrutaient les bois sombres. Serrant très fort leurs armes, ils se rapprochèrent du feu et de ses lueurs protectrices.

— JE VEUX DU SANG !

La voix venait du cœur sombre de la forêt qui entourait le camp des bandits. Elle résonna dans le noir avec une puissance qui n'était pas de ce monde.

— Venez ! lança Kuemon. Formez une ligne de défense ! Soyez attentifs ! Tenez-vous prêts à attaquer à tout moment !

Des profondeurs de l'obscurité, Kaze constata l'effet de ses cris sanguinaires avec satisfaction. À présent, les bandits étaient tous en état d'alerte, les nerfs à vif et près de lâcher. Ils allaient sans doute veiller durant la majeure partie de la nuit et, sinon, ils dormiraient à tour de rôle, nerveux et aux aguets. Kaze sourit.

Il dénoua le morceau de gaze blanche qu'il avait fixé au bout d'un long bambou mince. Il avait couru entre les arbres en brandissant le bambou et en l'agitant d'un côté puis de l'autre pour créer l'apparition fantomatique que les bandits avaient cherchée.

Il ramassa ensuite le bambou évidé qui lui avait servi pour exiger du sang, ce porte-voix donnant à sa menace le rien de réverbération qui sied à un fantôme.

Il emporta les preuves des spectres de sa fabrication dans un endroit sûr et isolé de la forêt, là même où il avait déjà caché la branche rabougrie qu'il avait choisie avec soin et sculptée en forme d'énormes serres. Un long bambou y était attaché afin que Kaze pût se tenir à distance pendant qu'il faisait des marques dans la boue meuble, créant les empreintes de dragon qui avaient tant épouvanté les bandits, comme jadis un groupe de jeunes garçons. Improvisant un lit avec des aiguilles de pin odorantes entassées, il se coucha et dormit d'un sommeil satisfait.

CHAPITRE XVII

Des ombres là où il n'est point de lumière.
Les démons apparaissent
pour aiguillonner notre conscience.

Le lendemain matin, Kaze grimpa à un arbre pour observer le camp. Les hommes discutaient, debout autour du feu consumé de la veille. De loin, ils avaient l'air de marionnettes *bunraku* jouant une scène de pantomime. Kaze ne pouvait pas entendre ce qui se disait mais ce n'était pas nécessaire.

Celui qui semblait être Patron Kuemon haranguait les autres bandits. Un sabre à la main, il allait et venait devant eux d'un pas martial, tel un général tâchant d'instiller du courage à ses soldats réticents. Il s'arrêtait de temps en temps pour désigner les bois dans lesquels Kaze avait joué ses tours de fantôme la nuit précédente. Kuemon se mit à marcher dans cette direction mais s'arrêta en remarquant que personne ne le suivait.

Il revint auprès de ses hommes et reprit son discours. Enfin, après moult cajoleries, l'un d'eux finit par le rejoindre, puis un deuxième, suivi d'un troisième et d'un quatrième. Mais Kuemon eut beau agiter la main et brandir le poing, rien ne put décider le reste de sa troupe à l'accompagner. Criant par-dessus son épaule, Kuemon partit finalement mener ses recherches dans les bois avec quatre larrons.

Les autres restèrent quelques minutes plantés là à se regarder. L'un d'eux, enfin, puis un deuxième, se mirent à parler en désignant les bois. Là-dessus, comme s'ils l'avaient décidé d'un commun accord, les brigands coururent vers le camp, y prirent tout ce qu'ils pouvaient porter et s'éparpillèrent dans la forêt dans la direction opposée à celle qu'avaient prise Kuemon et ses quatre compères. Le seul qui restait au camp était le jeune que Kaze avait épargné lors de sa rencontre avec les brigands sur la route, celui-là même qui s'était obligeamment assoupi pendant son tour de garde. Kaze rit de bon cœur et s'installa confortablement sur sa branche en attendant la suite.

Kuemon fouilla les bois avec beaucoup de soin et plus d'une heure s'écoula avant qu'il rentrât au camp. De son perchoir dans les arbres, Kaze vit Kuemon exploser de colère, tels les feux d'artifice qu'on tire dans la nuit lors d'une fête d'été. Kuemon commença par jeter le gamin au sol avant de courir dans tout le camp pour constater ce qui manquait, puis il revint à toutes jambes jusqu'au garçon qui se relevait et le renvoya à terre. D'un bras tremblant, le jeune désigna la direction prise par les hommes, et Kuemon et ses quatre acolytes filèrent illico.

Kaze entreprit de descendre de son arbre, content du résultat de ses interventions. Ç'aurait été une attaque suicidaire, s'il y avait eu dix ou douze hommes, qui n'aurait rapporté au mieux que la perte du chef. Mais avec cinq, c'était possible. Les cinq brigands allaient rentrer grincheux et fourbus après leur longue nuit, leurs vaines recherches dans les bois et, finalement, la traque de leurs ex-camarades. Et là, Kaze les attendrait de pied ferme.

Au camp, Hachiro finit par se redresser et resta un moment assis, la tête dans les mains. Les coups de Kuemon lui avaient fait sonner les oreilles. Hachiro avait été tenté de partir avec les autres quand ils avaient pillé le camp et s'étaient enfuis parce qu'ils avaient peur, mais il avait bien plus peur de Kuemon que du fantôme et il avait attendu. Heureusement ! avait-il pensé en découvrant la mine furieuse de Patron Kuemon.

Hachiro alla prendre une lance. Kuemon lui avait ordonné de défendre le camp contre hommes et démons et l'avait menacé de lui couper les parties pour les donner en pâture au démon si, à son retour, il ne trouvait pas Hachiro éveillé et montant la garde. L'idée seule avait tordu les tripes du garçon.

Mais, une fois sa douleur à la tête envolée, Hachiro se rendit compte que la sensation pénible dans son ventre était due à un besoin naturel, et non à la menace de Patron Kuemon. Il alla donc ramasser une poignée de feuilles et se dirigea vers un coin des bois qui servait de latrines aux bandits. Hachiro pénétra dans la forêt avec circonspection, malgré l'urgence croissante de son besoin : il regardait chaque arbre, chaque buisson, pour s'assurer que l'épouvantable créature ne rôdait pas dans les parages.

Trouvant enfin un endroit qui lui paraissait sûr, Hachiro releva son kimono, défit le pagne qui tenait lieu de culotte et s'accroupit, la lance sur les genoux.

Il venait de commencer son affaire quand il sentit quelque chose qui lui chatouillait la nuque. Il y porta la main pour chasser l'insecte qui le dérangeait, mais sa main heurta le plat d'une lame de sabre. Effrayé, Hachiro voulut se lever et attraper sa lance mais il n'en eut pas le temps : l'arme tomba de ses genoux, propulsée par un pied chaussé d'une sandale, tandis qu'on le forçait à rester accroupi.

— Autant finir ce que tu as commencé, déclara derrière lui une voix rauque. Il va falloir attendre un bout de temps avant que ton Patron revienne.

Plus tard dans la journée, Kuemon songeait qu'il aurait bien aimé rencontrer un démon : il lui aurait fallu un combat avec une telle créature pour se vider de la colère qui bouillonnait en lui. Il n'avait pas réussi à rattraper les hommes qui avaient pris l'argent et d'autres affaires dans son camp. Le gros du trésor restait encore caché dans sa hutte, certes, mais il enrageait à l'idée d'avoir été volé par ces misérables vers de terre, qui ignoraient tout du brigandage avant qu'il les eût pris sous son aile.

Les hommes qui restaient étaient sales et épuisés par la vaine traque et les recherches du matin, mais ils avaient assez de jugeote pour ne pas se plaindre pendant la longue marche du retour au camp. L'air furibond de Kuemon, ses reniflements et ses jurons leur montraient clairement que ce n'était pas le jour pour se plaindre de quoi que ce soit au Patron.

L'après-midi tirait à sa fin et Kuemon avait l'éclat rouge du soleil dans les yeux quand il rentra au camp. Ébloui, il avançait sans voir qui était là.

Une silhouette se dressait à contre-jour, sabre au clair. Kuemon crut d'abord que c'était le garçon à qui il avait ordonné de garder le camp. Mais il s'aperçut, à mesure qu'il approchait, que c'était un homme trop bien bâti et trop mûr pour être le gamin. Il ralentit, puis s'immobilisa.

Ses hommes las firent de même.

— Pourquoi on s'arrête ? osa demander l'un d'eux.

— Imbécile ! Sors ton arme ! lança Kuemon, qui joignit le geste à la parole et tira son sabre de sa ceinture.

Trois autres sabres et une lance brillèrent à la lumière du couchant, tandis que les quatre larrons se munissaient de leurs armes.

183

Les cinq brigands s'avancèrent avec méfiance. Kaze nota qu'ils s'étaient déployés sans même en avoir reçu l'ordre, de façon à arriver sur sa droite et sur sa gauche. Il reconnut à regret que Patron Kuemon avait bien formé ses hommes. Quoique très attentif au risque d'une attaque soudaine de la part d'un des bandits ou du groupe entier, Kaze se contentait pour le moment de les laisser approcher, aussi longtemps qu'aucun d'eux ne ferait mine de se poster derrière lui.

— Attention, Patron ! C'est le samouraï dont je vous ai causé, celui de la route d'Higashi.

Hachiro, le gamin, était soigneusement ligoté et assis à un endroit d'où il pouvait voir ce qui se passait. Kaze ne l'avait pas bâillonné parce qu'il voulait que le garçon expliquât aux bandits à qui ils avaient affaire. Il remarqua une légère hésitation dans le pas de trois des hommes quand Hachiro leur dit qui était le samouraï. Parfait. Exactement ce que voulait Kaze : un tantinet d'hésitation quand sonnerait l'heure de vérité.

Kaze modifia la position de son sabre, qu'il apprêta pour le combat, prenant la poignée à deux mains. Un geste qui eut pour effet certain que trois des hommes s'attardèrent un brin derrière Kuemon. Un des traînards se trouvait à la gauche de Kuemon, les deux autres à sa droite. Kaze attendit que ces trois-là aient un pas entier de retard sur les autres, et il attaqua.

Les brigands furent surpris par la fureur explosive de l'attaque de Kaze. Cet assaut initial pourfendit l'épaule et le cou du bandit qui se trouvait en tête et qui avait été trop lent à se mettre en garde. Au lieu d'en découdre aussitôt avec Kuemon, Kaze se servit du corps du bandit blessé comme d'un bouclier et porta aussitôt son attention sur les deux traînards à sa gauche.

L'un d'eux para le coup et le tintement particulier de deux sabres japonais résonna dans le camp. Au lieu de frapper encore le même bandit, Kaze décrivit un arc de cercle en direction du deuxième larron – celui qui était armé d'une lance ; la lame surprit le bonhomme la garde baissée et lui perça le flanc.

Kuemon avait maintenant contourné le corps du premier attaquant qui agonisait. Kaze fit volte-face et fondit sur le brigand qui s'était d'abord trouvé derrière le chef. L'homme para le premier coup du samouraï mais ne put arrêter le second, et la lame l'atteignit à l'épaule. Kaze eut un instant d'inquiétude en constatant que son sabre était enfoncé dans la clavicule, mais il réussit à dégager la lame avant d'être cerné par Kuemon et le dernier brigand.

Il évita prestement le piège que lui tendaient les deux hommes : il sauta de côté et fit un demi-tour. Les deux bougres se retrouvèrent à sa gauche et à sa droite, au lieu d'être en face de lui et dans son dos comme ils l'escomptaient. Ils hésitèrent ; Kaze profita de cet instant de répit car le combat l'avait mis hors d'haleine.

Kuemon fixait sur Kaze un regard de pure malveillance. Lui qui avait souhaité combattre un démon, il en avait trouvé un sous forme humaine. Kaze s'attendait à ce que Kuemon lui parlât mais le chef s'adressa à son acolyte :

— On le tuera, si on attaque ensemble. Il ne peut pas se battre en même temps avec nous deux.

Kuemon se trompait...

Les deux bandits se jetèrent en avant et, aussitôt, Kaze recula. Il n'y avait donc plus personne à l'endroit où les hommes voulaient faire converger leur assaut et ils durent modifier leur trajectoire pour attaquer le samouraï. Au lieu de l'aborder chacun d'un côté, ils se trouvaient maintenant tous les deux devant lui.

Kaze leva son sabre pour se protéger la tête et parer aux coups des deux assaillants, forcé de mettre un genou en terre sous l'effet de leurs forces conjuguées. Kuemon fit glisser sa lame arrêtée par le sabre de Kaze et la remonta pour assener un nouveau coup au samouraï. À ce moment-là, Kaze se jeta en avant, libéra sa lame de la pression qu'exerçait encore celle de l'autre larron et la poussa en avant. Le sabre du bandit était à présent dégagé et il fendit l'air tandis que Kaze enfonçait le sien dans le ventre de son adversaire. Du sang chaud et le contenu liquide de l'estomac éclaboussèrent Kaze tandis que le malheureux poussait un grand gémissement.

Kaze se laissa tomber à terre et fit une roulade pour s'écarter du bandit à l'agonie. Kuemon se précipita alors sur lui avec un cri de triomphe et abattit son sabre. Kaze se releva de sa roulade juste à temps pour arrêter la lame de Kuemon avec la sienne et il lui lança un coup de pied dans la rotule. Kuemon tomba de tout son long. Kaze se jeta sur lui et enfonça son sabre dans sa gorge, la lame transperçant le larynx pour aller se planter en terre profondément. Kuemon tentait d'agripper la lame, se coupant les mains et émettant d'épouvantables gargouillis tandis que son sang giclait d'une artère sectionnée. Cloué au sol par le sabre, il continuait malgré tout de se débattre dans l'espoir de se relever et de porter lui aussi un coup mortel à Kaze.

Kaze enfonça davantage son sabre, pour empêcher Kuemon de se relever. Les violents efforts du Patron pour s'opposer à la force de la lame faiblirent vite, jusqu'à ce qu'enfin le chef des bandits demeurât immobile.

Kaze haletait. À chaque inspiration, il sentait une épouvantable odeur de sang et de bile. Il en avait des haut-le-cœur, pas seulement en raison de la puanteur mais aussi à cause de ses associations avec la mort et la décomposition que le shinto a en horreur. Il y avait là un paradoxe qui l'intriguait : en tant que guerrier, il était formé pour tuer ou se faire tuer, et il abordait chaque bataille avec une froideur qui parfois l'effrayait. Pourtant, quand c'était fini, il lui arrivait souvent de regretter les conséquences de son adresse.

Pendant un combat, rien d'autre n'existait pour Kaze. Il se sentait plus vivant qu'en n'importe quelle circonstance de sa vie, y compris durant l'amour. Il pouvait distinguer et remarquer le moindre caillou sous son pied, mémoriser le moindre regard furtif d'un adversaire. Le souffle lourd de l'ennemi sonnait comme une trompette à ses oreilles : il signifiait que sa proie se fatiguait, qu'elle ne tarderait pas à faire des erreurs ou à baisser la garde. L'esprit de Kaze était alors merveilleusement lucide et pouvait anticiper deux, trois, voire quatre coups. Et il n'y avait rien de plus important au monde que de gagner. C'était le seul but, la seule chose dont il reconnût l'existence dans un combat.

Une fois son triomphe acquis lui revenait son humanité évincée par la pression du combat. Il regardait autour de lui, mesurant les résultats de son adresse, et une ineffable tristesse l'envahissait. Il comprenait pourquoi tant de guerriers devenaient prêtres, l'âge venant.

Il en avait vu d'autres se régaler d'un bon piquenique après une bataille, assis au milieu des corps, du sang, des membres épars. C'était une chose impensable pour Kaze ; il aimait se battre, mais il n'aimait pas la mort.

Il se leva, retira sa lame du cou du bandit trépassé et l'essuya soigneusement sur les vêtements du mort. Outre les gémissements des agonisants, il entendit un drôle de reniflement. Il regarda alentour pour identifier la source de l'étrange bruit et vit le jeune garçon en larmes.

Kaze sortit du camp pour gagner la source où il avait fabriqué les empreintes de dragon. Il enleva son kimono et s'assit dans la petite mare. Le froid de l'eau le surprit mais il s'aspergea le corps et la figure pour effacer la puanteur du sang. Il sortit de la mare et y plongea ses vêtements ; une tache rouge se répandit dans l'eau quand il les frotta, puis il jeta son kimono sur son épaule, d'une main. Le sabre dans l'autre main, Kaze repartit vers le camp d'un pas tranquille, sans autre vêture que ses sandales et son pagne, aussi nonchalant que n'importe quel homme rentrant des bains publics.

Quand il arriva au camp, tous les bandits avaient expiré. Le gamin pleurait toujours ; avec de grands yeux pleins d'effroi, il regardait Kaze s'approcher de lui. Kaze s'accroupit et examina le jeune visage : une large et rude figure de paysan. Des larmes ruisselaient sur ses joues et une bulle de morve lui remplissait une narine.

— Que vais-je donc faire de toi ? demanda Kaze.

Le garçon ne répondit pas. Soit il avait trop peur pour parler, soit il n'avait pas compris la question de Kaze.

— Je t'ai déjà fait cadeau de ta vie une fois, là-bas, sur la route, expliqua Kaze. Après un incident pareil, la plupart des gens auraient compris que la vie de bandit n'était pas pour eux mais, toi, tu es aussitôt rentré au camp. Tu n'as donc pas encore réalisé que tu n'étais pas comme eux ?

— Ils ne m'ont jamais laissé devenir l'un d'eux, lâcha soudain le gamin. J'avais juste le droit de faire des trucs idiots comme garder le camp, guider les gens, porter des messages ou faire la cuisine et le ménage.

— Tu as pourtant eu l'occasion de devenir l'un d'eux le jour où tu devais me poignarder dans le dos et que tu as échoué.

— Je n'ai pas échoué !

— N'essaie pas de nier cet échec. Tu devrais en être fier plutôt que honteux. C'est justement à cause de cet échec-là que je t'ai laissé la vie.

— Je serais devenu aussi méchant que n'importe lequel d'entre eux ! cria le garçon.

Kaze éclata de rire.

— On vit dans un monde bien tordu quand un jeune homme se targue d'être mauvais. Si je te détachais et te donnais un sabre, essaierais-tu d'arriver derrière moi en douce et de me pourfendre ?

Le garçon regarda Kaze, ne sachant trop quoi dire.

— Détends-toi, reprit Kaze. Je ne vais pas te mettre à l'épreuve. Je veux bien risquer ma vie mais pas jouer avec. Je vais commencer par rassembler toutes les armes que je trouverai et puis je te détacherai. Ensuite, je veux que tu creuses cinq tombes et que tu enterres tes camarades. Si tu le fais bien, je te laisserai la vie en récompense. Ce sera la deuxième fois. Cette fois-ci, ne gaspille pas cette chance !

Kaze mit son kimono mouillé à sécher sur un buisson et, quand il eut fini de rassembler les armes éparpillées autour des corps, le garçon avait cessé de pleurer. Kaze coupa ses liens et lui fit creuser les tombes pendant qu'il attendait, lui, que son kimono séchât. Il trouva une branche d'arbre qu'il nettoya et dans laquelle il se mit à sculpter une statue de Kannon.

— Comment t'appelles-tu ? s'enquit Kaze, sculptant habilement le bord d'une robe.

— Hachimmmm, murmura le gamin en s'efforçant de rendre son prénom inaudible.

— Comment ?

— Hachiro.

— Le huitième enfant. Ou bien tes parents t'ont-ils nommé ainsi par plaisanterie, alors que tu étais le premier fils et que tu aurais donc dû t'appeler Ichiro ?

Hachiro regarda Kaze d'un œil vide, avant de se rendre compte que le samouraï plaisantait. Il risqua un sourire timide :

— Non, je suis bien le huitième enfant. Il y en avait eu quatorze dans la famille, mais sept seulement ont survécu.

— Moi, j'étais un second fils, confia Kaze. Pourquoi as-tu adopté la vie de bandit ?

Le gamin s'arrêta de creuser.

— Il n'y avait rien d'autre. Les soldats ont tué les miens. Ils ont massacré le village entier.

— Quels soldats ? questionna Kaze sans lever les yeux.

— Je ne sais pas, répondit Hachiro, qui réfléchit un moment avant d'ajouter : ils portaient des bannières qui ressemblaient un peu à une araignée.

Kaze s'immobilisa et leva lentement les yeux de sa sculpture.

— Une bannière noire avec un diamant blanc entouré de huit feuilles de bambou blanches, pliées au milieu ? demanda-t-il avec douceur.

Hachiro cessa de creuser et regarda le samouraï, étonné :

— Oui ! Comment vous le savez ?

— Il y avait un grand homme mince avec un casque à ailes noires ? Un casque comme ça ? fit Kaze, mettant ses mains de part et d'autre de son visage, deux doigts tenant toujours le couteau, les autres déployés en éventail. Il avait peut-être aussi un éventail d'acier pour envoyer des signaux à ses troupes, ajouta-t-il.

— Comment vous savez ça ? Et qui c'est ? Pourquoi il a détruit mon village et tué ma famille, vous le savez ? questionna Hachiro, si excité qu'il en oubliait d'avoir peur.

— C'est un homme au service des Tokugawa et il est venu dans ton village parce que le seigneur du district était sans doute un partisan des forces loyales aux Toyotomi, la famille de feu le Taiko. Quant à savoir pourquoi il a détruit le village et tué les tiens, c'était simplement pour son bon plaisir ; il n'a pas besoin d'autre raison.

— Vous le connaissez ?

Les traits de Kaze se déformèrent en un masque de haine pure :

— Oui, je le connais. C'est le seigneur Okubo. C'était un de mes camarades d'enfance.

Hachiro était dévoré de curiosité mais la réaction du samouraï l'avait effrayé et, après une brève pause, il se remit à sa tâche. Constatant l'effet qu'il produisait sur le garçon, Kaze lutta pour maîtriser ses sentiments. Après s'être efforcé de refouler toute la rage que la conversation avait fait monter en lui, il tenta de changer de sujet et demanda au jeune :

— Mais comment t'es-tu retrouvé chez les bandits ?

— Ils m'ont capturé. Ils m'ont dit que la vie de paysan était trop dure. On n'avait plus besoin de nouveaux soldats, maintenant que les Tokugawa avaient gagné, ils ont expliqué, et il n'y avait plus moyen d'améliorer son sort.

— Eh bien, tu n'étais pas obligé d'améliorer ton sort. La vie de paysan est difficile mais elle peut être longue. Les hommes que tu enterres là sont tous morts à cause de l'existence qu'ils menaient. Si je ne les avais pas tués, quelqu'un d'autre l'aurait fait. Ils ravageaient le district. Le seigneur Manase aurait peut-être fini par organiser une expédition pour les éliminer quand la situation serait devenue intolérable.

— Oh, Manase-*sama* n'aurait pas fait ça !

Surpris, Kaze demanda :

— Pourquoi ?

— Parce que Manase-*sama* avait besoin de Patron Kuemon, mon maître, pour l'argent. Manase-*sama* lui en empruntait souvent.

Kaze cessa de sculpter sa branche.

— Comment le sais-tu ?

— C'était moi qui portais l'argent à la demeure de Manase-*sama*. J'étais tout le temps en train de faire des commissions, de porter des messages, de conduire des gens que Patron Kuemon avait capturés sur la route du manoir ou d'apporter de l'argent à Manase-*sama*.

Il glissa un regard en coin à Kaze avant d'ajouter :

— Manase-*sama* risque d'être très fâché parce que vous avez tué Patron Kuemon.

— S'il l'est, ce sera à moi de m'en occuper. Pour l'instant, toi, tu dois t'occuper de creuser ces tombes avant la tombée de la nuit. *Hayaku !* Dépêche-toi !

CHAPITRE XVIII

Le coq pense que le soleil existe
au service de son cocorico.
Nous nous croyons au service de notre cœur.

— Je vais dresser une carte de l'emplacement du
camp des bandits. Le magistrat peut s'y rendre pour
voir s'il trouve des objets volés qui pourraient être res-
titués à leurs propriétaires légitimes.

Kaze était au manoir du seigneur Manase, assis dans
la véranda délabrée. Installé devant lui, le seigneur du
district s'adonnait à sa calligraphie. Une fois de plus
vêtu de kimonos très colorés superposés, il tenait son
pinceau au-dessus d'un rouleau de papier fin. À côté
de sa main se trouvait un encrier avec un motif de sau-
terelles gravé en bas relief. Le réservoir était rempli
d'une encre de haute qualité, fraîchement pulvérisée et
diluée avec de l'eau de source pure.

Kaze pouvait voir le résultat du travail de Manase sur
le papier : l'écriture dénotait de l'expérience mais elle
était mécanique dans son exécution. Un vrai calligraphe
pratique sa technique jusqu'à ce qu'elle s'efface ;
l'artiste finit par ne faire plus qu'un avec son art. C'est
alors que l'émotion vraie et le tempérament authentique

peuvent se révéler. Le même principe s'appliquait à l'enseignement que Kaze avait reçu pour le maniement du sabre.

Constatant l'aspect mécanique de la calligraphie de Manase, Kaze comprit que le seigneur s'était formé tout seul et qu'il n'avait pas été élevé dans le style de vie qu'il embrassait avec tant d'ardeur. Manase avait certes un talent naturel pour le nô, les autres raffinements étaient cependant de récentes acquisitions.

— Mais les bandits ne vont-ils pas protester de voir les hommes du magistrat débouler dans leur camp ?

— Les bandits sont morts ou dispersés.

— Morts ?

— Cinq le sont. Les autres se sont enfuis.

— Qui vous a aidé ?

— Personne.

Manase rit. Le rire haut perché et retenu était cassant et forcé.

— Et Patron Kuemon, le chef des bandits ?

— Mort.

Manase posa doucement son pinceau. Il fixa sur Kaze un regard impassible, ses yeux brun foncé flottant comme deux sombres soleils dans le ciel poudré de blanc de son visage. Il finit par déclarer :

— Excellent !

Manase changea légèrement de position afin de se placer directement face à Kaze et il lui adressa une lente et gracieuse courbette qui surprit le samouraï :

— Merci, samouraï-*san*. C'est un grand jour pour le district ! Ces bandits commençaient à devenir par trop gênants et hardis.

— C'est aussi mon sentiment. Le district sera désormais plus paisible.

Manase se leva et gagna la porte. Il la fit coulisser et appela une servante qui passait :

— Hé, toi ! Fais immédiatement venir le magistrat et quelques-uns de ses hommes !

Il reprit sa place auprès de Kaze et ajouta :

— Alors, tous les bandits sont morts ?

— Seulement cinq d'entre eux, comme je vous l'ai dit. Les autres se sont enfuis.

— Et leur camp ?

— Si vous voulez bien me prêter votre pinceau et me donner une feuille de papier, je dessinerai une carte pour que vous puissiez le trouver.

Manase poussa l'encrier, le pinceau et une feuille vierge vers Kaze. Celui-ci prit le pinceau et hésita un instant.

— Qu'est-ce qui ne va pas ? s'enquit Manase.

— C'est une très belle feuille de papier. Ce serait dommage de la gaspiller pour une carte.

Manase balaya l'objection d'un geste de la main.

— Pensez-vous ! Je vous en prie, prenez donc ce papier pour votre carte.

Kaze haussa les épaules et eut tôt fait de tracer une carte de l'itinéraire qui menait au camp des brigands. Il la terminait quand arriva le magistrat, pantelant.

Manase y jeta un bref coup d'œil avant de la tendre au magistrat :

— Tenez !

Le magistrat, l'esprit apparemment embrouillé, prit la carte et la regarda.

— Elle vous indique le chemin du camp des brigands, enchaîna Manase. Ce rônin a su accomplir en quelques jours ce que vous n'aviez pas fait en deux ans. Il a tué ou chassé les bandits – et tout seul, qui plus est. J'en viens à me demander ce que vous avez fabriqué pendant tout ce temps-là, à part toucher le salaire que je vous paie !

Le magistrat rendit la carte à Manase qui, au lieu de la prendre, aboya :

— Abruti ! Prenez cette carte et allez tout de suite au camp ! Fouillez-le et tâchez de voir si vous pouvez récupérer des biens volés.

Il se tourna alors vers Kaze pour ajouter :

— J'ai moi-même été victime de ces hommes ces derniers temps. Des matériaux et des fournitures qui m'étaient destinés ont été volés, en plus de tout le reste.

Manase reporta son attention vers le magistrat :

— Alors ?

Grinçant des dents, le magistrat se leva et quitta la véranda. Manase frappa dans ses mains et aussitôt apparut une domestique. Manase la regarda et dit :

— Apporte-moi le deuxième tiroir de la commode de cèdre.

La servante fila prestement.

— Il faut que je réfléchisse à une façon adéquate de vous récompenser, déclara Manase à Kaze. Un banquet, peut-être, ou une représentation de nô. Si cet abruti trouve de l'argent dans le camp, je pourrai me permettre de louer les services de musiciens professionnels et de donner un vrai spectacle. Ce sera bien d'avoir dans l'auditoire une personne capable d'apprécier mon art.

La servante revint avec un tiroir plat, retiré de la commode. Il contenait plusieurs beaux kimonos, pas aussi raffinés ni somptueux que ceux que portait Manase, mais manifestement de meilleure qualité et plus coûteux que celui que Kaze avait sur le dos. Manase marqua une pause et choisit un kimono orné d'un élégant motif de branches de pin peintes en bleu indigo, sur lesquelles était perché un petit oiseau avec une tache rouge sur la tête.

Il sortit du tiroir le vêtement plié et le posa devant Kaze :

— C'est pour vous, déclara-t-il.

Kaze jeta un bref regard sur le kimono. C'était un cadeau spécial et personnel de la part d'un seigneur que de récompenser un samouraï en lui offrant un vêtement. Cela signifiait qu'un rônin tel que Kaze pouvait, s'il le souhaitait, entrer dans la maisonnée de Manase. Kaze posa les deux mains sur la natte devant lui et s'inclina d'un air solennel. Il repoussa le kimono vers le seigneur du district et s'inclina de nouveau.

Manase marqua une pause et constata :

— Je vois. Dommage.

— Je regrette, lâcha Kaze.

— Peu importe, ce sera malgré tout excitant d'organiser une fête dans ce lieu sinistre. À présent, laissez-moi, je vous prie. Je dois réfléchir au programme des réjouissances.

Kaze salua et quitta Manase. Il gagna la porte du manoir, enfila ses sandales et s'engagea sur le chemin. Sans se retourner.

CHAPITRE XIX

Le gris de l'acier, pas du brouillard.
La vie vue à travers de vieux yeux rusés.
Redoutable grand-mère !

Kaze reprit la route d'Higashi et passa devant l'endroit à présent placé sous la protection de la déesse Kannon, où il avait tué les deux premiers bandits. Il arriva au village voisin en début d'après-midi, s'arrêta dans l'unique auberge, celle où il s'était interposé entre le propriétaire et la servante, lors de sa précédente visite. Si l'aubergiste avait gardé souvenir de l'incident, il n'en donna pas l'impression à en juger par l'enthousiasme avec lequel il salua Kaze – ce dernier pouvait comprendre la chaleur de son accueil, puisque l'auberge était déserte.

Cette fois, Kaze décida de s'installer dans la salle commune au lieu de prendre un cabinet individuel afin de faire des économies. Ce qui revenait au même puisqu'il était le seul client... Tandis qu'il se détendait sur les tatamis miteux, la servante qu'il avait aidée entra avec du thé et une serviette chaude. Un sourire s'épanouit sur son rude visage de paysanne quand elle aperçut Kaze.

197

— Samouraï-*sama* ! Vous êtes parti si brusquement l'autre fois que je n'ai pas eu l'occasion de vous remercier de votre aide comme il fallait.

Kaze ne pipa mot mais remua d'un air gêné. Il serait obligé de trouver quelque astucieuse manœuvre avant la fin de la nuit, estima-t-il. La compagnie des femmes lui plaisait, certes, mais il aimait choisir. Il répugnait aussi à l'idée de rétribuer de tels services, bien qu'il ne doutât pas que ceux de ce soir-là lui seraient offerts gracieusement.

La servante posa le thé devant lui et ressortit lui chercher à manger, non sans lui lancer une œillade aguichante. Kaze soupira. Le plaisir qu'il trouvait à rectifier les menues injustices avait parfois un prix inattendu...

La jeune fille revint avec un bol d'*okayu* et de patates douces. Kaze en enfourna une généreuse quantité, aspirant en même temps une goulée d'air froid pour ne pas se brûler. Assise à distance respectueuse de Kaze, la petite le contemplait avec une tendresse de propriétaire.

— *Nani ?* Quoi donc ? demanda Kaze.

— Rien, samouraï-*sama*. C'est juste que je ne m'attendais pas à vous revoir.

Kaze émit un grognement qui ne l'engageait à rien.

— Quand vous êtes parti, j'ai pensé que si le démon ne vous attrapait pas, les bandits le feraient, reprit la jeune fille.

— Les bandits ne devraient plus être une cause d'inquiétude pour personne.

Étonnée, la fille demanda :

— Pourquoi ?

— Parce que Patron Kuemon est trépassé et que ses hommes sont morts ou en fuite. Il devrait y avoir la paix dans le coin, pour un bout de temps tout au moins. Les affaires vont peut-être reprendre.

— Vraiment ? Patron Kuemon est mort ? C'est vrai ?

— Oui, c'est vrai.

La petite se leva et s'écria :

— Excusez-moi ! Il faut que j'aille le dire à mon maître, il va être si heureux !

Kaze acquiesça du chef et continua à manger son *okayu*. Quelques minutes plus tard, le patron arrivait avec la servante.

— C'est vrai ? s'enquit-il. Patron Kuemon est mort ?

— Oui, assura Kaze.

L'aubergiste sourit de toutes ses dents.

— Quelle formidable nouvelle ! Votre repas vous est offert par la maison, samouraï-*sama* ! C'est merveilleux pour notre district. Le seigneur Manase a enfin réussi à rassembler des hommes pour liquider ce Kuemon.

— Oui, en effet, confirma Kaze.

— Il a dû enrôler des troupes d'ailleurs pour faire ça. Le ridicule magistrat n'aurait pas été capable d'affronter des gens du calibre de Patron Kuemon.

— Je suppose, fit Kaze.

— Bon ! Excusez-moi, samouraï-*sama*, mais il faut que je file annoncer la bonne nouvelle au reste du village, lança-t-il en quittant la pièce à toute allure.

— Eh bien, si le repas est gratuit, je reprendrais bien un autre bol, déclara Kaze.

La servante, sourire aux lèvres, emporta le bol et se dépêcha d'aller le remplir à la cuisine. À son retour, elle reprit possession de l'endroit d'où elle pouvait lorgner Kaze, le mettant mal à l'aise.

— Tu as revu le démon ? s'enquit-il, histoire de faire la conversation.

— Non, pas depuis la fameuse nuit. C'est pour ça que j'étais si inquiète pour vous quand vous êtes retourné à Suzaka.

— Et pourquoi donc ?

— Parce que le démon était sur la route de Suzaka.

Kaze ne s'était jamais posé la question de savoir sur quelle route on avait aperçu le démon.

— Est-ce qu'il allait à Suzaka ou est-ce qu'il en venait ?

— Il en venait. Pourquoi ?

— La curiosité est un de mes défauts, permets-moi de la satisfaire. Et tu as dit qu'il y avait un homme attaché au cheval ?

— Oh oui, on a tous pu le voir.

— Cet homme était-il mort ou vif ?

La jeune fille réfléchit un instant et finit par répondre :

— Je ne sais pas, samouraï-*sama*.

— Il bougeait, il criait ?

— Non, samouraï-*sama*.

— Dans ce cas, il était bien tranquille pour un homme emporté par un démon.

Penchant la tête de côté, la jeune fille considéra Kaze d'un air d'incompréhension. Le samouraï ne se donna pas la peine d'expliquer sa remarque ironique et lui demanda :

— Quelqu'un a vu où est allé le démon ?

— Il est parti en direction de la route de la préfecture de Rikuzen.

— Mais cette route est aussi rejointe par celle qui arrive au carrefour quand on vient de la préfecture d'Uzen, objecta Kaze.

La petite plissa le front et demanda :

— Pourquoi est-ce qu'on prendrait cette route-là pour aller au carrefour, si on venait de Suzaka ?

— Pourquoi, en effet ! souligna Kaze.

— Hé, il y a quelqu'un ? lança une voix à la porte de la maison de thé – une voix de femme, bien que bourrue et très forte.

La servante eut l'air surprise par l'arrivée de nouveaux clients. Vite, elle se leva et sortit de la pièce pour aller les accueillir. Elle parlait doucement mais Kaze pouvait entendre la voix forte de la femme, dont les propos étaient la seule partie audible de la conversation.

— Il est temps que tu arrives ! déclara-t-elle.

Un silence – la servante était sans doute en train de se répandre en excuses.

— Allons, ne reste pas là à me faire des courbettes ! protesta la dame à la voix forte. Aide-moi plutôt à retirer mes sandales et emmène-moi là où je pourrai prendre le thé.

De nouveau, quelques secondes de silence.

— Combien coûte une chambre pour la nuit ?

Silence.

— Combien ? Mais c'est un scandale !

Encore un silence.

— Eh bien, oui, va donc me chercher l'aubergiste ! Je veux lui parler de ses prix. Non, pas tout de suite. Mène-moi d'abord dans une salle et apporte-nous du thé.

Quelques secondes plus tard, la servante réapparut dans la salle commune où était assis Kaze. Elle semblait décontenancée, pas du tout sûre de ce qu'il fallait faire de ces clients bruyants et autoritaires. Kaze eut la surprise de constater qu'ils étaient en fait trois. En tête entra une femme assez âgée pour être grand-mère, les cheveux mêlés d'argent et ramenés en arrière en un chignon bas. Elle avait le front ceint d'un bandeau blanc sur lequel était peint le caractère *kanji* qui signifie « vengeance ». Vêtue exactement comme un homme d'un pantalon *hakama* et d'un manteau de voyage, des sabres de guerrier glissés dans la ceinture, elle entra dans la pièce à grands pas, exhibant toute la puissance et l'arrogance d'un vrai samouraï.

Dans son sillage immédiat arriva un très vieil homme. Alors que la femme était aussi solide qu'un tonneau de saké, il était, lui, aussi éthéré qu'une cloison de roseau. Il avait le visage décharné et cadavérique, et ses épaules, ses coudes et ses hanches saillaient sous le kimono. Il ressemblait davantage à un squelette ambulant qu'à un être vivant, songea Kaze.

Juste derrière le vieillard venait un jeune garçon de quinze ou seize ans, portant sur son dos une grande hotte d'osier bourrée de ballots enveloppés de tissu et à laquelle était accroché une batterie de casseroles.

Le curieux trio entra et s'installa dans un coin de la salle commune. Kaze, poli, changea de position pour éviter d'avoir à les regarder directement. Ce geste aurait normalement suffi à ériger un mur invisible entre lui et les autres hôtes de l'auberge, de sorte que chacun aurait pu vaquer à ses occupations comme s'il était seul dans la pièce. Mais cette vieille dame n'était pas du genre à se laisser arrêter par les murs invisibles que dresse la politesse de la société japonaise.

Après avoir ordonné au vieillard et au garçon de s'asseoir dans le coin, la vieille dame traversa la salle d'un pas martial et tapa sur l'épaule de Kaze. C'était une extraordinaire grossièreté que de toucher un étranger et Kaze se demanda comment réagir. Fallait-il la traiter avec la déférence due à ses ans ? Ou simplement lui tourner le dos en signe de rebuffade pour sa grossière façon de l'aborder ? De fait, Kaze avait appris à être indulgent avec les enfants et les vieillards, et la nécessité de se montrer poli avec un aîné vainquit la répugnance que lui inspirait ce contact.

— Oui, *Obaasan*, Grand-mère ? s'enquit poliment Kaze.

— Êtes-vous la seule autre personne dans cette auberge ? demanda la vieille dame.

Kaze haussa les épaules :

— Je ne sais pas.

— Bon, avez-vous vu un marchand ? continua la dame.

— Non, pas ici.

— Si vous voyez un marchand, dites-le-moi.

— N'importe quel marchand ?

— Non, bien sûr que non ! Celui que nous recherchons voyage par la grand-route du Tokaido mais on ne sait jamais où va se cacher cette vermine-là. Nous rejoignons justement le Tokaido pour essayer de le retrouver. Nous agissons officiellement, nous avons fait enregistrer nos griefs auprès du nouveau gouvernement Tokugawa, et nous cherchons un certain marchand afin de lui infliger son châtiment et d'assouvir notre vengeance.

— Voilà deux coups bien lourds à assener à qui que ce soit, Grand-mère !

— Mais je ne vais pas le faire seule, objecta-t-elle fièrement. J'ai amené mon serviteur, expliqua-t-elle en désignant du menton le vieil épouvantail décharné, et l'un de mes petits-enfants, ajouta-t-elle en montrant le jeune garçon.

— Alors, ce marchand doit avoir très peur et il n'échappera pas au châtiment céleste, déclara Kaze.

La dame hocha la tête d'un air sombre. Une vengeance officielle n'est pas chose qui prête à rire : cela signifiait que les autorités avaient accordé à l'hétéroclite trio le pouvoir de traquer et de tuer une personne qui avait offensé sa famille. Kaze n'avait pas encore appris les détails de cette vengeance que la servante arrivait dans la salle commune avec l'aubergiste, et la vieille dame reporta son attention sur le malheureux propriétaire.

L'aubergiste eut à peine le temps d'articuler un salut que la dame l'assaillait de reproches sur la qualité du logement et sur son effronterie : comment osait-il facturer ne serait-ce qu'un *sen* à des voyageurs fatigués tels qu'elle-même et sa suite, qui s'étaient d'ailleurs attendus à des conditions plus proches de leur ordinaire ?

L'aubergiste décontenancé ne cessait de faire des courbettes, s'efforçant vainement de glisser un mot au milieu de la tirade de la vieille dame. En désespoir de cause, il se tourna vers Kaze comme pour demander au samouraï de venir à sa rescousse. Kaze hocha la tête d'un air narquois, fort amusé par la scène qui se déroulait devant lui mais trop malin pour intervenir face à cette formidable femme.

Enfin, l'aubergiste effondré déclara que la dame et son escorte pourraient séjourner chez lui pour deux *sen*, chacun, au lieu des cinq que cela coûtait d'ordinaire. La femme rétorqua avec un reniflement méprisant : elle s'autoriserait à user de l'hospitalité parfaitement inadéquate de ces lieux mais, même à deux *sen* par tête, son domestique et son petit-fils devraient dormir à la belle étoile. C'était plutôt l'aubergiste qui aurait dû la payer pour être obligée de descendre dans un pareil taudis infesté de puces ! Le propriétaire se retira, plongé dans le désarroi et la confusion, laissant à la servante le soin de s'occuper de ces clients difficiles.

Kaze avait apprécié le spectacle mais il termina son repas sans autre échange avec ses étranges voisins. Ceux-ci ne parlèrent plus guère, une fois qu'on leur eut servi à manger. Kaze s'interrogeait sur la nature de leur vengeance. Mais il estimait avoir suffisamment conversé avec l'agressive vieille bique.

Il finissait de manger quand la servante introduisit un autre client dans la salle commune. Le nouveau venu et la jeune fille n'étaient pas encore entrés que Kaze s'était déjà levé, la main sur son sabre.

— Toi ! hurla le nouvel arrivant, furieux.

Effrayée, la servante recula d'un pas, tandis que les membres du trio, dans le coin, relevaient le nez, surpris. Kaze se contenta d'un salut de la tête.

Le jeune samouraï que Kaze avait laissé coincé sur l'île porta la main sur la garde de son sabre.

— J'exige un duel avec toi, et cette fois, pas d'histoire de « Sans sabre » !

Kaze considéra le jeune homme un moment et déclara :

— Je regrette de t'avoir joué un tour. C'est dans ma nature, ajouta-t-il, et, mettant un genou en terre, il prit

204

la posture d'un soldat devant son général : Je te présente mes humbles excuses pour t'avoir offensé.

— Espèce de tripaille de chien ! Pleutre ! glapit le jeune samouraï.

Kaze ne répliqua pas et resta dans sa position d'humilité.

— Non, ça ne suffit pas de s'excuser, reprit le jeune samouraï avec hauteur. J'insiste : je veux un duel. Non seulement tu m'as insulté, mais tu as aussi insulté toute l'école Yagyu. Un tel affront ne peut être lavé que par un duel.

— D'accord, répondit Kaze, mais prenons des sabres de bois. Puisque tu tiens à démontrer ta maîtrise de l'art du sabre, point n'est besoin de lames d'acier.

Le jeune samouraï toisa Kaze d'un œil méprisant, mais il répondit malgré tout :

— Parfait ! Battons-nous tout de suite, ici et maintenant.

— Allons plutôt dehors, répondit doucement Kaze, qui regarda la servante et lui demanda : Apporte-nous deux bâtons de la longueur d'un *katana*. Nous serons dehors.

Adressant un regard craintif aux deux samouraïs, la servante s'exécuta.

Kaze passa devant le jeune samouraï pour gagner l'entrée de l'auberge. Il enfila ses sandales et sortit dans la rue poussiéreuse suivi de son adversaire, de la vieille dame, du domestique et du garçon.

La servante ne tarda pas à arriver, avec l'aubergiste et sa famille entière dans son sillage. Elle portait deux bâtons et en tendit un à chacun avec une courbette. Kaze examina le bâton et tira son sabre de sa ceinture pour tailler la poignée, afin qu'elle ressemble davantage à celle d'un sabre. Le jeune samouraï sortit une bande de tissu, attacha ses manches de kimono, croisa les liens dans le dos et termina par des nœuds coulants

205

passés autour de chaque épaule. Il exécuta cette suite de mouvements à toute allure et avec panache, suscitant les murmures approbateurs du petit groupe de spectateurs. Souriant, il se retourna et se planta face à Kaze.

Kaze remit son sabre dans sa ceinture et prit son bâton à deux mains. Il adopta une posture de combat traditionnelle, les yeux sur le jeune samouraï. Ce dernier poussa un petit cri en s'avançant agressivement vers son aîné mais Kaze resta sur ses positions, le sabre de bois immobile.

Le jeune, un brin perplexe devant le manque de réaction à sa feinte, resta un instant figé, tâchant de réfléchir au coup suivant. Soudain, il poussa un grand cri et attaqua avec toute la vitesse et la furie de la jeunesse, abattant son bâton en fendant l'air. Kaze arrêta le coup avec son propre bâton et les deux hommes exécutèrent un *kiri-otoshi*. Dans le *kiri-otoshi*, l'arrêt du coup de l'adversaire et la contre-attaque sont simultanés. Le jeune tenta de contrer avec un *kiri-otoshi* de sa propre initiative, sautant pour éviter le coup de Kaze.

Après l'entrechoquement des sabres de bois, le jeune samouraï regarda Kaze avec respect et étonnement.

— Vous êtes un maître ! s'exclama-t-il.

— Merci, répondit Kaze en s'inclinant légèrement. Maintenant, votre honneur est-il satisfait ?

— Bon, il y avait égalité mais je suppose que je peux m'en contenter, répondit le jeune homme.

Kaze marqua une pause avant d'ajouter :

— Bon, d'accord. Mettons qu'il y avait égalité.

— Vous ne croyez pas que c'était le cas ? demanda le jeune.

— Tant que votre honneur est satisfait, c'est le plus important.

— Vous voulez dire qu'il n'y avait pas égalité ?

— Si, il y avait bien égalité.

— Vous le dites, mais en êtes-vous vraiment convaincu ?

Kaze se tut. Le jeune samouraï jeta son bâton.

— Mon honneur n'est pas satisfait ! J'insiste pour une revanche, mais avec de l'acier, cette fois.

— Je vous en prie, ne nous battons pas avec des sabres d'acier. Une autre manche avec les sabres de bois suffira à régler la question.

— Alors, finalement, vous êtes un lâche ! lança le jeune samouraï.

— S'il vous plaît de le penser...

— Bats-toi ! s'écria le jeune homme en tirant son sabre. Bats-toi ou je te pourfends sur place !

Kaze lâcha le bâton et dégaina son propre sabre.

— Dommage... lâcha-t-il.

En guise de réponse, le jeune samouraï s'avança, tenant son sabre en position « qui vise l'œil ». Une fois encore, Kaze resta immobile, attendant l'assaut de son cadet. Arrivé à la bonne distance pour attaquer, le jeune observait son aîné d'un œil méfiant. Il attendait de détecter chez lui une baisse de concentration, un relâchement momentané qui lui donnerait l'occasion de tromper la vigilance de Kaze et de lui porter le coup fatal. Il n'en vit point. Les secondes traînaient, les spectateurs étaient aussi fascinés par le duel que l'étaient les deux participants. Soudain, le jeune samouraï reprit l'initiative, il se jeta en avant avec un grand cri et leva son sabre pour porter un coup destiné à trancher la gorge de Kaze.

Kaze exécuta de nouveau un *kiri-otoshi*, mais cette fois, son sabre mordit la chair du jeune homme. Surpris, ce dernier recula en titubant et regarda son flanc où fleurissait une tache écarlate. Lâchant son arme, il porta les mains à son côté, vacilla et tomba à genoux sous l'effet de la douleur et de la faiblesse.

— *Baka !* Abruti ! lui cria Kaze. Tu es trop jeune pour jouer avec ta vie aussi bêtement que moi ! Tu es

aussi trop stupide pour jouer à des jeux aussi dangereux : défier un inconnu en duel alors que tu n'as pas
assez de jugement pour voir si tu as perdu ou gagné un
combat avec des bâtons. Dans un duel au sabre, la différence entre la victoire et la mort est de l'ordre du
clin d'œil ou de l'épaisseur d'un doigt. Trop ténue
pour qu'on puisse l'estimer quand on est sans expérience. J'implore Kannon pour que mon coup n'ait pas
touché d'organe vital. J'ai essayé de le retenir pour
que tu sois seulement blessé. J'ai déjà fait suffisamment de morts dans ce district, j'en ai assez. Surtout, je
n'ai pas envie de tuer d'autres blancs-becs de ton aca-
bit – des garçons trop jeunes et trop bêtes pour connaître leurs limites et leur manque de maîtrise.

Kaze regarda l'aubergiste et la servante :

— Emmenez-le à l'auberge et appelez un guéris-
seur. Il devrait s'en tirer si on arrête le saignement sans
tarder, alors dépêchez-vous !

La servante et l'aubergiste s'exécutèrent avec célérité et aidèrent le jeune samouraï à rentrer dans la maison – il était pâle sous l'effet du choc et du sang perdu.
Kaze essuya la lame de son sabre sur sa manche de
kimono et les suivit à l'intérieur, la vieille dame et ses
deux compagnons formant l'arrière-garde.

Rentré dans l'auberge, Kaze reprit son bol et se remit
à manger. Les trois autres clients firent de même mais,
cette fois, la vieille dame ne chercha plus à déranger
Kaze. À la fin du repas, quand la servante vint débarrasser le plateau de Kaze, elle se pressa contre lui et murmura d'un ton de conspiratrice :

— Ce duel était superbe ! Je viendrai dans votre
chambre ce soir, quand tout le monde dormira. Je tiens
toujours à vous remercier pour votre aide.

Kaze ne répondit rien. Il gagna la chambre qu'on lui
avait désignée et y trouva un futon déjà préparé par
terre, ainsi qu'un bloc de bois servant d'oreiller où poser
la nuque. Une seule bougie dans une lanterne en papier

éclairait une chambre austère ; l'unité de mesure de toutes les chambres au Japon était le tatami rectangulaire normal et celle-ci en faisait quatre – petite, mais suffisante pour une personne.

Kaze s'assit un moment et se demanda si la pièce était assez grande pour un homme et une servante. Il se pencha et souffla la bougie mais, au lieu de s'étendre sur le futon, il attendit quelques minutes que ses yeux s'adaptent à l'obscurité, se leva et ouvrit le *shoji*. Sortant de l'auberge, il se dirigea vers le coin de la maison où se trouvait l'urinoir.

L'urinoir était un endroit adossé au coin de la véranda et isolé par deux cloisons de bambou. Des branches de pin fraîchement coupées couvraient le sol de terre battue. L'homme se tenait à la lisière de la véranda et se soulageait sur les branchages. Ceux-ci étaient changés tous les deux ou trois jours et on les remplaçait par d'autres, tout frais, pour que régnât toujours une forte odeur de pin. Les femmes ne se servaient normalement pas de ces lieux. Mais Kaze n'était pas certain de ne pas s'y faire bousculer par l'insupportable grand-mère.

En traversant la véranda pour rentrer, Kaze avisa deux tas par terre, à l'arrière de l'auberge : le domestique et le petit-fils de la vieille dame qui dormaient. Kaze réfléchit un moment, se dirigea vers le plus petit des deux tas et s'accroupit à côté.

— *Sumimasen*, souffla Kaze, qui entendit un grognement endormi en guise de réponse. J'ai décidé que je ne voulais pas de ma chambre. Je préfère dormir ici à la belle étoile. Aimerais-tu coucher sur un futon ce soir, plutôt que par terre ?

— Oh oui, merci, samouraï, répondit l'adolescent d'une voix somnolente.

— Eh bien, suis-moi.

Kaze l'emmena à l'intérieur de l'auberge et le conduisit dans sa chambre.

— Allonge-toi sur ce futon, reste bien au chaud et tâche de passer une bonne nuit, conseilla-t-il au garçon.

Avec un sourire aux lèvres, Kaze referma la porte coulissante et ressortit. Il se trouva un coin confortable, s'enveloppa dans son kimono et s'endormit en tenant son sabre dans ses bras.

Le lendemain matin, quand Kaze rentra dans la maison pour prendre son déjeuner, il constata que la vieille dame, son domestique et le jeune homme étaient déjà en train de finir le leur. La dame grondait son petit-fils.

— Qu'est-ce que tu as donc qui cloche ce matin ? lança-t-elle durement.

Le garçon leva le nez de son bol de soupe au *miso*, un curieux sourire plaqué sur le visage.

— Rien, Grand-mère, bredouilla-t-il.

— Eh bien, tu te conduis très bizarrement, répliqua-t-elle.

Le garçon ne répondit pas.

Kaze s'assit au moment où entrait la servante : l'air furieux et accusateur, elle plaqua bruyamment le plateau de son déjeuner sur la table, devant lui. Kaze, souriant, engloutit son déjeuner de bon appétit.

Avant le départ du curieux trio, le garçon vint trouver Kaze et lui glissa quelque chose dans la main. C'était un bout de tissu enroulé autour d'un objet léger.

— C'est juste un *senbei*, une galette de riz, mais je voulais vous remercier de m'avoir laissé dormir dans votre lit cette nuit, souffla le jeune homme.

Kaze prit le modeste cadeau, le fourra dans sa manche de kimono, là où l'on range la plupart des objets que l'on porte sur soi, et il l'oublia.

CHAPITRE XX

*Un poulet mort qui n'a pas eu l'occasion
de lisser ses plumes ou de s'envoler vers le sud.
La vie est un précieux cadeau.*

C'était une belle journée. Les oiseaux chantaient au fond des bois et une légère brise ébouriffait les aiguilles de pin parfumées sur les grands arbres bordant la route. Kaze cheminait lentement, usant de ses sens de chasseur pour scruter les alentours. Il était à l'affût de traces de sabots s'écartant de la route ou de tout autre signe d'activité.

Que quiconque, être humain ou démon, emprunte la route de Suzaka à Higashi pour revenir au carrefour lui paraissait absurde. Pourtant, il était également convaincu que l'homme attaché au cheval du « démon » était sans doute le mort qu'il avait découvert à la croisée des chemins. On l'avait jeté au carrefour pour s'en débarrasser – les deux événements étaient trop rapprochés dans le temps pour qu'il pût en être autrement – et le filet de sang découvert sur le mort, parallèle à la colonne vertébrale, pouvait être dû au fait que le corps était couché en travers du dos d'un cheval.

Kaze était convaincu d'une chose : si l'on avait pris un itinéraire détourné pour aller de Suzaka au carrefour, c'était à cause d'un événement survenu sur la route qui allait d'Higashi au croisement. Le démon y aurait-il rencontré quelqu'un ? Ou était-ce pour une autre raison ? Malgré le désir qu'avait Kaze de continuer jusqu'à Rikuzen pour voir s'il y trouverait l'aboutissement de sa quête de la fillette, il décida de consacrer sa matinée à parcourir la route qui allait d'Higashi au carrefour.

Il eut beau examiner le chemin avec soin, il n'eut aucune révélation. Furieux contre lui-même d'avoir perdu du temps, il débouchait d'un virage quand il aperçut le carrefour devant lui, au loin. Et il s'immobilisa : il distinguait une petite silhouette par terre, au milieu de la route.

Kaze couvrit rapidement la distance qui le séparait encore de la croisée des chemins mais s'arrêta avant d'arriver au cadavre. C'était un jeune homme étalé de tout son long, face contre terre, une flèche fichée dans le dos. Cela rappelait beaucoup le cadavre que Kaze avait trouvé au même endroit, à peine quelques jours plus tôt.

Kaze s'approcha et se pencha pour voir si l'homme était mort. Tournant la tête vers lui pour la regarder, il s'immobilisa et contempla le visage privé de vie et maculé de boue, aux traits déformés par la douleur. C'était Hachiro, le garçon auquel il avait par deux fois fait cadeau de sa vie. Il fixait maintenant Kaze d'un regard mort, éteint et voilé.

Kaze lui ferma les yeux avec douceur. Un bref examen de la flèche qui avait mis un terme précoce à cette jeune existence lui révéla qu'elle était du même type que celle qui avait tué l'inconnu, quelques jours plus tôt. Il scruta le sol autour du corps et y découvrit des traces de sabots de cheval. Ces empreintes lui permirent de voir que le corps était arrivé tout droit du village de Suzaka. Pourquoi cette fois-ci avoir apporté le cadavre directement à la croisée des chemins, au lieu de prendre l'itinéraire indirect qui passait par Higashi ? La raison en restait insondable pour Kaze. De fait, pourquoi même avoir transporté le corps au carrefour ? C'était incompréhensible.

Regardant autour de lui, Kaze trouva un solide bâton ; il le ramassa et se mit à gratter le sol pour creuser une tombe à fleur de terre, non loin de celle de la précédente victime.

Quand il eut enterré le garçon, il sculpta une autre Kannon. Alors qu'il avait eu du mal à lui donner un visage quand il l'avait sculptée pour les bandits – sa rencontre avec l'*obake* de sa dame avait troublé sa tranquillité et il n'avait pu terminer la statue de la déesse de la miséricorde –, il n'eut aucune difficulté à le faire pour le garçon. Le visage familier de sa dame, beau et serein, surgit de la pointe du canif. Plaçant la statuette au-dessus de la sépulture sommaire d'Hachiro, Kaze frappa deux fois dans ses mains et s'inclina très bas. Il avait un air de tristesse lasse quand il se redressa.

Plus tard, ce soir-là, Jiro était en train de préparer son dîner quand il entendit frapper doucement à sa porte. Il s'immobilisa, pas tout à fait sûr d'avoir vraiment entendu quelque chose. Il y eut alors un nouveau coup. Jiro alla à la porte et demanda :

— Qui va là ?

— Un ami.

Jiro se pencha pour enlever le bâton qui empêchait l'ouverture de la porte et il la fit à peine coulisser pour s'assurer qu'il ne s'était pas trompé sur le propriétaire de la voix. Il émit un petit grognement de surprise et ouvrit la porte entièrement. Kaze entra dans la hutte de Jiro et se hâta de refermer.

— C'est plus difficile d'arriver en catimini dans un village que de pénétrer dans le château d'un seigneur, déclara Kaze qui se dirigea vers le feu où Jiro cuisinait et s'assit.

— Qu'est-ce que vous faites ici ? Il paraît que vous étiez parti.

— J'étais bel et bien parti. Mais me voilà de retour. Je voudrais passer quelques jours chez toi.

— Pourquoi ?

Kaze soupira :

— Il y a quelque chose qui cloche par ici. Ça détruit mon *ki*, mon harmonie et mon équilibre. Je suis un peu chamboulé et j'ai besoin de retrouver l'harmonie.

— De quoi parlez-vous donc ?

Kaze sourit :

— Disons que j'ai besoin d'un service. Je voudrais surveiller le village, le magistrat et le chef Ichiro, et peut-être aussi la prostituée, Aoi. Mais si je me fais prendre ici, ça peut t'attirer des ennuis. J'ai décliné l'offre faite par le seigneur Manase de rejoindre sa garde, et je suis sûr qu'il en est contrarié. C'est d'ailleurs pour ça que je suis venu en douce. Il ne serait pas content d'apprendre que j'espionne les gens de son district. Il risque aussi de ne pas être très satisfait de ta personne s'il sait que je me livre à cet espionnage depuis chez toi. Ça peut être dangereux et tu pourrais bien te retrouver dans la petite cage. Je comprendrais que tu refuses.

Jiro se remit à sa cuisine.

— Vous allez devoir attendre quelques minutes pour dîner. Je n'avais pas prévu d'invité, je n'ai fait à manger que pour moi seul.

Le lendemain matin, Jiro s'éveilla à l'heure habituelle, enveloppé dans la familière obscurité de sa ferme.

Il s'extirpa de sa couverture matelassée. Debout, il écouta dormir le samouraï et se dirigea vers la porte, rassuré : son hôte n'avait pas conscience de ce qui se passait pendant son sommeil.

Jiro fit coulisser la porte de sa hutte avec une méfiance exagérée et, dès que l'ouverture fut suffisante, il se glissa dans la pénombre froide.

La nuit de velours lui mordilla la chair avec une vigueur surprenante. Il songea un instant à rentrer chez lui pour prendre un vêtement mais décida finalement de n'en rien faire. Il n'avait pas envie que le samouraï sût ce qu'il fabriquait, pas plus que le reste du village. Son rituel nocturne lui inspirait de la honte ; il savait que les villageois y verraient un signe de faiblesse, un comportement indigne d'un « vrai homme », mais il ne pouvait pas s'en empêcher.

La lune était à moitié pleine, de sorte qu'après l'obscurité complète de sa hutte, Jiro y voyait presque assez pour distinguer clairement le sol. D'ailleurs, il n'avait pas besoin de voir son chemin, il le connaissait par cœur pour l'avoir pris d'innombrables fois – plus de neuf mille trajets vers la même destination !

Il contourna le village et se dirigea vers une colline voisine. Les pins l'entouraient de partout, mais il connaissait l'emplacement du moindre tronc et il parvint rapidement au sommet. Là, dans une clairière naturelle, se trouvait le cimetière du village.

Jiro se dirigea droit vers une grosse pierre flanquée d'une plus petite. Du temps de ses premières visites au cimetière, il s'inquiétait des fantômes mais, maintenant, il avait l'impression que les esprits de tous les anciens habitants du village approuvaient sa conduite et il se sentait plus en sécurité dans ce séjour des morts qu'en tout autre endroit sur terre.

Il s'accroupit devant les deux pierres.

— *Anata*, dit-il tendrement. Mon aimée !

Il tendit la main et toucha la pierre qui commémorait le souvenir de son épouse, morte depuis vingt-cinq ans maintenant. Puis, d'un geste affectueux, il caressa la pierre de son fils trépassé qui n'avait survécu à sa mère que deux jours.

— Comment vas-tu, mon aimée ? Le samouraï est revenu chez nous. Il est bizarre mais il a bon cœur et je l'aime bien. Je n'ai pas grand-chose de neuf à te

215

raconter. C'est plus tranquille au village depuis que Patron Kuemon est parti mais je ne comprends pas ce que fabrique ce samouraï. Les samouraïs ! s'exclamat-il en hochant la tête. Toujours à commencer des guerres qui tuent les paysans. Quelle plaie, *neh* ?

Il cessa de parler et sentit les larmes lui monter aux yeux. Les mêmes larmes qui lui venaient tous les jours depuis vingt-cinq ans qu'il pleurait la perte de son épouse et de son fils. C'était une faiblesse de sa part, Jiro le savait. Un homme est censé supporter la peine, montrer de la force dans l'adversité. Mais Jiro n'y pouvait rien : une part de lui-même était morte avec sa femme. Il se sentait incomplet sans elle, il n'avait l'impression d'être à nouveau entier que dans ces moments où il se retrouvait auprès d'elle.

Un homme riche aurait peut-être érigé un autel chez lui, pour appeler les esprits de ses morts avec une belle clochette de bronze et les inviter chez lui. Jiro n'avait que les étoiles et les pins, et deux pierres grossièrement taillées en guise de représentation de son épouse et de son fils nouveau-né. Pourtant, cette visite quotidienne à sa femme lui était un baume, elle l'aidait à se sentir entier, prêt à supporter une autre journée, jusqu'au jour où son karma lui permettrait de rejoindre son aimée.

Du plus profond de l'obscurité des arbres, Kaze observait Jiro. Il se trouvait assez près pour l'entendre converser avec les morts et il comprit tout de suite la signification des deux pierres. Il s'enfonça à nouveau dans la forêt et regagna silencieusement la hutte de Jiro.

Le mystère des expéditions nocturnes du marchand de charbon de bois était donc résolu. Kaze ignorait si l'être cher était une épouse, une mère ou une maîtresse, mais Jiro était manifestement encore lié à elle en esprit. Kaze n'avait pas pu voir les larmes de Jiro, mais la respiration hachée de son hôte lui avait appris qu'il pleurait.

Kaze songea à sa propre épouse, tuée avec son fils et sa fille le jour où son château était tombé aux mains des forces Tokugawa. Elle était morte en samouraï, tuant elle-même ses propres enfants avant qu'ils puissent être capturés et torturés, puis elle avait mis une dague sous son menton et se l'était enfoncée dans la gorge. Les domestiques qui avaient échappé au massacre rapportèrent qu'elle n'avait pas hésité quand elle avait compris que tout était perdu. Elle s'était retirée dans le donjon et elle avait fait son devoir après avoir ordonné aux serviteurs de mettre le feu d'une voix qui n'avait pas tremblé un seul instant, à en croire le vieux domestique fidèle de la famille à qui elle avait demandé de relater sa mort aux autres, au lieu de la suivre dans l'au-delà.

Ç'avait été une belle mort, une mort courageuse, mais Kaze regrettait qu'elle n'eût pas été un peu moins fille et épouse de samouraï, et un peu plus femme. Si seulement elle avait pu trouver un moyen de survivre à la destruction de leur château, pendant que Kaze était parti combattre les Tokugawa ! Il sentit lui aussi les larmes lui venir, surtout à la pensée des yeux brillants de ses enfants. Aujourd'hui, des années plus tard, Kaze s'apercevait qu'il était d'accord avec le marchand de charbon de bois : c'étaient bien les samouraïs qui commençaient toujours les guerres, et les paysans et les autres innocents qui en mouraient. Le *bushido*, la voie du guerrier, lui avait pourtant semblé si logique et si raisonnable à une époque, le mode de vie naturel d'un homme. À présent, il s'interrogeait, surtout quand il songeait aux pertes qu'avait causées une telle existence.

À son retour chez lui, Jiro constata que le samouraï dormait à poings fermés, le souffle lent et tranquille. Il ne savait pas que la respiration du samouraï dissimulait un chagrin aussi profond que le sien et des larmes aussi amères et salées que celles qu'il versait, lui, chaque nuit dans la forêt. Il sombra peu à peu dans un sommeil sans rêves.

Jiro s'éveilla très tôt et étira ses membres raides. Il se dressa sur son séant et eut la surprise de voir le samouraï déjà réveillé. Plus tard, Jiro le salua du chef avant de hisser sa lourde hotte de charbon de bois sur son dos et, avec un autre signe de tête en guise d'au revoir, il sortit de la hutte pour aller faire sa tournée. Les activités du village n'étaient pas différentes de la routine de n'importe quel autre jour, car la nature et la survie ne sont jamais en congé, mais les gens avaient le sourire et le pas plus léger depuis l'élimination de Patron Kuemon.

Malgré le sentiment de danger qui tenaillait Jiro à l'idée du samouraï caché chez lui, il se montra lui aussi particulièrement loquace ce matin-là et bavarda même avec plusieurs clients. C'est avec une hotte nettement plus légère qu'il rentra chez lui.

Pénétrant dans la hutte sombre, il fut surpris de trouver le samouraï assis dans la position du lotus, les yeux clos et les mains posées sur ses plantes de pied. Il l'avait cru sorti ou, pour le moins, en train d'espionner à travers les volets de bois qui occultaient les fenêtres, occupé à observer ces choses qui l'avaient incité à revenir au village.

Kaze n'ouvrit pas plus les yeux qu'il ne broncha quand Jiro entra. La lourdeur du pas lui avait appris que c'était le marchand de charbon de bois, chargé de sa hotte. Jiro hésita un instant sur le seuil, avant de refermer la porte et de se délester de son panier. Il s'éclaircit la gorge :

— Excusez-moi, samouraï-*san*, mais aimeriez-vous manger quelque chose ?

Kaze ouvrit les yeux.

— Pourquoi deviens-tu si poli tout d'un coup ?

Jiro se gratta la tête et sourit.

— Vous étiez si silencieux, si tranquille que je n'osais pas vous déranger.

— Je réfléchissais. J'ai compris en me réveillant ce matin que j'étais sur le point de commettre une erreur de samouraï.

— Qu'est-ce que c'est que ça ?

— Confondre activité et action. Il arrive que réfléchir signifie agir. Je suis venu ici pour observer le village, mais j'ai compris que cette observation ne vaudrait rien si je ne prenais pas en compte tout ce que je savais et si je n'élaborais pas une stratégie.

— Qu'est-ce que vous essayez d'observer ?

— C'est à cela que je dois réfléchir. Il y a des samouraïs qui, dans le feu de la bataille, se précipitent à la manière d'un banc de poissons qui nagent dans tous les sens ; ils déploient une grande activité mais ne tuent pas beaucoup d'ennemis. Le grand Takeda Shingen, lui, s'asseyait, son éventail de guerre à la main, et il dirigeait ses troupes. Jamais il ne bougeait, même quand l'ennemi arrivait sur lui. Il le pouvait parce qu'il savait choisir un point stratégique pour s'installer, l'endroit où se jouerait toute la bataille. Les gens le surnommaient la Montagne. Il réfléchissait et il savait où placer la Montagne. Il n'avait pas besoin d'essayer des quantités d'endroits, à la manière d'une puce qui saute sur un tatami. Et moi, si je veux être Matsu*yama*, la montagne des pins, il faut que j'apprenne la leçon de Shingen et que je réfléchisse à ce que je sais déjà et à ce que je cherche à voir. Ensuite, je pourrai placer la montagne là où je serai le mieux à même d'observer ce que je veux.

— Vous dites les choses les plus curieuses... Des fois, je ne vous comprends pas.

— Ça ne fait rien : des fois, je ne me comprends pas moi-même. Déjeunons donc. Je voudrais continuer à réfléchir ensuite.

Le marchand de charbon et le samouraï partagèrent un plat de bouillie de millet et de soupe chaude. Quand Jiro eut desservi, il s'excusa : il devait partir travailler aux champs. Kaze acquiesça du chef, reprit la posture du lotus, ferma les yeux et songea à ce qu'il avait vu et entendu au cours des derniers jours.

Son souffle ralentit ; son être entier était concentré sur la signification des deux corps trouvés au carrefour. Il revit mentalement tout ce qu'il avait constaté sur les deux cadavres, en prenant soin de noter la moindre chose inhabituelle ou déplacée. Il tenta d'évoquer les détails précis, tel le chasseur qui traque sa proie et qui examine des brins d'herbe à peine froissés ou de légères traces sur un sol dur.

Il tenta de se remémorer toutes les conversations qu'il avait eues avec ceux qu'il avait rencontrés au cours des jours précédents, réentendant leurs paroles et leurs intonations, essayant de se rappeler les moindres changements d'expression.

Il réfléchit aussi à ses propres actes et se rendit compte qu'il avait été un peu hâtif dans ses conclusions. Il n'aurait pas dû éliminer le magistrat comme éventuel auteur du premier meurtre, en se fondant sur quelques flèches saisies dans un moment de panique, la nuit où il avait joué son tour au village. Le magistrat pouvait fort bien avoir plusieurs sortes de flèches chez lui. Patron Kuemon était lui aussi un candidat possible : il pouvait avoir trucidé le premier samouraï, le garçon ayant été tué par quelqu'un d'autre. Mais était-il vraisemblable que deux personnes différentes utilisent des flèches de haute qualité aussi semblables ? Une femme même peut se servir d'un arc, elle n'a pas besoin d'être particulièrement adroite ou entraînée, à condition de tirer d'assez près. Aoi était donc une suspecte possible. Ichiro était sans doute capable de tuer s'il était provoqué. Et qui sait ce qui pourrait l'y pousser, s'il se sentait menacé, lui ou sa famille ? Tant d'éventualités à prendre en compte ! La précipitation n'était sûrement pas la meilleure façon de les examiner.

Lentement, le soleil grimpa à son zénith avant d'amorcer sa descente vers la Chine. Il passa derrière les cimes des montagnes qui entouraient le village de Suzaka et installa le crépuscule bleu qui marque l'heure où hommes et femmes rentrent des champs d'un pas las. Kaze rouvrit les yeux et dit :

— Bien !

CHAPITRE XXI

Étrange bête,
sans yeux pour percevoir les fruits verts.
Certains détruisent les jeunes.

— Dépêche-toi ! *Hayaku !*

Nagato entraîna vers le cœur de la forêt la gamine qui pleurnichait. La fillette résistait, tirait pour échapper à la poigne qui emprisonnait son poignet. Nagato constata qu'il éprouvait un frisson de plaisir quand il tordait cruellement le bras de la petite. Elle dut se courber sous la violente pression que subissait son bras et elle poussa un cri de douleur. Il sourit en lui lançant :

— Tu devrais te réjouir de ce que je m'apprête à te faire, espèce de petite catin !

Il se retourna et continua d'entraîner la fillette vers les profondeurs des bois. Un violent désir charnel montait en lui, aussi brûlant et fulgurant que celui d'un adolescent de seize ans. Toutes ses frustrations semblaient s'évanouir tandis qu'il tirait derrière lui la gamine en pleurs : qu'importaient Manase-*sama*, sa propre épouse, Patron Kuemon, la perte de revenus entraînée par la mort du brigand... Après tout, il était vraiment un homme, se disait-il, un homme capable de dominer les autres,

221

même si ces « autres » n'étaient en l'espèce qu'une gamine et ses paysans de parents.

À peine quelques minutes plus tôt, il sortait du village en martelant le sol à grands pas furieux, car il venait encore de se disputer avec son épouse et sa vieille bique de belle-mère. Sa femme s'était livrée à une débauche de dépenses, comme si elle sentait qu'il mettait de l'argent de côté pour s'acheter une concubine.

Les idées étaient lentes à germer dans la tête de Nagato et celle que l'argent pouvait changer sa vie lui était venue avec la même lenteur qu'à l'accoutumée. Mais une fois la pensée plantée dans son cerveau, il l'avait adoptée avec enthousiasme. Malheureusement, l'argent appartenait à la belle-mère de Nagato, qui n'avait pas été assez malin pour faire en sorte que les biens de son beau-père lui reviennent à la mort de ce dernier. S'il avait hérité de l'office de magistrat, en tant que gendre adoptif, sa belle-mère, elle, possédait encore la maison, les terres et l'argent qui auraient dû être à lui.

Son épouse avait fini par concevoir un fils trois ans après leur mariage mais, peu après la naissance de leur héritier, elle avait perdu toute tolérance envers le sexe et s'était mise à repousser son mari lorsqu'il tentait de s'étendre près d'elle, le soir.

Nagato, violent et emporté avec ses inférieurs, était cependant désemparé devant cette abrogation de son droit d'accès au futon matrimonial : comment réagir ? Pis encore, son épouse avait parlé à sa mère de sa nouvelle préférence pour les nuits solitaires ; et la vieille harpie à la langue acérée avait soutenu sa fille, menaçant Nagato de représailles d'ordre économique s'il battait sa femme ou s'il la forçait à se soumettre à son désir. Le monde de Nagato avait été mis sens dessus dessous, car il partait du principe que c'est le droit naturel d'un mari de battre sa femme si elle le mécontente. Que cet acte pût entraîner des conséquences néfastes le plongeait dans l'incompréhension et le frustrait, et il ne voyait pas d'autre moyen de remettre de l'ordre dans son monde domestique que de prendre une concubine qu'il pourrait brutaliser et traiter de la manière qu'il estimait, lui, convenable pour un homme.

Au printemps précédent, il avait eu l'attention attirée par la fille du chef du village, Ichiro. Tous les paysans travaillaient torse nu pendant les mois de chaleur de l'été, comme c'était la coutume du village. Momoko, la fille d'Ichiro, venait juste d'avoir onze ans et elle aidait les autres jeunes villageoises à repiquer les tendres pousses de riz dans l'eau fétide des rizières.

C'était un travail communautaire car aucun paysan ne pouvait à lui seul préparer les terres, repiquer le riz, soigner les pousses vertes et, finalement, récolter le riz et le vanner. C'était pour cela que la culture rurale japonaise impliquait des liens aussi étroits et un tel degré d'interdépendance, estimaient certains, mais aux yeux des paysans eux-mêmes, travailler ensemble était le seul moyen de survivre.

Les jeunes femmes formaient une ligne d'un côté du champ et on leur lançait des bottes de pousses de riz. De précieuses pousses soigneusement cultivées à partir des meilleurs grains de la récolte précédente et dont on faisait une botte qu'on liait avec un brin de paille.

Le repiquage commençait dans une ambiance assez festive, mais les jeunes femmes finissaient toujours leurs journées épuisées par le travail fastidieux et la nécessité de rester constamment courbées. Certaines appréciaient peut-être la présence d'hommes qui les lorgnaient de la lisière du champ – ils pouvaient être des partis potentiels. La foule des spectateurs incluait des hommes pour qui le repiquage ne présentait pas d'autre intérêt que de voir toutes les demoiselles du village rassemblées en un lieu. Nagato comptait parmi eux.

Beaucoup de jeunes filles avaient quinze ans ou plus et elles étaient donc déjà mariées. Nagato ne les trouvait pas attirantes ; non parce qu'elles étaient mariées,

223

mais parce qu'elles semblaient trop assurées, trop femmes. Ce qui mettait le magistrat très mal à l'aise, on ne sait trop pourquoi.

C'était la première fois que la fille d'Ichiro prenait part au repiquage, et elle était donc hésitante et peu sûre d'elle-même. Jouant des épaules, elle ôta le haut de son kimono qu'elle laissa pendre de sa ceinture ; elle n'était pas intimidée de se présenter ainsi, habituée qu'elle était à travailler et à jouer torse nu en été. Elle était simplement consciente du fait que l'invitation à participer au repiquage du riz marquait pour elle un passage : elle quittait les rangs des enfants pour rejoindre ceux des jeunes filles.

Son hésitation même était très attirante aux yeux de Nagato. Il n'aurait su dire pourquoi, mais cette qualité lui inspirait du désir pour cette enfant. Alors, quand il sortit de chez lui après la dispute, l'humeur massacrante, et qu'il tomba par hasard sur la fille du chef Ichiro en train de ramasser des racines à la lisière de la forêt, il prit la rencontre pour un signe. La petite avait à la main le panier plat servant à la collecte des racines (il eût été rond et peu profond si elle était partie cueillir des champignons). Elle était en compagnie de sa mère, une femme que Nagato ne regardait même pas, comme la plupart des autres paysannes du village.

Nagato venait d'arpenter le hameau pour se calmer après la scène de ménage, et peut-être pour trouver un paysan à houspiller. Il s'arrêta quand il repéra la fillette et ses yeux se rétrécirent en se posant sur elle. Il nota la manière dont ses rondeurs saillaient sous l'étoffe du kimono, sa façon innocente d'écarter de son visage ses cheveux en bataille quand elle se redressait. Elle n'avait pas remarqué le magistrat, mais sa mère, si.

La femme d'Ichiro se plaça entre sa fille et le magistrat, exécuta une profonde courbette et dit :

— Bonjour, magistrat-*sama* !

Sa voix était un peu trop gaie, comme si elle se forçait à se montrer pleine d'entrain et aimable, même si elle n'en pensait pas moins.

Le magistrat ne répondit pas et continua à fixer la petite, derrière la femme. La fillette s'était retournée en entendant parler sa mère et elle regardait maintenant le magistrat d'un œil étonné. L'idée vint soudain à Nagato qu'il n'était pas vraiment obligé d'acheter une pareille créature : en tant que magistrat du village, il devait pouvoir la prendre, tout simplement. Il s'avança vers elle.

— Voulez-vous quelques racines qu'on vient de ramasser, magistrat-*sama* ? demanda la mère.

Ses paroles étaient innocentes mais sa voix se durcit quand elle lut l'expression qu'affichait le magistrat.

— Écarte-toi de mon chemin ! lança-t-il à la femme qui continuait à s'interposer entre l'enfant et lui.

De la peur se lisait maintenant sur le visage de la petite, ce qui excitait encore davantage le désir de Nagato. Elle semblait prête à s'enfuir.

— Je vous en prie, magistrat-*sama*, ne désirez-vous pas quelques racines pour votre table ? suppliait à présent la mère, tenant le panier devant elle comme une sorte d'offrande.

Ses paroles ne correspondaient pas à ses pensées, mais il était clair qu'elle savait ce que le magistrat avait en tête.

— J'ai répété suffisamment de fois à ton stupide mari dans quel but je voulais votre fille, mais il semble incapable de comprendre, déclara Nagato. Je constate aujourd'hui que cette incapacité s'étend à toute la famille. Bon, maintenant, ôte-toi de mon chemin. Je m'apprête à accorder un grand privilège à votre fameuse gamine.

— Je vous en prie, magistrat-*sama* ! Elle est bien trop jeune ! Prenez-moi plutôt ! Je vous en prie, magistrat-*sama* ! On peut aller dans les bois, tout de suite, et je pourrai vous faire plaisir. La petite n'est encore qu'une enfant, bien trop jeune pour ces choses-là. Je vous en prie !

Loin de susciter de la pitié chez Nagato, les supplications de la femme attisaient son désir. Il se sentait puissant, maître de la situation. Son outrecuidance, qui s'effondrait si facilement lorsqu'il était face au nouveau seigneur du district, à sa propre épouse ou à l'étrange rônin, se trouvait maintenant canalisée dans de nouvelles directions. Cela lui plaisait, et il s'approcha de la fillette.

De nouveau, la mère s'interposa, à la surprise de Nagato. L'idée ne lui était jamais venue qu'un paysan pût aimer un enfant et vouloir le protéger : les paysans n'étaient que de simples machines à produire le riz – lents, stupides, malhonnêtes et indignes de confiance. Bref, dépourvus de sentiments humains.

La petite était en train de filer – Nagato enrageait – et la mère qui avait laissé choir le panier de racines osa saisir le bras du magistrat :

— Je vous en prie, magistrat-*sama* ! Partons ensemble dans les bois, non ? Vous n'avez pas besoin de la petite. Je peux...

De toutes ses forces, Nagato lui assena un coup de poing qui fut encore plus efficace qu'il ne l'avait espéré. La femme s'effondra et tomba sur les genoux, étourdie, lâchant le bras du magistrat. Ce qui eut pour effet de faire revenir l'enfant auprès de lui et de sa mère.

— Je vous en prie, magistrat-*sama* ! Ne frappez pas ma mère !

Nagato sourit :

— Viens avec moi et je laisserai ta mère tranquille.

— Mais, magistrat-*sama*...

Nagato leva le poing avec l'intention de l'abattre sur la femme à présent sans défense, agenouillée devant lui. La fillette accourut vers lui et retint le bras du magistrat. Celui-ci n'eut plus qu'à le tendre pour saisir le poignet de la petite d'une main cruelle, lui tordant le bras au point qu'elle en grimaça de douleur.

Tandis qu'elle se débattait pour essayer de se libérer, il la traîna dans les bois derrière lui. Juste avant d'entrer dans la forêt, il regarda par-dessus son épaule et vit la mère repartir vers le village en chancelant, le visage dans les mains.

Pour une fois, Nagato se sentait puissant, pleinement maître de la situation. Il sourit même en découvrant une clairière et tira l'enfant vers lui. Il avait toujours su qu'il pouvait tuer n'importe quel paysan en toute impunité mais il n'avait jamais songé aux autres possibilités qui s'offraient à lui.

Il ignora les cris de la petite pendant qu'il la dépouillait rudement de son kimono. Comme elle ne cessait pas de se débattre quand il le lui ordonna, il lui flanqua une claque du revers de la main qui projeta brutalement la tête de la fillette vers l'arrière. Il la poussa par terre et s'abattit sur elle, usant de sa force et de son poids pour la maintenir rivée au sol pendant qu'il farfouillait pour défaire son *fundoshi*.

Il réussit enfin à libérer ses attributs virils mais, comme l'enfant continuait à se tortiller et à pleurer, il la gifla de nouveau, froidement. Il la voulait soumise et calmée, mais pas inconsciente. Il s'aperçut qu'il prenait plaisir à la voir se débattre ainsi et à entendre les miaulements plaintifs qui sortaient de sa bouche de paysanne. Il allait s'aider d'une main à franchir les portes de jade de la fillette quand il poussa un grand cri de douleur.

Il tendit le bras en arrière pour attraper ce qui s'était logé dans la chair de son dos et sentit se relâcher la pression qu'exerçait l'objet. Il ramena sa main devant son visage et constata avec surprise qu'elle était écarlate. Il lui fallut quelques instants pour comprendre qu'elle était couverte de sang. De son sang.

Il roula de côté, la douleur prenant le pas sur le choc qui commençait à passer. Il découvrit Ichiro, le chef du village, debout au-dessus de lui, une dague à la main. Nagato était sidéré : un paysan du village qui l'attaquait, c'était impensable ! Ce genre d'attaque était passible de lourdes peines : la mort du paysan, la mort de sa famille et d'au moins quatre autres familles voisines. La notion de responsabilité collective s'étendait bien au-delà du besoin de travailler ensemble pour cultiver le riz ; elle signifiait aussi le châtiment collectif si l'un des habitants enfreignait les lois qui protégeaient les samouraïs et la noblesse.

Ichiro semblait lui aussi comprendre la portée de son acte car la main qui tenait l'arme tremblait. La rage et le besoin de protéger sa fille lui avaient fourni l'énergie nécessaire pour porter le coup dans le dos du magistrat, mais, face aux conséquences de son acte, il se rendait compte qu'il avait signé l'arrêt de mort de la fillette qu'il voulait protéger, ainsi que le sien, celui de sa femme et de ses autres enfants. Et pour l'agression d'un magistrat, on n'avait pas droit à une mort rapide.

Nagato poussa un hurlement de colère et tendit la main vers ses sabres, toujours dans sa ceinture de kimono, qu'il ne s'était pas donné la peine de défaire.

L'instinct de conservation s'empara d'Ichiro, qui se jeta en avant. La lame acérée frappa le gros homme juste sous le sternum, dérapa plus bas et s'enfonça dans les chairs molles du ventre. Avec des rugissements de douleur et de rage, Nagato tenta d'arracher la lame. Il se lança dans un combat désespéré avec ce paysan plus petit que lui, mais il sentit sa force, son sang et sa vie s'écouler à travers les blessures ouvertes par la dague. Il finit par expirer, en luttant toujours pour arracher la lame.

Pendant tout le combat, la fille d'Ichiro avait eu une jambe clouée au sol par la masse corpulente du magistrat. Elle était proche de l'hystérie, accablée par la douleur, le choc et le poids du gros homme sur elle. En pleurs, elle repoussait le cadavre du magistrat, sans comprendre encore ce qui était arrivé. Voyant l'état de sa fille, Ichiro lâcha son arme et aida la petite à se libérer. Puis il voila sa nudité en lui glissant sur les épaules son kimono déchiré et prit dans ses bras sa pauvre enfant qui sanglotait, toute tremblante après cette épreuve.

Il tenta de la réconforter, bien qu'il ne pût puiser aucun réconfort dans son propre cœur. Une seule pensée l'occupait : il les avait tous condamnés à cause de son acte irréfléchi contre le magistrat. Il avait beau se creuser la cervelle, il ne voyait pas d'issue pour échapper aux inévitables conséquences de ce crime. Nul ne prendrait parti pour lui au village, puisque son acte condamnait nombre d'entre eux. Il ne pouvait pas non plus s'enfuir, car quiconque lui donnerait asile serait tué aussi, ainsi que sa famille. Il ne pouvait pas plaider qu'il avait défendu sa fille, parce qu'il n'avait pas le droit de le faire, et encore moins s'agissant du magistrat du village.

Sa fille pleurait et des larmes montèrent aussi aux yeux d'Ichiro. Mais si les pleurs de la petite étaient ceux du choc et du soulagement, les siens n'exprimaient que le désespoir. Il perçut alors à travers ses larmes quelque chose qui bougeait dans les bois et, soudain, l'étrange rônin se trouva devant lui.

Kaze comprit ce qui s'était passé en un instant. La fillette à demi nue réconfortée par son père, le gros magistrat avec du sang sur le ventre, la dague sanglante encore plantée dans le corps.

Kaze se dirigea vers le cadavre, en retira la dague et essuya la lame sur le kimono du magistrat. Ichiro crut un instant que Kaze allait rendre la justice sur-le-champ et tuer le père et la fille pour son crime. Il en était presque content car cela signifiait qu'ils connaîtraient un trépas simple et rapide. Ichiro ne serait pas torturé et maintenu en vie afin qu'il voie sa femme, ses enfants et ses voisins massacrés sous ses yeux, avant qu'il eût à payer, lui aussi, l'ultime prix de son crime.

Quelle ne fut pas la surprise d'Ichiro quand Kaze lui tendit sa dague en lui présentant la garde !

— C'est terrible, n'est-ce pas, de voir à quel point les bandits sont devenus incontrôlables dans ce district ? Je suppose que l'un des hommes de Patron Kuemon s'est vengé du magistrat, qu'il croyait – à tort – responsable de la mort de Kuemon.

Ichiro entendait les paroles du rônin sans en saisir le sens. Il savait que ce samouraï était bizarre mais se demandait maintenant s'il n'était pas carrément fou.

— Comment ?

— J'ai dit : c'est terrible ce que les bandits ont fait là ! Ils ont fini par tellement s'enhardir qu'ils ont tué le magistrat !

Ichiro ne comprenait toujours pas. Plongé dans la confusion la plus totale, il leva les yeux sur le rônin.

— Je crois que vous devriez dire que le magistrat était parti se promener et que vous avez aperçu des hommes de Patron Kuemon dans la forêt. Alors, vous êtes allé voir ce qui se passait et vous avez trouvé son corps. Gardez la petite chez vous quelques jours et racontez aux voisins que votre femme a glissé et qu'elle est tombée tête la première sur un rocher. Ne dites pas que vous m'avez vu. Maintenant, vous comprenez ?

— Mais pourquoi... ? bredouilla Ichiro.

Kaze abaissa son regard sur le paysan encore à terre, en état de choc. Dans un sens, Kaze avait le sentiment de trahir sa caste ; sa sympathie naturelle aurait dû aller au magistrat, Nagato, parce qu'il était lui aussi un samouraï, un confrère. Il y avait souvent eu des révoltes paysannes au Japon, et la sauvagerie et la cruauté des manants armés n'étaient surpassées que par celles des samouraïs envoyés pour réprimer de tels soulèvements.

Au cours de ses deux années d'errance, pourtant, Kaze en était venu à connaître les gens de la terre comme aucun samouraï régulier n'eût pu le faire. Ils pouvaient être mesquins, vénaux et égoïstes, certes, mais aussi chaleureux, généreux et pleins d'humour. Et surtout, chose plus importante encore, en deux ans de quête pour retrouver la fille de feu son seigneur, il avait vu aussi la manière dont étaient traitées quantité de jeunes filles et il en avait conçu du dégoût.

Sauf en cas d'extrême famine, au Japon on n'allait pas jusqu'à laisser les nouveau-nés de sexe féminin dehors, exposés aux éléments, comme faisaient les Coréens ou les Chinois. N'empêche que la vie d'une petite paysanne était dure et souvent brutale, et Kaze se demandait parfois si l'existence est vraiment un don si précieux quand elle est vécue de la sorte. Quel sort avait connu la fille de sa dame depuis deux ans qu'elle avait disparu, et à quoi ressemblerait-elle quand il la retrouverait ?

— Pourquoi ? répéta Ichiro.

Kaze regarda le corps du magistrat et eut la certitude que celui-ci n'avait pas tué le samouraï du carrefour. En effet, la flèche qu'il avait tirée sur Kaze lors de l'embuscade ne ressemblait pas à celles qui avaient tué le samouraï inconnu et Hachiro. Lors d'une attaque nocturne, Nagato pouvait certes se saisir de la première flèche venue, comme le soir où Kaze avait joué son petit tour au village, mais il prenait sans doute ses meilleures flèches quand il savait qu'il allait tuer des hommes, conclut le samouraï.

Cela dit, le magistrat pouvait mourir pour avoir tenté de violer la petite paysanne aussi bien que pour quelque autre crime, tel que d'avoir accepté des pots-de-vin de la part d'un bandit. De fait, si Kaze était arrivé sur les lieux un peu plus tôt, il aurait peut-être tué le magistrat lui-même. Il avait aperçu l'épouse d'Ichiro rentrant au village en courant, puis Ichiro qui partait à toutes jambes dans la forêt, et il était venu voir ce qui se passait. Le paysan attendait que Kaze lui explique son geste qui bouleversait son idée du monde et des ordres – mais ce rônin ne pouvait pas lui répondre.

— Parce que cela me plaît, dit-il finalement.

Le samouraï s'éloigna, laissant le paysan hébété et la petite en sanglots.

CHAPITRE XXII

Fuji le rouge, pris dans les caressants rayons
d'un soleil écarlate à peine éclos.

Enfant, Kaze grimpait aux arbres et s'installait au sommet pour lancer son cerf-volant. Il avait commencé dans les champs, comme les autres, mais s'était aperçu qu'il préférait l'intense sensation de diriger son cerf-volant du haut de la cime mouvante d'un arbre. Les feuilles bruissaient au gré des rafales, les branches et le tronc même se mettaient à trembler. Kaze avait alors l'impression de ne faire qu'un avec son cerf-volant, d'évoluer avec lui en vibrant, loin au-dessus de la terre.

Le vent ! Un mystère et une source de constante fascination pour lui. Ce vent qu'on ne voit pas mais dont on remarque les effets dans les herbes qui se couchent, les feuilles qui bruissent, les rides qui courent sur l'eau d'une mare. Et quand il souffle fort, on peut voir les grandes personnes se plier en deux pour traverser la cour d'un château ou marcher sur une route de campagne. Après une tempête particulièrement violente, on trouve même des arbres déracinés, voire des maisons retournées – des habitations de bois et de papier montées avec des chevilles et d'astucieux assemblages, qui gisent avec leur *shoji* en morceaux, misérables, à l'abandon.

Avec les ficelles d'un cerf-volant, on peut jouer de cette force invisible, et persuader l'engin de s'élever de plus en plus haut dans le ciel. Mais pour invisible que soit cette énergie, on apprend à traiter avec elle, si l'on veut maintenir le cerf-volant en l'air. Jusqu'à ce que l'on soit à court de ficelle ou de patience.

L'honneur est comme le vent, songea Kaze. Bien qu'invisible, vous le sentez agir sur votre conscience et vous pousser là où vous n'auriez peut-être pas envie d'aller. L'honneur peut vous secouer jusqu'à ce que vous vous pliiez à sa volonté et que vous preniez la direction dans laquelle il vous pousse.

En grandissant, Kaze avait cessé de jouer au cerf-volant mais il s'était mis à mieux percevoir les effets de l'honneur. Si son karma le lui permettait, il se réjouissait déjà en pensant au jour où il se retrouverait proche de cette autre extrémité de son existence – de la vieillesse –, et où il pourrait s'offrir le luxe de s'amuser à nouveau avec des cerfs-volants.

Pour l'heure, le vent était insistant sans être fort. Il lui frappait le torse et le visage, le contraignant à resserrer son kimono. Il s'assit dans le noir devant le manoir du seigneur Manase et attendit l'heure d'aller revoir le vieux *sensei* aveugle, Nagahara. Depuis que Kaze avait ajouté à son programme une visite nocturne au *sensei*, il avait inventé une façon de s'introduire dans le manoir de Manase sans avoir besoin d'attendre le sommeil du garde.

Comme presque toutes les constructions de son genre, celle-ci reposait sur des piliers érigés sur de gros rochers. Cela laissait assez de place pour ramper sous le plancher de la maison et cet espace, plus le fait que les lames du plancher n'étaient pas retenues par des fixations, permettait d'accéder au manoir à tout moment. Il savait que le *sensei* veillait tard pour réciter les livres qu'il tenait si désespérément à garder dans sa mémoire, aussi venait-il toujours le voir dans la nuit, quand le reste de la maisonnée était endormi.

L'énergie de Nagahara *sensei* semblait sur le déclin, mais les visites de Kaze avaient apparemment un effet vivifiant sur le vieillard, qui croyait enseigner à des élèves d'une époque depuis longtemps révolue. Kaze, pour sa part, apprenait beaucoup au sujet d'un Japon depuis longtemps disparu : un Japon où l'on mangeait de la viande en grande quantité, pas du poisson ; où le bouddhisme n'était pas une des principales religions du pays ; où les gens ne prenaient pas de bains pour le plaisir et la purification rituelle, et où l'on avait des croyances totalement différentes de celles de Kaze.

Au moment opportun, Kaze rampa prestement sous la maison, suivant le couloir jusque devant la chambre de Nagahara *sensei*, et, s'étant assuré qu'il n'y avait pas de risque, il déplaça quelques lames de plancher et se hissa dans le couloir. Puis il remit le plancher en place pour ne pas laisser de traces de son intrusion, tira le *shoji* et appela doucement :

— *Sensei ?*

— *Hai !* répondit Nagahara d'une voix qui lui parut faible.

Kaze entra et trouva le vieil homme couché sur un futon. Il faisait noir dans la pièce car un aveugle n'a pas besoin d'éclairage, mais à la faveur du peu de lumière qui entrait par la porte ouverte, Kaze se rendit compte que le vieillard avait l'air fatigué.

— Ce n'est peut-être pas le bon moment, *Sensei ?*

— Balivernes ! répliqua le vieux maître. Tu essaies juste d'échapper à tes leçons pour aller jouer avec tes petits camarades. Viens ici tout de suite !

— *Sensei*, reprit Kaze d'une voix douce, vous ne vous rappelez pas ? Je suis Matsuyama Kaze, le samouraï, et pas l'un de vos jeunes disciples.

— Matsuyama ? Matsuyama ? Es-tu l'un de mes élèves ?

— Dans un sens, oui. Souvenez-vous. Nous avons parlé de l'époque du Genji, ces derniers soirs.

— Le *Dit du Genji* ? Tu veux que je te le récite ?

— Non, *Sensei*, je suis revenu en parler avec vous.

— Et de quoi s'agit-il, à propos de l'époque du Genji ?

— Hier soir, vous m'avez raconté la fois où Genji est allé voir son aimée. Vous rappelez-vous ?

— Genji ? Ah oui. Comme c'était le quatorze du mois, tu t'en souviens, Genji n'a pas pu aller directement chez sa bien-aimée. Il s'est donc d'abord rendu chez son bon ami To-no-Chujo, où il est resté un moment. Après quoi, il est allé chez la dame.

— Mais comment savait-il qu'il fallait procéder de la sorte ?

— Eh bien, il s'était renseigné, évidemment. Dans un livre. Comme on fait aujourd'hui pour les jours de fête, les mois supplémentaires et les autres détails qu'indique le calendrier. Le calendrier de leur temps avait des livres particuliers pour ces choses-là.

— Et ces histoires que vous m'avez racontées à propos des *obake* sur la route, *Sensei* ? On apprenait ça aussi dans les livres ?

— On apprend tout dans les livres, répliqua sévèrement le vieillard. Un livre est une sorte d'*obake*, dans un sens, puisqu'il permet à une personne de nous parler alors qu'elle est morte depuis longtemps. Mais un jeune garçon comme toi ne devrait pas s'occuper de choses telles que les *obake*. Récite-moi plutôt les poèmes que je t'ai donné à apprendre par cœur !

— Rappelez-vous, *Sensei* ? Je suis Matsuyama. Je ne suis pas celui à qui vous avez donné les poèmes à apprendre.

— Mais si tu n'es pas celui... fit-il avec un air de confusion, avant de pousser un gémissement.

— *Sensei !* s'exclama Kaze, alarmé.

Il tendit la main dans le noir pour toucher le bras du vieillard, un bras aussi décharné qu'une brindille et aussi fragile qu'une feuille morte.

— Ça ne va pas ?

— C'est que... commença le vieux maître, semblant soudain très affaibli, la respiration difficile.

— Je devrais peut-être vous laisser, *Sensei* ?

— Non, ne pars pas. Je me sens si bizarre, comme si j'étais...

— Que se passe-t-il, *Sensei* ?

Le vieil homme soupira. Un soupir qui semblait plutôt exprimer le contentement que la détresse.

— La vision de Fuji-*san* à l'aube est le plus merveilleux spectacle que je puisse imaginer ! fit-il.

Kaze crut que le vieillard s'était remis à divaguer, mais il se réjouit d'entendre un regain de force dans la voix du vieux maître.

— Regarde, là ! Vois-tu comme la neige rougit sous le soleil levant ? Vois comme le sommet de la montagne est coiffé d'écarlate !

Le vieil homme désignait l'obscurité du doigt. Kaze comprit que Nagahara hallucinait dans sa cécité, qu'il voyait en imagination et dans sa mémoire ce que ses yeux ne pouvaient plus discerner.

— Quel superbe spectacle, tu ne trouves pas ?

— Oui, *Sensei*, confirma Kaze.

— C'est bien que l'on puisse contempler tant de beauté, non ?

— Si, *Sensei*.

Le vieux maître soupira de nouveau. Son bras retomba sur le futon.

— *Sensei* ? fit Kaze, une note d'inquiétude dans la voix.

— C'est merveilleux de contempler tant de sublime beauté ! répéta doucement le vieillard. Maintenant, je peux mourir vraiment heureux.

Un lent sifflement prolongé s'échappa des lèvres du vieux maître. Kaze resta assis un moment dans le noir, guettant la respiration du vieil homme. Il finit par oser tendre la main près du visage du maître aveugle et ne sentit aucun souffle sur sa paume. Kaze demeura assis dans le silence pendant quelques minutes encore, puis il joignit les mains et se mit à réciter le soutra des morts.

CHAPITRE XXIII

Coq vaniteux, à plumes jaunes et d'un vert brillant.
Méfiez-vous des ergots acérés !

Il s'assit dans un bosquet, comme il le faisait depuis plusieurs jours. Les dernières journées d'été s'étaient enfuies et il commençait à faire frais. Il vivait de ce qu'il trouvait sur place : lapins pris au collet, racines et plantes comestibles qu'il ramassait. La nuit, il se glissait en catimini chez Jiro, prenait une pincée de sel ou du *miso* pour assaisonner sa cuisine. Il avait encore le *senbei* que le jeune garçon lui avait offert à l'auberge mais il avait décidé de le garder pour une grande occasion.

Par tempérament et par formation, Kaze avait plus que sa part de patience dans un monde rempli d'hommes patients. Aussi n'était-il pas déçu de constater que les jours passaient sans qu'il vît ce qu'il attendait. Ses longues conversations avec le *sensei* lui avaient donné la conviction qu'il avait enfin « placé la montagne » au bon endroit. Il était déterminé : il serait cette montagne et ne bougerait pas avant d'avoir vu ce qu'il pressentait.

Et, au bout de huit jours, sa patience fut récompensée.

Au lieu d'arriver vêtu de son attirail habituel, il débarqua habillé en guerrier. Il descendit de cheval d'un bond

237

et déchargea sa monture. Il gagna les arbres et accrocha des *marumono* – des cibles rondes – à des branches basses, espacées de plusieurs pas. Les cibles étaient faites de paille tressée enroulée, blanchies à la chaux, avec un gros point noir au milieu. Elles étaient suspendues avec des morceaux de cordelette de chanvre.

Quand il eut fini d'accrocher les cibles, il fit glisser de son épaule gauche son kimono extérieur et le kimono blanc de dessous. Il se dirigea vers un carquois posé à terre et y prit trois flèches : des flèches brunes avec des empennages de plumes d'oie, qui étaient toutes d'une qualité inusitée.

Il gagna alors les cibles et leur imprima un mouvement de balancier régulier, puis il retourna à son cheval et sauta aisément en selle. Une flèche était engagée sur la corde de son arc, il en tenait deux autres entre les dents. Faisant le tour de la prairie, il amena son cheval au galop et passa à dix pas de la première cible. Il banda son arc et décocha la flèche en direction de la cible qui se balançait et la frappa près du bord. En un éclair, il prit une flèche dans sa bouche, la posa sur la corde de l'arc et la décocha vers la deuxième cible, qu'il manqua, mais de peu. Il n'avait pas encore dépassé la deuxième cible que la troisième flèche était déjà engagée sur la corde de son arc. Une intense concentration se lisait sur son visage quand il s'approcha de la dernière cible. Bandant son arc d'un geste calme, il décocha la troisième flèche.

Elle suivit une trajectoire qui coupa celle de la cible en mouvement, et frappa en plein dans le point noir. La lourde roue de paille trembla sous le choc de la flèche. Kaze décida que le moment était venu : la montagne devait bouger.

Le seigneur Manase ralentit son cheval et revint au trot vers ses affaires. Il descendit de sa monture d'un bond et prit un flacon. Il allait le porter à ses lèvres quand Kaze commit une erreur.

— Cette dernière flèche était un excellent exemple de *kyujutsu* ! déclara Kaze.

Manase lâcha le flacon et se baissa pour prendre son arc et une flèche dans son carquois – tout cela d'un seul mouvement fluide. Kaze avait escompté que le seigneur Manase s'intéresserait au *kyujutsu*, l'archerie, sans penser qu'il réagirait en guerrier. Kaze cessa d'avancer quand Manase braqua son arc vers lui.

— Le rônin ! s'exclama Manase avec son rire haut perché et agaçant.

Kaze pensait que Manase allait baisser la garde mais l'arc restait en position offensive. Kaze avait parlé trop tôt. Maintenant que le seigneur Manase était en alerte, il était parfaitement capable de décocher une flèche, sinon deux, avant que le samouraï n'eût eu le temps de franchir la distance qui le séparait du seigneur du district. Kaze afficha un sourire et s'avança d'un pas pour raccourcir cette distance. Manase leva son arc et le banda.

— Non ! fit-il, son visage poudré aussi figé et vide d'expression qu'un masque de nô.

— Qu'est-ce qui ne va pas ? demanda Kaze, s'avançant d'un autre demi-pas avant de s'immobiliser.

— Vous êtes revenu pour une raison particulière, déclara-t-il, et je veux savoir laquelle.

Kaze réfléchit un moment aux différentes raisons qu'il pourrait donner et décida que la réponse la plus simple et la meilleure serait la vérité :

— De fait, je n'étais pas parti. J'ai passé le plus clair de mon temps ici, dans le district.

Une légère surprise apparut sur le visage de Manase jusque-là pareil à un masque.

— Vous étiez ici tout le temps, depuis le jour où vous avez disparu ?

— *Hai*, oui, confirma Kaze. J'ai même passé la plupart de mes journées à la lisière de cette prairie. Je vous ai vu plusieurs fois pratiquer votre danse du nô. Vous

239

êtes vraiment un danseur hors pair, peut-être le meilleur que j'aie jamais vu.

— Pourquoi avoir passé tout ce temps à m'épier ? protesta Manase.

— Je n'ai pas passé tout mon temps ici. Le soir, j'allais chez vous en catimini.

La surprise de Manase était maintenant des plus grandes.

— Ainsi, vous avez éprouvé le besoin de venir m'espionner jusque chez moi ? s'étonna-t-il.

— Je ne vous espionnais pas, je venais parler à Nagahara *sensei*.

— Ce vieux toqué ? Pourquoi perdre votre temps avec lui ? Il avait fini par devenir totalement inutile. Sa mort a presque été une bénédiction.

— C'est vrai qu'il perdait souvent le contact avec la réalité, reconnut Kaze, mais il avait toujours envie de parler du Japon de l'époque Heian, même quand il ne savait pas où il était. C'était un grand maître, et tous les grands maîtres méritent le respect. Il avait du reste des tas de choses intéressantes à raconter, même quand il se croyait dans l'ancien temps.

— Telles que ? interrogea Manase.

Kaze changea d'appui sur ses jambes pour prendre une posture plus confortable et il en profita pour avancer encore d'un demi-pas.

— Telles que les coutumes de nos ancêtres, il y a six cents ans. Du genre de celles que vous essayez de suivre, bien que ce soit sûrement difficile de nos jours.

— Je vous ai dit que je voulais rétablir les coutumes de nos aïeux, mais cela n'explique pas pourquoi vous êtes toujours ici à m'espionner.

Kaze savait qu'il ne pouvait pas combler la distance qui le séparait de Manase sans que celui-ci ne décochât sa flèche, mais il savait aussi que le bras droit du seigneur devait commencer à se fatiguer et qu'il serait bientôt obligé de lancer sa flèche ou de relâcher la tension qu'il exerçait sur la corde de l'arc. Si Kaze pouvait l'amener à se relâcher, il obtiendrait ainsi un sursis lui permettant de parcourir encore quelques pas, peut-être juste assez pour que le seigneur fût à portée de sabre. Kaze se dit qu'il allait lui-même laisser la vie dans cet affrontement ; le *bushido* lui avait inculqué depuis l'enfance que la mort est une partie naturelle de la vie. Il revivrait, puisque l'on se réincarne, et par conséquent la pensée de la mort ne l'effrayait pas. Il était plus préoccupé par l'idée de ne pas réussir à tuer Manase et de mourir sans être parvenu à retrouver la fille de sa dame.

— Alors, qu'a raconté le vieux fou ? demanda Manase.

— J'ai déjà dit que c'était un grand *sensei* et qu'en tant que tel il méritait notre respect, rétorqua sèchement Kaze.

Manase partit de son rire haut perché.

— Vous avez vraiment les idées les plus bizarres. Ce vieillard a-t-il dit quelque chose qui vous aurait incité à m'espionner ?

— De fait, c'est quelque chose que vous avez dit vous-même.

Manase parut étonné, une fois de plus.

— Et qu'ai-je donc dit ?

Kaze sourit, changea d'appui sur ses jambes et avança encore d'un demi-pas. Il observa que le bras de Manase avait notablement relâché la tension qu'il exerçait sur la corde de l'arc.

— Vous avez raconté que lorsqu'on démonte le sanctuaire d'Ise, tous les vingt ans, on casse le bois d'*hinoki* en morceaux qu'on distribue aux pèlerins rassemblés pour assister à la cérémonie.

Manase relâcha la corde encore davantage, inclinant la tête sur le côté d'un air interrogateur. Tout en gardant l'œil fixé sur Manase, Kaze songeait aussi à l'entraînement au tir sur cibles dont il avait été témoin quelques minutes plus tôt : manifestement, Manase excellait au tir à l'arc. Atteindre une cible mouvante à partir d'un cheval en mouvement était une tâche ardue qui nécessitait une pratique assidue et une grande concentration. Mais cette tâche évoquait quelque chose, un détail important, qui tarabustait Kaze. Son *sensei* aurait pu le lui expliquer immédiatement et Kaze était frustré de voir qu'une chose si importante ne lui venait pas aussitôt à l'esprit.

— En quoi cette histoire du sanctuaire d'Ise pourrait-elle vous inciter à m'espionner ? interrogea Manase.

— C'est très simple, répondit Kaze avec calme. Le premier homme assassiné, le samouraï, avait un morceau de bois pour fermer sa bourse au lieu d'un vrai *netsuke*. Et comme il était sûrement assez aisé pour avoir un *netsuke*, ce bout de bois devait donc avoir une signification pour lui. Je pense que c'était un morceau du sanctuaire d'Ise qui représentait non seulement pour lui un souvenir de son pays, mais qui était aussi censé lui porter bonheur.

— En admettant même que cet homme fût d'Ise, pourquoi devrait-il y avoir le moindre rapport entre lui et moi ?

Kaze leva le bras et se gratta la tête en souriant. Il vit que Manase suivait le mouvement de son bras avec son arc et il comprit ce qu'il avait tenté de se rappeler à propos de l'archerie.

— Ça, c'était plus difficile à saisir, mais les choses me sont apparues sous un jour différent quand j'ai pensé que cet homme pouvait avoir un rapport avec vous et avec Ise. Par exemple, vos flèches sont d'une exceptionnelle qualité, bien supérieure à celle des flèches dont se servent la plupart des gens pour chasser, voire pour guerroyer. C'est comme pas mal de choses que vous possédez, d'ailleurs : uniquement ce qu'il y a de meilleur. Ces flèches sont beaucoup trop belles pour appartenir à des bandits et je suppose que Patron

Kuemon s'en était procuré quelques-unes en subtilisant un envoi qui vous était destiné.

— C'est vrai qu'il m'a volé un envoi, confirma Manase, et je suis sûr qu'il s'est servi de ces flèches-là pour tuer ce samouraï inconnu.

— Sauf qu'il n'a pas pu tuer le jeune garçon ! répliqua Kaze. J'ai aussi trouvé le cadavre du gamin au carrefour, figurez-vous, et il avait dans le corps le même genre de flèche que celle qui a tué le samouraï.

— Ce gamin est sans importance, rétorqua Manase. Il n'appartenait pas à l'ordre des samouraïs et sa mort devrait donc être insignifiante pour vous.

Kaze haussa les épaules.

— Vous avez peut-être raison. Mais voyez-vous, j'avais déjà eu l'occasion de rendre sa vie à ce garçon deux fois déjà et c'est très ennuyeux que vous la lui ayez prise.

Manase le regarda sans comprendre en quoi la mort d'un paysan pouvait concerner Kaze. Celui-ci changea encore d'appui sur ses pieds et observa la manière dont Manase suivait ses mouvements avec son arc. Il s'entraînait assis sur un cheval en mouvement et tirait sur une cible qui se balançait. Il visait l'endroit où la cible allait se trouver, plutôt que celui où elle se trouvait. Il devait anticiper le déplacement du cheval et celui de la cible, et tirer vers l'endroit où se trouverait la cible quand la flèche l'atteindrait. Il allait se servir de ce principe, décida Kaze.

— Le plus dur, bien sûr, a été d'essayer de comprendre pourquoi vous aviez jeté les corps au carrefour, continua Kaze. J'ai été particulièrement intrigué par la raison qui vous avait fait prendre un itinéraire si détourné pour vous délester du premier cadavre. Le samouraï a dû être tué quelque part du côté de votre manoir, j'imagine, et pourtant, au lieu de vous rendre directement de chez vous jusqu'au carrefour, vous l'avez mis sur votre cheval et vous êtes parti pour le village d'Higashi, en direction du sud-ouest, avant de remonter ensuite vers le nord-ouest jusqu'au carrefour. Pour dissimuler votre identité, vous avez mis un masque et un costume de démon du nô, dans le but d'effrayer les habitants d'Higashi. Les paysans ne l'ont pas décrit en détail, mais j'imagine qu'il s'agissait du masque de démon *hannya* qui sert dans le *dojoji*. Je sais que c'est une des pièces du nô que vous pratiquez.

Manase ne répondit pas mais le samouraï vit ses lèvres se crisper. Kaze comprit : « Soit j'attaque bientôt, soit je mourrai sur place », songea-t-il.

— C'est là que mes conversations avec Nagahara *sensei* se sont révélées intéressantes. Il adorait parler de l'époque Heian, même s'il perdait souvent le contact avec la réalité. Les gentilshommes de l'ancien temps étaient fiers de leurs prouesses à l'arc, vous le savez certainement, mais ils avaient souvent tendance à cacher leur habileté au sabre. En quoi les choses sont fort différentes de nos jours, où le sabre est l'âme d'un guerrier.

« Il y avait à l'époque nombre de coutumes intéressantes que nous n'observons plus aujourd'hui, enchaîna Kaze. Par exemple, il arrive souvent dans les contes, vous le savez sans doute, qu'un noble ait envie d'aller voir un ami ou une bien-aimée et qu'au lieu de s'y rendre directement, il passe d'abord chez un autre ami et s'y arrête un petit moment avant de repartir chez la personne qu'il avait réellement l'intention d'aller voir. Cela parce que les gens de l'époque croyaient que, certains jours, certaines directions portaient malheur. Ainsi, si le noble voulait rendre visite à une personne se trouvant à l'ouest un jour où cela portait malheur, il prenait d'abord la direction du sud-ouest et s'arrêtait chez un autre ami avant de remonter vers le nord-ouest pour arriver à sa destination initiale. De sorte qu'il n'allait jamais droit vers l'ouest et pouvait parvenir à son but final sans briser l'interdit de voyager dans cette direction-là. Et c'est exactement ainsi que vous avez procédé.

« Nagahara *sensei* m'a dit qu'il existe d'anciens textes indiquant les jours où telle ou telle direction porte malheur, et je suis sûr que vous devez avoir un de ces livres dans votre collection. Le jour où vous avez tué le samouraï, comme c'était de mauvais augure de partir droit vers l'ouest, vous vous êtes dirigé vers Higashi, au sud-ouest, puis vous avez rejoint le carrefour en remontant vers le nord-ouest. Le jour où vous avez tué le garçon, en revanche, cela ne portait pas malheur d'aller vers l'ouest et vous avez donc contourné Suzaka pour vous rendre directement au carrefour.

« Pourquoi teniez-vous à laisser les corps au carrefour ? Cela m'a intrigué jusqu'à ce que Nagahara *sensei* me raconte qu'on croyait jadis que les routes plongeaient les *obake* dans la confusion. De fait, les *obake* hantent les chemins, je le sais par expérience, et un carrefour est susceptible d'induire la confusion chez un *obake*, puisque les routes partent dans des directions différentes. Alors, pour désorienter le fantôme du samouraï et celui du garçon, vous avez jeté leurs cadavres à un carrefour où convergent plusieurs chemins. Afin que ces fantômes n'arrivent pas à revenir jusqu'à vous, leur meurtrier.

C'était le moment d'agir, décida Kaze, et, sans crier gare, il fit un bond vers la gauche et dégaina son sabre. Manase réagit instantanément, banda son arc et décocha la flèche, mais Kaze avait déjà changé de côté. Son bond à gauche avait été une feinte pour amener Manase à tirer à l'endroit où il pensait que se trouverait le samouraï quand la flèche atteindrait sa cible. Mais au lieu de continuer à se déplacer vers la gauche, Kaze s'était simplement penché dans cette direction et avait aussitôt transféré le poids de son corps sur la droite. Si bien qu'il avait déjà dégainé son sabre quand la flèche frôla la manche gauche de son kimono.

Il resserra la distance entre Manase et lui, s'attendant à ce que le seigneur se baissât pour saisir une autre flèche dans son carquois ou au moins pour sortir son sabre. Mais voyant que sa flèche avait manqué sa cible, Manase avait laissé choir son arc et levé les mains dans le geste universel de la reddition. Le sabre de Kaze était déjà lancé dans sa trajectoire mortelle et le samouraï dut faire un énorme effort pour arrêter le mouvement et éviter que sa lame ne pourfendît un homme sans défense.

— Dégainez votre arme ! ordonna Kaze.

Le seigneur fit non de la tête :

— Vous avez tué cinq hommes à vous seul avec votre sabre. Je ne suis pas à la hauteur. Vous êtes trop fort pour moi.

— Vous avez tué le général Iwaki à Sekigahara, rétorqua Kaze, et il savait manier le sabre. Il n'y a pas de raison que vous ne vous battiez pas.

Manase secoua encore la tête :

— Je ne l'ai pas tué. Dans la confusion de la bataille, mon ami et moi avons trouvé le général et ses gardes du corps : ils avaient tous fait seppuku. Ils étaient déjà morts quand nous les avons découverts. Nous avons traîné la dépouille du général à l'écart et nous l'avons découpée en morceaux pour que les gens ne sachent pas qu'il s'était suicidé sur le champ de bataille après sa défaite. J'ai apporté la tête du général à Tokugawa Ieyasu afin d'obtenir une récompense. Je crois que Tokugawa-*sama* est bien trop finaud pour ne pas avoir eu de soupçons, et c'est pour cela qu'il m'a récompensé en ne me donnant que ce misérable petit district en guise de fief. Le samouraï que j'ai tué était l'ami avec qui j'étais dans cette bataille. Il était rentré à Ise, où il avait eu vent de la récompense que j'avais obtenue en échange de la tête du général Iwaki. Alors il est venu me voir ici en me demandant de l'argent. Mais je n'en avais pas, j'ai tout dépensé. J'en ai même emprunté à Patron Kuemon ! C'est d'ailleurs ainsi que Kuemon s'est mis à piller les envois qui m'étaient destinés, afin de se rembourser. Mon ami a dit qu'il allait raconter à Ieyasu ce que j'avais fait et qu'il serait récompensé par le gouvernement Tokugawa pour avoir dénoncé un fraudeur. Je n'ai pas eu d'autre choix que de le tuer.

— Mais le jeune garçon ? cria Kaze.

Manase tiqua mais, voyant la lame de Kaze qui brillait au soleil, il répondit :

— Mon ami avait été arrêté par Patron Kuemon et lui avait raconté qu'il était un de mes amis d'Ise. Kuemon pensait que mon ami pourrait se procurer de l'argent à Ise pour rembourser les prêts qu'il m'avait consentis, et il a fait amener mon ami chez moi. C'est ce garçon qui l'a conduit jusqu'à moi. Et après que vous avez tué Kuemon, le gamin est arrivé au manoir en me demandant d'entrer à mon service. Mais comme il aurait pu faire le rapport avec mon défunt ami, j'ai décidé qu'il valait mieux qu'il meure lui aussi. Après tout, mon ami était un samouraï, et ce gamin n'était qu'un paysan. Sa mort était sans conséquence.

Kaze se rembrunit.

— Nous n'avons connu que trop de morts sans conséquence, ces dernières années !

Manase haussa les épaules.

— Allez-vous m'emmener dans le district voisin pour me poursuivre en justice ?

— Non, répondit Kaze avec douceur.

Manase eut l'air surpris.

— Alors, qu'allez-vous faire ?

— Je vais vous exécuter.

Manase explosa :

— Comment osez-vous ! Vous n'êtes qu'un misérable rônin, je suis un seigneur de district. J'exige un procès en bonne et due forme !

Kaze secoua la tête.

— Non. Comme vous le soulignez, je suis un rônin et vous, un seigneur de district. Si je vous intente un procès, il est impossible de savoir quelle en sera l'issue. Vous ne raconterez certainement pas aux autorités du district voisin la version de l'histoire du général Iwaki que vous venez de me narrer : cette tromperie à elle seule vous vaudrait la peine de mort. Vous êtes un homme très malin, seigneur Manase : à peine serions-nous arrivés dans le district voisin que vous auriez déjà inventé quelque histoire finaude, je n'en doute pas, qui me mettrait en tort et vous donnerait raison.

— Alors vous allez me tuer ? s'étonna Manase, incrédule.

— Oui.

— J'ai trouvé beaucoup d'argent dans le camp des bandits, s'empressa-t-il de lâcher. Il est à vous, intégralement.

— Il ne s'agit pas d'argent ! répliqua Kaze. Tout l'argent du monde ne peut pas faire revivre les morts.

— C'est ridicule ! tonna Manase. Vous ne pouvez pas assassiner un seigneur de district !

— Non, mais je peux l'exécuter.

Manase cessa de se recroqueviller et se redressa.

— Très bien, mais je demande instamment qu'on me laisse faire seppuku : c'est mon droit de seigneur du district et de samouraï.

Kaze réfléchit un instant et conclut :

— Sortez vos sabres de votre ceinture et jetez-les par terre.

Manase obéit.

— D'accord, dit Kaze. Vous pouvez faire seppuku, mais vous allez le faire ici, tout de suite.

— Ici, sans préparation ?

Kaze s'inclina légèrement.

— Je regrette. Je ne veux pas vous insulter, mais la vérité, c'est que je n'ai pas confiance en vous. Je crois qu'avec un peu de temps vous trouveriez moyen de vous sortir d'affaire. Par conséquent, si vous voulez faire seppuku, je vous demande de le faire tout de suite. Sinon, je serai obligé de vous exécuter.

Manase partit de son rire haut perché.

— C'est presque un compliment. Vous ne me faites pas confiance !

Kaze s'inclina une nouvelle fois.

— J'ai appris que votre amour des belles choses ne diminuait en rien vos qualités de tueur. Je ne ferai pas l'erreur de prendre votre amour du raffinement pour un manque de *bushido*.

— Très bien, répondit Manase.

Il s'assit sur la douce herbe verte de la prairie, croisant ses jambes sous lui, et leva les yeux vers Kaze :

— Voulez-vous bien être mon témoin ?

Kaze acquiesça du chef.

Manase regarda autour de lui.

— Je n'ai pas de papier pour écrire un poème mortuaire.

— Si vous le récitez, je le garderai en mémoire, répondit Kaze. Et quand je le pourrai, je le coucherai par écrit et l'enverrai où vous voulez.

— Au sanctuaire d'Ise ?

— Oui.

Kaze ramassa par terre le sabre court de Manase et le lui tendit. Puis il se redressa et se tint en position de combat, son propre sabre immobile, prêt à l'action.

Manase marqua une pause et promena son regard sur les arbres d'un vert tendre qui dansaient au vent, puis il leva les yeux sur le bleu du ciel et soupira :

— Belle journée pour mourir, n'est-ce pas ?

Kaze émit un grognement évasif.

— Quel dommage que je n'aie pas d'encre, de pinceau et de papier !

— Vous n'aurez pas à rougir de l'écriture qui couchera votre poème sur le papier.

249

— C'est aimable de votre part d'être sensible à mes préoccupations. Je ne veux pas vous manquer de respect, je tiens simplement à m'assurer que mon poème mortuaire reflétera le raffinement le plus délicat.

Kaze hocha la tête pour montrer qu'il comprenait.

Manase resta quelques instants sans bouger, à réfléchir à l'ultime déclaration poétique de son existence.

Gracieuse élégance
N'a pu me protéger de la mort.
Même les fleurs meurent.

Quand Manase eut récité ces vers, il demanda :

— Pouvez-vous vous les rappeler ?

— Oui, je me souviendrai de chaque mot.

Manase s'inclina en signe de remerciement. Il fit glisser de son autre épaule le kimono extérieur et le blanc du dessous, et se retrouva torse nu. Il prit le *wakizashi* que Kaze lui avait donné et le posa devant lui. Il exécuta un bref salut, saisit le petit sabre et le dégaina.

— Je n'ai pas de papier pour envelopper la lame, signala-t-il.

Kaze regarda alentour et, ne voyant pas de papier, il déchira un morceau de sa manche de kimono et le tendit à Manase. Celui-ci le prit et lança ironiquement :

— Vous auriez dû accepter le kimono neuf que je vous avais offert !

Il enroula le tissu autour de la lame, juste sous la *tsuba*, la garde. Il put ainsi saisir le *wakizashi* par la lame, de façon que l'arme eût plutôt la taille d'une dague. Kaze ramassa le flacon que Manase avait laissé tomber à terre. Il le secoua pour voir s'il restait de l'eau dedans puis il prit son sabre, la lame tournée vers le ciel, et versa quelques gouttes sur toute la longueur, en guise de purification rituelle. L'eau glissa le long de la lame huilée et tissa un rideau d'argent dont les mille perles s'écrasèrent au sol.

Kaze s'approcha de Manase, s'inclina et lui tendit le récipient. Le prenant sans un mot, Manase salua Kaze à son tour et versa de l'eau sur la lame de son sabre court, puis il reposa le flacon à côté de lui et prit la lame à deux mains, là où l'étoffe enveloppait le métal brillant. Kaze se plaça à la gauche de Manase, légèrement derrière lui, et leva son sabre, prêt à l'abaisser.

— Quel dommage que tout doive finir ainsi ! remarqua Manase. Savez-vous que pas une fois je n'ai donné un véritable spectacle de nô ? Si j'ai un regret ou une cause d'animosité à votre endroit, c'est le fait que votre disparition m'ait privé de l'occasion de donner un spectacle devant un auditoire qui aurait reconnu et respecté mon talent.

— J'en suis navré, répondit Kaze.

Manase prit une profonde inspiration, le petit sabre serré dans ses mains.

— Prêt ? s'enquit-il.

— Je suis en position, répondit Kaze derrière lui.

Manase inclina la tête une fois, ferma les yeux et se plongea l'arme dans le ventre, de toutes ses forces. Il émit un bref gémissement de douleur et de surprise quand la lame d'argent pénétra ses chairs mais, avant même qu'il eût eu le temps de hurler sa souffrance ou de se pourfendre l'abdomen, le sabre de Kaze s'abattit à la vitesse de l'éclair et lui coupa net le cou.

Un jet de sang jaillit du cou tranché de Manase. Sa tête frappa le sol et roula, tandis que le corps oscillait légèrement avant de s'effondrer. Les yeux de Manase s'ouvrirent, les paupières battirent violemment pendant quelques secondes avant de s'immobiliser à jamais.

Kaze, debout, observait la scène. Le souffle lourd, il attendit que la tension se vidât de son corps, comme le sang qui jaillissait du cadavre sans tête de Manase. Kaze considéra les robes de Manase mais décida de ne pas s'en servir pour essuyer son sabre ; il déchira un autre morceau de sa manche de kimono pour nettoyer la lame avant de la glisser dans son fourreau.

Il se dirigea vers la tête de Manase, qu'il prit par les cheveux pour la remettre auprès du corps. Il fit rouler le cadavre sur le dos, lui allongea les jambes et lui croisa les mains sur la poitrine, dans une attitude paisible. Il ramassa le flacon d'eau et utilisa les dernières gouttes pour nettoyer la figure de Manase et remettre les cheveux en place. Enfin, il plaça la tête à côté du corps. S'agenouillant dans la prairie, il s'inclina profondément devant la dépouille du seigneur du district, touchant le sol de son front.

Il s'assit et contempla le visage sans vie. Le maquillage d'un blanc de craie ne dissimulait pas la nouvelle pâleur grise de la chair. Les yeux fixaient Kaze, surmontés des ridicules sourcils peints sur le haut du front. Kaze ferma les paupières avec deux doigts.

— Je suis navré de causer des ennuis à votre maisonnée et d'avoir mis un terme à votre vie de cette façon, déclara Kaze au cadavre. Mais je veux que votre esprit sache certaines choses dont je n'avais pas envie de parler quand vous étiez en vie, quand vous risquiez encore de vous enfuir.

« J'ai moi aussi été seigneur de district, exactement comme vous, sauf que mon district était plusieurs milliers de fois plus grand que le vôtre, et j'étais certain que la prospérité grandissante de mon maître ferait la mienne. Cependant, mon maître était loyal au Taiko, Hideyoshi, et quand a éclaté la guerre pour la succession du Taiko, il a soutenu les forces Toyotomi plutôt que celles de Tokugawa Ieyasu. Ainsi, Sekigahara, la bataille qui décida de votre bonne fortune, fut celle qui détruisit la mienne. Mon seigneur fut vaincu à Sekigahara, et je n'étais même pas là pour mourir à son côté. Je me trouvais alors à la tête d'une expédition montée pour libérer son château attaqué par un allié des

Tokugawa. Je suis arrivé trop tard, le château de mon seigneur avait déjà été mis à sac.

« L'épouse et l'enfant de mon seigneur ont été capturées pendant le siège. J'ai réussi à libérer la dame mais pas la petite. Pendant qu'on torturait l'épouse, on lui avait dit que sa fille serait vendue comme esclave. Le sort tragique de son enfant devait la ronger aussi sûrement que si une petite bête s'était logée dans son cœur. Je l'avais sauvée, certes, mais elle n'a pas survécu longtemps aux tortures qu'elle avait subies et elle m'a fait promettre de retrouver sa fille et de la libérer.

Kaze s'inclina encore une fois, front contre terre. Il se rassit et continua :

— Alors, voyez-vous, je regrette d'avoir amené la malchance sur votre maisonnée et de vous avoir fait commettre seppuku. Mais les Tokugawa actuellement au pouvoir au Japon ne sont pas des gouvernants sur qui je puisse compter pour rendre la justice. Et puis, je suis désolé de vous le dire, seigneur Manase, mais vous ne faisiez pas un bon seigneur.

« D'après nos croyances, pour gouverner selon l'ordre naturel des choses, un seigneur doit préserver l'harmonie et l'équilibre. Ainsi, les paysans, les marchands, les prêtres et le peuple peuvent comprendre qu'il existe une hiérarchie naturelle dans la société et que le seigneur est à sa place au sommet, parce que tous en profitent et pas seulement lui. Je regrette, mais vous avez oublié ce principe et consacré votre vie à votre plaisir personnel et à ce qui vous intéressait, abandonnant les gens qui dépendaient de vous à des magistrats incompétents et aux bandits, et les livrant à leurs propres moyens.

« C'est pour cela que j'ai décidé d'agir dans cette affaire, même s'il ne s'agissait que du trépas d'un samouraï et d'un paysan, dans un pays où les gens sont morts par centaines de milliers, pour cause de guerre ou autres injustices. J'espère que vous me pardonnerez.

Kaze s'inclina une fois encore, puis se releva.

Il attacha le cheval du seigneur Manase à un buisson au bord de la route. Quand on viendrait à la recherche du seigneur du district, on trouverait d'abord le cheval, puis le cadavre dans la prairie du bois.

Kaze s'assura que son sabre était en place dans sa ceinture de kimono, puis il se retourna et se mit en marche, reprenant son voyage si souvent interrompu. L'issue de sa rencontre avec l'étrange seigneur du district ne lui inspirait aucune joie mais ses soucis s'évanouirent à mesure qu'il avançait et respirait l'air frais en contemplant le bleu d'un ciel parsemé de petits nuages blancs.

Il se mit à fredonner une chanson ancienne et s'arrêta pour examiner ses manches de kimono en lambeaux. Ce faisant, il trouva le bout de tissu contenant le *senbei*, cadeau du jeune homme à l'auberge, et il décida de le manger enfin. Il déballa la galette de riz et mordit dedans, elle était un peu rassise après tout ce temps mais encore goûteuse. Il allait jeter le bout de tissu quand, pétrifié, il laissa choir la galette et prit le morceau d'étoffe à deux mains.

Là, à l'envers du tissu, figurait un *mon* avec trois fleurs de prunier. C'était celui de son seigneur et de sa dame ! Celui qui ornait les vêtements de la petite qu'il cherchait. Ce tissu provenait peut-être d'un autre membre du clan éparpillé auquel appartenait Kaze, ce n'était peut-être qu'un chiffon tombé, on ne sait comment, entre les mains du trio disparate et avide de vengeance. Mais si c'était un lien tangible entre ces trois personnages et la fillette que Kaze recherchait depuis plus de deux ans ? Sait-on jamais !

Ils avaient des jours d'avance sur Kaze mais le samouraï savait dans quelle direction marchaient les trois compagnons : ils allaient rejoindre la grand-route, le fameux Tokaido.

Impression réalisée sur Presse Offset par

BRODARD & TAUPIN

GROUPE CPI

La Flèche (Sarthe), 31471
N° d'édition : 3748
Dépôt légal : septembre 2005

Imprimé en France